entimes l'Ouvrage complet.

Collection " In Extenso "

GABRIELLE RÉVAL

LA BACHELIÈRE

Illustrations de Auguste ROUQUET.

LA RENAISSANCE DU LIVRE
78, Boulevard Saint-Michel — PARIS

LA BACHELIÈRE

Collection " In Extenso "

L'ouvrage illustré de **3** fr. **50** pour **0** fr. **60**

Franco par la poste : **75** *centimes.*

LISTE DES VOLUMES

1. **La Discorde,** par Abel Hermant.
2. **Le Silence,** par Edouard Rod.
3. **L'Autre Femme,** par J.-H. Rosny.
4. **Élisabeth Couronneau,** par Léon Hennique.
5. **Les Cœurs Nouveaux,** par Paul Adam.
6. **L'Amour Meurtrier,** par Mathilde Serao.
7. **Les Ames en peine,** par Björnson.
8. **La Fin des Bourgeois,** par Camille Lemonnier.
9. **Défroqué,** par E. Daudet.
10. **La Payse,** par Ch. Le Goffic.
11. **En Exil,** par G. Rodenbach.
12. **Les Revenants,** par Ibsen.
13. **La Puissance des Ténèbres,** par Tolstoï.
14. **Rivalité d'Amour,** par Sienkiewjcz.
15. **Le Mort,** par Camille Lemonnier.
16. **L'Amour Masqué,** inédit de Balzac.
17. **Amis,** par Edmond Haraucourt.
18. **Le Cochon dans les Trèfles,** par Mark Twain.
19. **Dans les Orangers,** par Blasco Ibanez.
20. **Un Duo,** par Conan Doyle.
21. **Lucie Guérin,** par Jean Bertheroy.
22. **Le Galérien,** par Jonas Lie.
23. **Une Teigne,** par Lucien Descaves.
24. **La Justice des Hommes,** par Grazia Deledda.
25. **Les Benoit,** par Edmond Haraucourt.
26. **La Ville Dangereuse,** parCharles Henry Hirsch.
27. **Le Plus Petit Conscrit de France,** par M. et A. Fischer.
28. **Josette,** par Paul Reboux.
29. **Parenthèse Amoureuse,** par Pierre Valdagne.
30. **Deux Femmes,** par Charles Foley.
31. **L'Histoire d'un Ménage,** par Michel Provins.
32. **Le Journal d'un Moblot,** par Victor Margueritte.
33. **A l'Aube,** par Jean Reibrach.
34. **La Disparition de Delôra,** p. PhilippsOppenheim.
35. **L'Amour Perdu,** par René Maizeroy.
36. **L'Empreinte d'Amour,** par Marcel Lheureux.
37. **Stingaree,** par Hornung.
38. **Le Relais Galant,** par Henri Kistemaekers.
39. **Un Amant de Cœur,** par Paul Acker.
40. **Une Séparation,** par Georges de Peyrebrune.
41. **L'Enfant Perdu,** par Léon Frapié.
42. **L'Amour aux Champs,** par Gyp.
43. **Trumaille et Pélisson,** par Edmond Haraucourt.
44. **Le Captain Cap,** par Alphonse Allais.
45. **Les Trois Rivales,** par J.-H. Rosny.
46. **Mon Amie,** par Jacques des Gachons.
47. **L'Amour défendu,** par François de Nion.
48. **Les Amants Maladroits,** par Georges Beaume.
49. **Le Tourment d'Aimer,** par Jean Bertheroy.
50. **La Jeune Fille Imprudente,** par Louis de Robert.
51. **La Petite Esclave,** par Abel Hermant.
52. **L'Illégitime,** par Henry Kistemaekers.
53. **Passionnette tragique,** par Camille Pert.
54. **Les Poires,** par Gyp.
55. **L'Arriviste amoureux,** par Charles Foley.
56. **Lili,** par René Le Cœur.
57. **La Classe,** par Paul Acker.
58. **Le Cricri,** par Gyp.
59. **Les Amants singuliers,** par Henri de Régnier.
60. **Les Tribulations d'un Boche à Paris,** par Delphi Fabrice et Louis Marle.
61. **Yette, Mannequin,** par René Maizeroy.
62. **Cœurs d'Amants,** par Paul Lacour.
63. **Sous les Ailes,** par Michel Corday.
64. **Le Printemps du Cœur,** par Léon Séché.
65. **Echalote et ses Amants,** par Jeanne Landre.
66. **Bicard dit le Bouif,** par G. de la Fouchardière.
67. **Fées d'Amour et de Guerre,** par Michel Provins.
68. **Le Prince amoureux,** par Louis de Robert.
69. **La Force de l'Amour,** par Jean Reibrach.
70. **L'Age du Mufle,** par Gyp.
71. **Le Tumulte,** par Georges d'Esparbès.
72. **La Victoire de l'Or,** par Charles Foley.
73. **Le Gamin Tendre,** par Binet-Valmer.
74. **Sa Fleur,** par Félicien Champsaur.
75. **Polochon,** par G. de Pawlowski.
76. **Confidences de Femme,** par Annie de Pène.
77. **Danseuse,** par René Le Cœur.
78. **Mars et Vénus,** par Gaston Derys.
79. **L'Amour Fessé,** par CharlesDerennes.
80. **Marco,** par G. de Peyrebrune.
81. **Les Chéris,** par Gyp.
82. **Daniel,** par Abel Hermant.
83. **Amour Étrusque,** par J.-H. Rosny aîné.
84. **La Jolie Fille d'Arras,** par Gabrielle Réval.
85. **Mon Cousin Fred,** par Willy.
86. **Les Sœurs Rivales,** par Paul-Faure.
87. **Mimi du Conservatoire,** par Maurice Vaucaire.
88. **La Grogne,** par G. d'Esparbès.
89. **Vieux Garçon,** par René Maizeroy.
90. **Amour Vainqueur,** par Camille Pert.
91. **La Pagode d'Amour,** par Myriam Harry.
92. **L'Art de rompre,** par Michel Provins.
93. **Plaisirs d'Amour,** par Jeanne Landre.
94. **Amants ou Fiancés,** par Charles Foley.
95. **Notre Masque,** par Michel Corday.
96. **Le Béguin des Muses,** par Charles Derennes.
97. **Le Plaisir,** par Binet-Valmer.
98. **Le Bouif tient,** par G. de la Fouchardière.
99. **Pervenche,** par Gyp.
100. **Les Plages vertueuses,** par René Le Cœur.
101. **Le Mari modèle,** par Daniel Riche.
102. **Le Chemin de l'Amour,** par Jean Bertheroy.
103. **Les Sirènes,** par Jean Reibrach.
104. **La Carrière amoureuse,** par Jeanne Marais.
105. **Des Belles et des Bêtes,** par Jean Lorrain.
106. **Une Dame et des Messieurs,** par André Lebey.
107. **Contes Singuliers,** par G. de Pawlowski.
108. **Jeunesse,** par Félicien Champsaur.
109. **Mlle X..., souris d'hôtel,** par M. Vaucaire et M. Luguet

LA RENAISSANCE DU LIVRE

78, Boulevard Saint-Michel, PARIS

GABRIELLE RÉVAL

LA BACHELIÈRE

ROMAN

ILLUSTRATIONS DE AUGUSTE ROUQUET

PARIS

LA RENAISSANCE DU LIVRE

78, BOULEVARD ST-MICHEL, 78

Mme GABRIELLE RÉVAL

Mme Gabrielle Réval est d'une souche militaire — d'où sortit notamment le général Logerot, ministre de la Guerre — et lorraine. L'origine première en est de Gondrecourt, près Vaucouleurs, patrie de Jeanne d'Arc, à la famille de qui des traditions apparentent ses aïeux. A cette Lorraine natale, Mme Gabrielle Réval a gardé une prédilection et sur sa table paraît la *guiche*, mets local dont André Theuriet a — en vers ! — dit la louange.

L'Ecole normale, puis la Faculté de Nancy comptèrent Mme Réval parmi leurs élèves. Elle continua ses études à Paris, au lycée Fénelon, qui devait lui inspirer *Lycéennes*. Puis entra à l'École normale supérieure de Sèvres (1890-93). C'était le temps où la veuve de Jules Favre et feu Legouvé y régnaient.

— J'ai adoré mon école, m'a-t-elle dit bien souvent.

Et, de fait, on sent cette tendresse dans *Sévriennes*. Le succès de ce livre, paru en 1900, est demeuré fameux. Il fut mérité. Personnellement, je me souviens du sentiment que j'éprouvai en le lisant et de ma joie, tout jeune que j'étais, de louer l'œuvre de cette inconnue de la veille — que la notoriété faisait sienne. De Sèvres, Mme Réval s'en fut enseigner, durant dix-huit mois, à Niort — le Baume-les-Belles de son *Lycée de jeunes filles* (1901). *Lycéennes* (1902) compléta la trilogie.

L'an suivant, ce fut dans *l'Echo de Paris* la série d'articles réunis sous le titre *l'Avenir de nos filles* et aussi — également, en feuilleton, à ce même journal, *Notre-Dame des Ardents*. Je ne vanterai pas ici le charme et la fraîcheur de ce conte, puisque *Notre-Dame des Ardents* a paru dans la collection « In Extenso » sous le titre : *la Jolie Fille d'Arras*. Il faut lire ce livre dont l'auteur y avait — bien avant l'actuelle guerre — inventé le marrainage. On en goûte les descriptions. Elles sont d'une exactitude scrupuleuse et vivante. Ne vous en étonnez pas. Mme Réval a passé une partie de son enfance à Arras, où son père était commandant.

Puis, toujours en 1903, nous quittons l'Artois pour la Lorraine avec *la Cruche cassée*, et en 1904, nous voici — *le Ruban de Vénus* — à Belle-Isle. Mme Réval s'y montre fidèle au type qu'elle a créé : la femme très intellectuelle, mais chez qui le cœur n'a pas été tué par l'esprit. De ce type, Mme Réval s'éloigne, par contre, dans ses *Camps-volantes de la Riviera*, satire assez vive dont le titre dit le sujet. Mais elle y revient avec *la Bachelière* (1906), — que l'on va lire — et *la Bachelière en Pologne* (1907), œuvre tout à fait supérieure, qui, avec *Sévriennes*, assurera la gloire de son auteur et que publiera la collection « In Extenso ».

Encore un roman, *le Royaume du Printemps*, bluette que je n'aime que médiocrement et qui nous ramène sur la Côte d'Azur, et l'œuvre de Mme Réval est temporairement close, mais non achevée. N'a-t-elle pas presque achevé un roman de guerre — ou mieux, qui se déroule pendant la guerre, et promènera ses lecteurs parmi les merveilleux paysages de Cap d'Ail, où elle se plaît dans sa villa « Mirasol ».

De quoi est fait le talent de l'auteur de *la Bachelière* : Elle compose avec plus de force que ne font généralement les femmes. Ses héroïnes vivent. Ses paysages, ou, pour lui rendre la justice à laquelle elle a droit, les milieux où elle situe ses personnages et ces personnages eux-mêmes forment chaque fois un tout. (Vous remarquerez qu'elle a presque toujours choisi des paysages où elle avait longuement vécu.) Ce sont là qualités rares. Mme Gabrielle Réval — qui aurait pu se contenter d'un style gracieux — leur doit d'être souvent profonde, et de faire penser, après que l'on ait pris plaisir à la lire.

Cette aimable femme est un journaliste disert. *L'Echo de Paris*, *Gil Blas*, *Femina*, *la Vie Heureuse* l'ont comptée parmi leurs collaborateurs. *La Prensa* également, où elle écrivit durant dix années, et dont, pendant trois années, elle assuma la direction littéraire. Jamais, en France tout au moins, femme n'avait occupé situation similaire.

Journaliste ou romancière, Mme Réval ne marchande ni son esprit, ni son cœur. Elle se donne à son œuvre, et je n'ai pas oublié qu'un jour que je lui demandais :

— Quel est, entre vos livres, votre préféré?

— Je n'ai de tendresse, me répondit-elle, que pour celui qui est encore dans les langes.

Mot de femme, mais de femme énergique, qui aime l'action.

LA BACHELIÈRE

PREMIÈRE PARTIE

I

— Corne de bœuf ! reposons-nous, ma fille !... Je n'en puis plus ! Tiens, relis-moi cette lettre. Je ne sais pas ce que j'ai aujourd'hui, tout va de travers ! Pourtant l'estime de ces gens-là est bien faite pour vous mettre du cœur au ventre !

Malvos se laissa tomber sur une souche, au milieu du sentier qui s'élève des bords de la naissante Dordogne jusqu'au verdoyant sommet du Capucin. A mi-flanc de la montagne, le Chemin des Artistes traversait une nef de feuillage ; un jour glauque filtrait à travers les cloisons de verdure, mais à l'extrémité du sentier, la flamme d'un rayon matinal dansait ici et là sur les pierres et la mousse.

Entre les hautes montagnes qui s'encastrent dans la pyramide du Sancy, le village du Mont-Dore était couché dans la paix de l'été, comme une momie royale dans un sarcophage géant. Elle s'allongeait étroite et longue, emmaillotée de soie verte, de voiles pourpres et de toiles brodées. A ses flancs rigides, la souple Dordogne glissait un rameau d'argent. Les lacets des rues, entre les maisons, luisaient comme des fils d'or reliant d'antiques cabochons.

Malvos et Gaude sa fille jetaient un regard indifférent sur la vallée. Pour eux, la beauté du monde extérieur n'existait point.

Le vieux savant lança son chapeau de paille sur un buisson, essuya son visage ruisselant de sueur, et d'un geste nerveux qui trahissait son agacement, dégagea son cou robuste et court du col empesé qui l'étreignait.

— Sacré mâtin ! cette blanchisseuse a versé sur ma chemise tout l'empois de sa cuvette. J'étouffe. A quoi pense ta mère de ne pas surveiller ces choses-là ?

Ses mains tiraillaient l'étoffe durcie. Le visage se congestionnait. Gaude prévit une de ces colères qui éclataient à la moindre cause. D'un geste rapide et tendre, elle déboutonna le col de la chemise et le cassa.

— Ah ! fit Malvos, visiblement soulagé, je respire ! Sacré bon sens, est-ce que je deviendrais poussif ?

— Ne t'inquiète pas, père ; les eaux du Mont-Dore sont violentes. Mais tu devrais interrompre ton traitement, te reposer...

— Je n'ai pas le temps ! Ma vieille carcasse est de taille à résister à ces ablutions. Me reposer, petite, il sera bien temps, quand tu me verras partir les pieds devant ! Revenons à ces messieurs de l'Athénée de Berlin. Lis ! J'écoute.

Debout devant son père, Gaude Malvos déplia une lettre, que fermait un large sceau de cire rouge, frappé d'une tête de Minerve.

— « Très illustre, très honoré professeur... déclama Gaude d'une voix sonore.

Le savant haussa les épaules.

— Des épithètes en tas ! Je suis Malvos tout court. Passons.

— « Nous avons appris avec un grand enthousiasme la confirmation de l'admirable découverte à laquelle s'attache votre nom. Divinateur du passé, nouveau Schliemann...

Malvos éclata de rire.

— Messieurs les Teutons, vous en avez de bonnes ! Quoi, je vous retrouve un temple, des thermes, un théâtre, des hôtelleries, une ville entière, et quelle ville ! celle qui était vouée à l'Hercule gaulois, et vous me fourrez dans le même sac que l'épicier de Hambourg !

— Mais l'intention est bonne, repartit vivement la lectrice. Schliemann, pour les Allemands, c'est un génie national !

— Oui, un grand homme au rabais ! Il lui a suffi de boiter derrière Homère pour se tailler une réputation fameuse. Avoir découvert que l'Iliade, c'est le Bædœker de l'antiquité. Tout cela. Et l'on me hausse jusqu'à cette sottise. Allons, la suite !

Elle reprit :

— « Sur les simples données d'un Strabon, d'un César, d'un Posidonius...

— Et *tutti quanti* !

— « Vous avez dit : Là gît Sarlay au pied des monts arvernes. Sarlay la ville sainte des Druides, la Pompéi des Gallo-romains...

— Et Sarlay ne m'a point démenti, c'est un fait, c'est un fait !... Après cela, que disent-ils ?

— « Illustre et vénéré professeur, nous vous convions à venir vous reposer au sein d'une compagnie, qui conserve pieusement le culte des traditions et s'honore de saluer en vous une des gloires de la France...

A cet endroit de la lecture, Malvos prit son chapeau et fit un salut à la compagnie invisible :

— Merci ! Merci !

— « Nous saluons en vous, poursuivit la jeune fille de sa belle voix sonore, le futur Mommsen de la Gaule romaine...

Un silex frappé rudement par la pointe aiguë du bâton de Malvos se couvrit de mille étincelles.

— Calme-toi, calme-toi, père, murmura la

jeune fille, avec une tendre insistance. La colère te fait mal. A quoi bon? Tu es tellement au-dessus des autres hommes que l'envie ne t'atteint pas.

Malvos se redressa de toute sa hauteur.

— Je les exécuterai. Qui suis-je? On le saura. Quoi, ces crétins, ces gnaffs, ces Torquemadas de la vérité me poursuivraient de leurs âneries !

Il tira de la poche de son veston d'alpaga, poche béante sous le poids des brochures, une revue à moitié déchirée.

— Tiens ! Tiens ! répétait-il, lis ce brocard. Que n'a-t-il pas écrit contre moi ce dadais de Cornuel, ce faux dévot de l'histoire, ce Welche qui se dit archéologue parce qu'il ramasse dans son tombereau les décombres des autres. Se permettre de mettre en doute cette inscription :

Au dieu Moristagus

« Ah! tu ne connais pas mon Moristagus ! âne bâté, je te le ferai connaître, moi ! Qu'est-ce encore que ce dieu-là, dis-tu. Tu ne l'as pas découvert dans ton fourbi, toi qui ignores qu'un peuple reconnaissant divinise un roi puissant et sage, un roi fort et bon comme l'Hercule, qui franchit la mer violette, et les farouches forêts de ta patrie !

— Apaise-toi ! Ton génie a besoin de repos et de silence, père ! supplia Gaude.

Malvos étouffa un juron, essuya encore une fois son visage empourpré et ruisselant de chaleur.

— Je veux avoir raison ! trancha-t-il.

Depuis vingt ans, Malvos s'était voué à une tâche difficile, impossible à tout autre : retrouver sur le sol gaulois les cités disparues, mais indiquées tant bien que mal sur les *Itinera picta* de Strabon.

Son adversaire le plus hargneux était ce Cornuel, directeur du *Mercure arverne*, qui le barbelait de ses traits envenimés, le nommant tantôt *Robert-Macaire de l'histoire*, ou *Pétrus l'accoucheur*, disant qu'il accouchait la terre, comme Socrate se vantait d'accoucher les âmes.

La ville de Clermont se partageait en malvosistes et en antimalvosistes, depuis que le savant, malgré une violente campagne de presse, menée par son ennemi, avait été appelé à faire un cours d'archéologie, celtique à la Faculté des lettres.

— Coûte que coûte, mon bonhomme, je te mettrai le nez dans ton ignorance, répéta le savant en manière de conclusion.

— Ne pense qu'à ton livre, tu le vois, on l'attend, les savants le réclament. L'heure est venue de résumer ta pensée, de formuler tes théories. Crois-moi, abandonne ta chaire, elle est un surcroît de fatigue, chacun de tes cours a été une bataille. Tu uses des forces précieuses au profit de qui?

— Je sais ! Je n'ai point l'étoffe d'un pet de loup. Mais si j'abandonne cette chaire, de quoi vivrons-nous?

Stupéfaite, Gaude s'arrêta et regarda son père.

Jamais il ne lui était venu à l'esprit que les appointements que Malvos recevait pour ce cours d'archéologie à Clermont lui fussent nécessaires.

Elle ignorait tout de la fortune paternelle, mais la supposait considérable à voir avec quelle facilité le savant, de ses propres deniers, payait les équipes de Sarlay, les moulages des ruines, les publications qui relataient, avec un grand luxe de photogravures, les travaux des fouilles.

Gaude crut avoir mal compris.

— Que veux-tu dire?... Tu as besoin de cet argent?...

Il fit signe que oui.

— Mais nous sommes riches.

— Nous le fûmes !

— Quoi, dit-elle troublée, pressentant une catastrophe.

— Oui, tout ce que j'avais y a passé. Sarlay nous coûte six cent mille francs !

— Est-ce possible ! mumura-t-elle.

Gaude évoquait les lieux lointains, où son enfance s'était déroulée. Les vastes champs en friche, la colline, le petit lac sacré, les arbres ombrageant la source ; et puis, soudain, par la volonté de son père, cet agreste paysage mutilé, éventré, crachant ses ruines glorieuses, et proclamant devant l'Europe émerveillée, le génie du grand archéologue.

— La vérité coûte cher ! conclut-il d'une voix sourde.

Les yeux de Gaude s'attachaient éperdûment au visage de son père, comme si elle le voyait pour la première fois dans sa vraie lumière.

Visage semblable à celui d'un mascaron farouche, taillé dans une pierre dure, qu'aurait troué une flamme. Les traits de ce visage énergique semblaient fixés par le temps ; ils ne changeraient plus, ayant gardé la force épanouie de la cinquantaine.

Des cheveux gris, très drus, hérissaient un crâne puissant, et dessinaient d'une ligne sèche un front vaste, bombé, rugueux. Les longs poils roux de la barbe achevaient de donner à cette tête violente le caractère d'une divinité panique. Relevée sur un cou trapu, elle frappait par l'éclat des yeux bleus d'une rudesse métallique, et l'ampleur de la bouche, dont la brutalité s'atténuait, au repos, d'un pli de mélancolie et de bonté.

Cette laideur sauvage disparaissait dès que l'éloquence donnait à ces traits frustes une mobilité d'expression prodigieuse. Alors mille visages apparaissaient successivement sur ce masque nerveux, suivant que l'enthousiasme de la recherche, la plénitude de la jouissance, l'inquiétude du combat révélaient son âme ingénue et despotique.

Cette physionomie depuis longtemps était populaire ; des cartes postales avaient répandu partout les traits du savant que l'on voyait dans son costume de terrassier, la blouse serrée à la taille par une ceinture de cuir, le pic à la main, commencer la tranchée qui aboutirait au temple d'Apollon ou bien aux hôtelleries de la Pompéi des Gaules.

A côté de lui figurait un jeune adolescent en culottes courtes, guêtré, le chapeau de feutre mou rabattu sur les yeux, maniant la pioche, comme un apprenti. Ce gamin, c'était Gaude vers sa seizième année, alors que le père ne pouvait se séparer de son enfant favori, l'attachait à l'équipe, qu'il dirigeait lui-même.

Petite comme son père, bien faite, le corps souple, nerveux, elle avait une tête fine de sarrazine; le teint mat de sa mère Rachel (une Orientale épousée par Malvos durant ses premières fouilles en Tunisie). Mais ses yeux noirs n'avaient point le regard de velours de la belle Rachel. Ils étaient éblouissants d'intelligence et de volonté, comme ces yeux que Latour a prêtés à tous les personnages qu'il a peints. Ses cheveux noirs, au lieu de dessiner deux bandeaux réguliers, comme les cheveux de sa mère, étaient relevés sur le front, et s'annelaient en coquilles, comme les coiffures grecques. La bouche petite, aux lèvres minces, avait un pli dédaigneux. Le visage de Gaude manquait de charme; il commandait l'attention à tous et ne cherchait à plaire à personne. On la savait orgueilleuse; on la disait indifférente à tout ce qui n'était pas la gloire de son père. Sa mère la jugeait sèche, parce qu'à l'encontre de la tendre Rachel, Gaude ne s'affligeait ni de la mort d'un oiseau, ni des tracas domestiques, qui poursuivaient Mme Malvos.

Dans cette minute, où leurs regards se croisèrent, mesurant leurs âmes, le père et la fille se jugèrent.

— Ne regrette rien, dit Gaude. J'approuve ce que tu as fait !

— Tu es brave, toi ! dit le savant. Mais ta mère ne me reprochera-t-elle pas un jour de vous avoir sacrifiés?

— Ceux que ta gloire couvre peuvent-ils se dire sacrifiés?

— Ah ! tu es bien ma fille, Gaude, je me reconnais en toi, cria-t-il.

Et Malvos, qui rarement témoignait sa tendresse, étreignit son enfant.

II

— Tu me comprends, toi ! disait-il lui serrant les mains avec douceur. Tu n'as pas peur de la vie. Va, on la dompte, comme une chienne, à coups de cravache.

— L'idée d'abord, répliqua Gaude, entraînée par l'esprit de sacrifice.

— J'ai toujours pensé ainsi. Il n'y a d'absolu que l'idée. Le reste ne compte point; donner la vie à une idée qui ne mourra plus, voilà ce qu'il fallait faire.

Il ajouta, à voix basse comme s'il confessait sa passion :

— Cet argent, il me le fallait. A coups d'or j'ai ouvert cette nécropole. J'aurais éventré la terre de mes propres bras, s'il l'eût fallu. Tu me comprends? Tu m'approuves? dit-il anxieux d'entraîner sa conviction.

Ses mains velues, crochues, calcinées par le travail de la terre, semblaient, dans une mimique tragique, arracher les blocs de la ville ensevelie.

— L'argent ! quelle misère ! tu n'en as pas besoin. Nous avons mangé jadis des triques de pain frottées d'ail; nous avons couché sur la dure, quand mon père, pour me punir d'avoir épousé une femme selon mon cœur, me refusa toute subsistance. Eh bien, on recommencera, on aura plus de courage, puisqu'on est plus nombreux, et que la tâche est digne de toi, Gaude.

— De moi ! murmura orgueilleusement la jeune fille.

— Certes ! Est-ce que tu n'as pas ta part dans tous mes travaux? Est-ce que tu n'as pas suivi mes recherches? Est-ce que je ne t'ai pas élevée au-dessus de ton sexe, en te donnant la culture d'un garçon? Bachelière, tu l'as été à seize ans. Mais aujourd'hui, tu es mon collaborateur, tu es mon cerveau de repos, le cerveau qui filtre le meilleur de ma pensée.

Le professeur Malvos.

Le savant poursuivait tout haut sa pensée :

— Sarlay, c'est bien. Mais Lauranum sera mieux. Oui, je tiens l'*oppida* des Pictons, ma fille. Il va renaître le nombril de la province. Les textes concordent avec mes recherches; Lauranum est bâti à l'endroit exact où l'Alize, comme une flèche, perce le dos de la Charente. Nous trouverons là des trésors.

Il s'exaltait, le bonheur de la découverte donnait à son mâle visage une joie magnifique. Il reprit :

— Qu'est-ce que cela coûtera? Un peu d'argent, quelques centaines de mille francs !

— Où les trouver? se demandait la jeune fille. Par quel miracle, étant pauvre, pourra-t-il faire ce qu'il faisait étant riche? Qui s'émouvra d'un tel problème; où aider mon père, ou renoncer à une découverte inouïe.

La fièvre lui montait aux joues, enflammait

son cerveau ; des idées la frappaient tour à tour, pour disparaître aussitôt. Était-ce défier l'impossible? Allons donc ! ce mot-là n'existe pas pour le génie.

— Écoute, dit-elle, le ministre t'entendra : la France est riche, elle doit te donner cet argent. Allons tout de suite le lui demander.

— L'intervention de l'État, je la connais, bonne à nous mettre des bâtons dans les roues. Messieurs les architectes par-ci, messieurs de la commission du budget par-là. Mais si Sarlay a revu la lumière, c'est parce que l'État nous a fichu la paix.

— Alors?... constitue une société, cherchons des capitalistes.

— Pour les payer en monnaie de singe ! Pas de dividende, pas de capitalistes.

Gaude soupira, et au bout d'un moment, avec un cri de joie :

— Une souscription ! C'est cela, une souscription nationale. Un journal s'honorerait à lancer ce projet. Les caisses se rempliraient tout de suite. Quoi, tu souris ! Mais tous les jours, est-ce que tu ne lis pas?...

— Pour que le public paie, il faut qu'il pleure. Va donc le pincer aux entrailles, en lui parlant de gens qui sont morts il y a deux mille ans.

— Que reste-t-il? dit-elle, tristement, un Mécène, quelque riche Américain qui fasse un beau geste. Veux-tu, dis, que j'écrive à Carnegie, à Rockfeller?

— Ils ne répondront point. Ces gens-là regardent l'avenir, le passé ne leur appartient pas.

— Eh bien, alors, fit Gaude avec élan, ne cherchons pas d'argent, cherchons des hommes. Appelle à toi tes meilleurs élèves. Leur devoir est de te suivre. Père, père, nous te suivrons, nous te sauverons, je le jure.

III

Comme ils atteignaient, après cette longue marche, le sommet du Capucin, Malvos et sa fille entendirent une grande rumeur sur l'esplanade, que les gens du pays nomment le Salon de verdure.

Des cris joyeux, des ohé, des hoï-ho traversaient la forêt, des bribes de chansons éclataient partout dans la feuillée ; le bruit même des mirlitons de foire se mêlait à ce tintamarre.

— Encore des imbéciles qui nous dérangent, maugréa le savant.

Mais déjà son fils, Michel, qui faisait le guet au détour du sentier, se lançait dans ses jambes, et comme un épagneul fou bondissait autour de sa sœur.

— Venez vite ! Il y a une surprise.

— Sacré moutard, qu'est-ce que tu me veux?

— Tous tes élèves sont là ! Il y en a ! Il y en a !... faisait le gamin, brun comme sa sœur, langoureux comme sa mère.

Au même moment, une troupe d'étudiants déboucha devant eux. Ils étaient une cinquantaine marchant serrés les uns contre les autres, coiffés de bérets de velours noir à liséré jaune, costumés d'alpaga, de tussor, de toile blanche.

Il y en avait des grands, des petits, des imberbes qui paraissaient avoir quinze ans ; d'autres étaient aussi barbus que Malvos. Les uns portaient binocle ; les Allemands qui suivaient les cours avaient des lunettes, d'autres étaient joufflus, roses, poupins ; ceux-ci étaient secs comme des oliviers de Provence, ceux-là avaient le corps gonflé et la chair laiteuse des hommes du Nord. Tous étaient ivres de gaieté.

Ils marchaient bras dessus bras dessous, comme les jours de fête, et quelques-uns dirigeant la troupe agitaient des branches de chêne.

— Le diable les emporte ! maugréa le savant.

Les jeunes gens à dix pas du maître se découvrirent et chantèrent, sur l'air des lampions :

C'est la croix, la croix, la croix;
C'est la croix qu'il nous faut,
Oh! Oh! Oh! Oh!

Malvos serrait les mains, répondait aux joyeux saluts, aux vivats qui éclataient comme un tonnerre.

— Vive Malvos ! vive Sarlay ! vivent les Gaulois ! Et de plus belle le chant reprenait :

C'est la croix, la croix, la croix...

Les groupes se faisaient compacts.

Mme Malvos, que Michel était allé quérir, rejoignait précipitamment son mari. Avec son beau visage d'Orientale et ses cheveux sombres comme l'eau qui luit au bord d'un puits, elle paraissait à peine l'aînée de sa fille. Une écharpe de mousseline vermeille flottait sur sa robe blanche, et ses mains fines roulaient une broderie interrompue.

Gaude avait compris ce que signifiait cette avalanche.

Comme ils aimaient, comme ils admiraient son père ! Comme ils étaient heureux de la joie qu'ils apportaient au maître !

Au premier rang, elle reconnut ses meilleurs camarades, ceux dont elle partageait tous les travaux à la Faculté. Il y avait là Guyon, un garçon d'avenir, d'une probité de conscience qui lui plaisait ; Tréserve, blond souriceau, fin, mordant, débrouillard, dont les travaux d'archiviste paléographe étaient déjà remarqués ; Grosdidier, le type du bûcheur qui marche dans la vie avec d'énormes œillères ; Spelcat, frais émoulu de l'École normale, préparant sa thèse d'histoire sur l'épigraphie celtique; Cabri, raisonneur comme le père de Lacroix; Doubs, consacré aux origines du culte druidique. Et Saulet, et Taratte que le snobisme seul attirait, croyait-elle, parmi ces jeunes gens si travailleurs. Saulet était avocat, et Taratte n'avait d'autre titre à l'attention publique que la grosse fortune que lui avait léguée son père.

Saulet et Taratte avaient mis à la mode les

Les élèves de Malvos lui remettent les insignes de la Légion d'Honneur.

cours de Malvos dans la société de Clermont. Ils allaient de salon en salon, répétant :

— Allez entendre le maître ! Il faut entendre Malvos !

Tout Clermont assiégeait l'amphithéâtre public, où le grand archéologue, depuis deux ans, exposait ses recherches sur la Cité gallo-romaine.

En échange de cette publicité mondaine faite à leur idole, les étudiants accueillaient en camarade Taratte qui ne briguait aucun titre universitaire. Taratte était là, au premier rang, dépassant de toute la tête Spelcat, Grosdidier, Guyon. Il avait mis pour la circonstance un costume de flanelle blanche, avec une large ceinture noire serrant le pantalon sur la chemise rose ; une lavalière de soie claire flottait sous son menton rasé. Ainsi que la mode l'exigeait, il ne portait ni moustache ni barbe.

Ses yeux grands et ronds, assez bonasses, se posaient volontiers sur Gaude. Quand leurs regards se rencontrèrent, il la salua et lui sourit avec une satisfaction visible.

Le regard franc de Gaude cependant se posait aujourd'hui sur chacun d'eux avec une hardiesse inaccoutumée. Elle semblait fouiller leurs âmes, aller au delà de cette joie débordante, de ce témoignage de déférence et d'admiration qu'ils apportaient à Malvos.

A mesure que ses regards passaient de l'un à l'autre, ses yeux se voilaient.

L'arrêt était sans appel. Aucun de ces hommes n'était mûr pour le sacrifice qu'elle avait promis.

Guyon ne renoncerait pas à la chaire qu'il voulait conquérir. Tréserve n'abandonnerait point ses archives. Grosdidier trônerait en quelque ministère. Cabri et Chaume, dans un lycée, seraient là pour toute leur vie, comme en un fromage.

— Mon père n'a pas un disciple parmi eux ! pensa-t-elle.

Les autres, la masse derrière les premiers rangs, pensaient, sentaient, agiraient comme les meilleurs. Affreuse certitude. C'était l'abandon immédiat, c'était la ruine de toutes les espérances de Malvos.

— Leurs visages parlent. Ils ne le suivront pas. Père n'a que moi !

Au même moment, ses yeux attirés par un regard persistant, croisèrent encore une fois les yeux de Taratte qui jubilait.

Leurs regards, trois ou quatre fois encore, se rencontrèrent. Gaude sourit ; alors Taratte, fou de joie, se livra à une gesticulation effrénée autour de Malvos, à qui Grosdidier adressait un petit laïus de circonstance.

Malvos prit la dépêche que ses élèves lui tendaient et, la roulant comme une boulette de papier, l'envoya rejoindre, dans sa poche, l'épître de la compagnie de Berlin et le brocard de Cornuel.

— Un ban pour le nouveau chevalier ! crièrent les élèves massés dans le fond :

— Vive Malvos ! vive Malvos !

Gaude, les mains nouées derrière le dos, dans une attitude attentive qui lui était familière, approuvait cette joie éclatante. Mais sa pensée s'acharnait à son dessein.

— Oui, songeait-elle, je dois l'épouser ; c'est la seule chance qui s'offre de sauver l'avenir de mon père. Mais consentira-t-il? Comment lui arracher son consentement, lui qui m'a toujours dit qu'entre nous il ne voulait personne. Comment encourir sa colère? Lui dire la vérité, jamais ! L'idée que je me sacrifie lui serait abominable. Non, non, je lui cacherai toujours que c'est malgré moi, que je fais ce que j'ai décidé.

— Vive la science ! Messieurs, répondait Malvos, en soulevant son chapeau.

Il s'approchait du groupe de Sauvage, Dupré, Cabri, Guyon, Tréserve ; d'autres jouaient des coudes pour être témoins de ce qui allait se passer, pour entendre les paroles du maître.

Lui, avec bonhomie, serrait les mains, pinçait une oreille, tiraillait un bouton, donnait une accolade ; d'une tape caressait une joue lisse. Quand il arriva devant Taratte si haut, si large et si bon enfant :

— Trop grand ! dit-il, en le toisant sans malice.

— Vaine grandeur ! chuchota Spelcat.

Un regard souriant de la jeune fille répara l'indifférence inconsciente du père. Le cœur du jeune homme bondit dans sa poitrine.

— M'aimerait-elle?

— Cette croix, dit Malvos, arrive trop tard pour que je m'égosille à remercier le gouvernement. Une croix de chevalier, c'est peu pour une œuvre comme la mienne. Vingt ans de travaux sans arrêt, d'immolation absolue à cette entreprise appellent autre chose qu'un bout de ruban.

— Il a raison, approuvèrent les étudiants.

Gaude regarda son père, qui s'était rapproché de sa femme et de son fils, les unissant à sa parole.

— Si, au lieu de marcher seul, j'avais piétiné dans le rang avec les chiffonniers de l'histoire, les parasites des grands morts, les pleureurs de l'ancien régime, vous auriez vu l'Institut me forcer à bras-le-corps de passer le pont et m'asseoir parmi les Immortels. Il n'aurait pas manqué de barnums pour réclamer des honneurs, dont ils eussent eu leur part.

Malvos secoua la tête, lissa sa barbe fauve, écarta, d'un doigt agacé, le col fripé de sa chemise.

— Ma gloire est de m'être fait moi-même. Je ne dois rien à personne. J'ai toujours marché seul. On ne me le pardonne pas. On veut m'ignorer encore. Les savants de mon pays ont besoin d'un télescope pour voir la planète qu'en Allemagne, en Italie, en Pologne, on découvre à l'œil nu.

Un orgueil insensé éclatait dans chacune de ses paroles. Il n'offusquait personne tant il était légitime. Malvos était au-dessus de tout.

Mais quelques murmures éclatèrent dans les groupes, et des visages se rembrunirent.

— Quoi, ne serait-il jamais content !

Gaude eut l'intuition qu'à cette minute, son père, par une parole de trop, allait jouer sa popularité. Avec une impétuosité charmante, elle l'interrompit et, nouant tendrement ses mains à son épaule, elle lui dit :

— Père, remercie-les tous, ce sont eux qui ont été demander cette croix pour toi.

— Vous avez fait cela ! mes enfants, mes enfants ! s'exclamait Malvos.

Il leur ouvrit ses bras. Tous se précipitèrent, voulant une étreinte, une poignée de mains ; Grosdidier s'écrasa sur les boutons de son gilet, Taratte fut embrassé, Cabri soulevé ; Rachel pleurait, Michel embrassait tout le monde, Gaude serrait les mains qui se tendaient fraternellement vers elle.

— Nous sommes heureux ! criaient-ils ; louons notre maître ! Longue vie à lui, bonheur, gloire, triomphe !

— Mes enfants, répondit Malvos, ce jour efface, pour moi, bien des peines et guérit plus d'une blessure. Que devant la science tout s'efface, ne l'oubliez pas. La science, à nous qui vivons d'une vie supérieure, sans limite, c'est une patrie idéale. Vous devez la servir comme des apôtres. Elle a droit à toutes vos forces, à toutes vos énergies. Détourner d'elle une parcelle de votre intelligence c'est la trahir. Mais si, dès maintenant, vous êtes prêts à lui vouer, sans restriction, votre virilité, je salue en vous les héros futurs.

» Il n'y a pas deux façons de servir la science, continua-t-il, après que les applaudissements eurent cessé. Il n'y en a qu'une : lui appartenir corps et âme, comme à Méphisto ! Car, qu'est-ce que Méphisto? dit-il avec un rire qui découvrait sous la barbe buissonneuse l'antre de sa bouche : l'Esprit de curiosité, la passion de la recherche, l'amour de la lutte, le culte de la nature. En dépit de l'ignorance qui se fracasse encore le museau devant cette entité, Méphisto, c'est l'esprit scientifique. Sa figure éternelle et mouvante marque chaque étape de nos conquêtes sur la route du grand troupeau humain. Eh bien, messieurs, quiconque est marqué de sa griffe, doit dire adieu à toutes les jouissances faciles, soit qu'il se dresse, soit qu'il rampe, jusqu'à sa dernière heure, il doit servir.

Le son rauque de sa voix trahit toute l'émotion que ces paroles imprécises s'efforçaient de cacher encore.

Les étudiants ne comprirent pas le secret de cette défaillance, mais les mots leur allaient au cœur.

Épaulés les uns aux autres, têtes nues, les bras fraternellement enlacés, ils formaient autour de Malvos une vivante couronne.

Son lyrisme et sa foi convaincue les soulevaient. Ils se sentaient de taille à tout entreprendre avec un pareil maître. Au milieu des clameurs juvéniles, ils s'approchèrent pour saisir Malvos et l'emporter triomphalement sur leurs épaules.

Mais Guyon les arrêta de la main.

— Maître, dit-il, mes camarades et moi, nous n'oublierons jamais la joie d'un tel jour. Faites-nous l'honneur de porter, en souvenir de nous, cette croix que vos élèves vous offrent.

Il ouvrit un écrin enfermant la décoration en brillants.

— Nous n'avons pas qualité pour vous la remettre, dit-il, mais il existait autrefois en Gaule une tradition qui nous est chère, elle donnait à la femme le pouvoir de souveraine... Nous prions notre camarade, mademoiselle Gaude, d'épingler elle-même cette croix.

Des hourras accueillirent cette demande. On acclama la jeune fille.

Guyon s'approcha et lui remit l'écrin.

— Un tel honneur, à moi ! murmurait-elle bouleversée.

— Vive notre camarade !

— C'est bien ! Gloire à toi, ma fille, mon second, dit Malvos en la regardant fièrement.

Gaude avait pris la croix et l'élevant dans ses mains jointes, comme en un calice d'ivoire, la tenait religieusement au-dessus de cette foule attendrie. Elle se raidissait dans ce geste d'offrande, comme si elle donnait à ce symbole une valeur mystérieuse.

Cent regards suivaient son geste, admiraient la noblesse, la grâce de cette enfant. De grosses larmes couvrirent son visage. Doucement le père la saisit et l'embrassa. Minute poignante qui toucha tous les cœurs...

— Et maintenant allons boire ! Venez prendre une coupe de champagne, mes amis.

Quand ils se retrouvèrent, un instant après, autour de la buvette élevée dans le Salon de verdure, et que Malvos eut porté la santé de ses élèves, Gaude, qui avait essuyé ses yeux et calmé son visage, s'avança et dit d'un air enjoué :

— Père, laisse-moi ressusciter une autre tradition gauloise. Tu le permets aussi, dit-elle se penchant vers sa mère?

Rachel acquiesça. Malvos fit signe que oui. Il ne lui déplaisait point que sa fille relevât ces coutumes mortes qui donnent tant de poésie aux usages oubliés.

Prenant une coupe de champagne, Gaude s'avança au milieu des étudiants :

— Vous souvient-il de cet ancêtre, Nann, le Gaulois de Marseille, qui accueillait à sa table les Grecs de Phocée. Au milieu du festin Gyptis, sa fille, entra, une coupe à la main...

Gaude n'acheva pas. Tous comprirent qu'elle allait se fiancer et que l'un d'eux serait choisi. Les cœurs battirent, les visages s'empourprèrent, les désirs se tendirent vers la jeune fille. Quel serait l'élu? Elle apparaissait si pensivement belle, si ingénuement résolue, que tous, par avance, haïrent celui qui serait choisi.

Le trouble des étudiants était si vif qu'aucun ne remarqua l'air rayonnant de Mme Malvos ni le visage courroucé du maître. Sa bouche mâchait des paroles qu'il ne prononça pas, son bras fit un geste instinctif que sa volonté arrêta.

Gaude marchait vers Taratte et, lui tendant la coupe :

— Me voulez-vous pour femme? dit-elle d'une voix qui ne tremblait point.

— Avec bonheur, répondit le jeune homme, et, saisissant la coupe où Gaude avait trempé ses lèvres, il but et lança le cristal derrière lui. La coupe se brisa. Les fiançailles étaient accomplies. Gaude entraînait le jeune homme vers son père.

Ce choix était si inattendu que les étudiants demeurèrent interdits. Enfin ils applaudirent et, du bout des lèvres, félicitèrent les fiancés.

Au milieu de ce tumulte, de ces reproches muets, de ces blâmes qui se dressaient autour de la jeune fille, deux cœurs souffraient atrocement.

Celui de Malvos criait avec horreur :

— Qu'as-tu fait?

Et celui de l'enfant, humblement, répondait :

— Mon devoir.

IV

Mme Malvos entra dans le salon de l'hôtel où Gaude attendait auprès de son fiancé et de Michel l'heure de dîner. Son beau visage langoureux dissimulait très mal une contrariété récente. Ses cils étaient humides, ses lèvres tremblaient.

— Vous excuserez Malvos, monsieur Taratte, nous dînerons sans lui ce soir.

— Père est souffrant? demanda la jeune fille anxieuse. Je vais le retrouver.

— Non.

D'un geste tendre Mme Malvos avait arrêté Gaude et l'embrassait.

— Il a besoin d'être seul. Il veut être seul, insista-t-elle pour faire comprendre qu'il s'agissait d'un ordre. Malvos est rentré très fatigué par la marche ; il a voulu reconduire vos camarades jusqu'à la gare, et ici tout est loin.

— Diable ! fit Taratte, le maître avait pris aujourd'hui ses bottes de sept lieues. Une bonne nuit là-dessus et demain rien n'y paraîtra.

— Je l'espère, dit Rachel.

Gaude, les yeux baissés, imaginait la colère froide de son père. Il n'avait rien dit ; mais il devait étouffer de rage devant un acte aussi incompréhensible.

— Comme il prend tout à cœur, soupira Rachel, un événement le bouleverse. Il s'attendait si peu à ces fiançailles !

— Et moi donc ! fit le jeune homme. Si ce matin on m'avait dit qu'en venant ici, j'y trouverais la femme qui va me rendre heureux, je n'aurais jamais eu la hardiesse de penser que ce serait Mlle Gaude. Et pourtant je l'aime depuis si longtemps, si longtemps. Elle le sait, mais elle ne veut pas le croire, dit-il d'un ton qu'il affectait, par jeu, de rendre boudeur.

— Mon père souffre, dit Gaude, qui ne retirait pas ses mains des mains du jeune homme, vous nous aiderez à le guérir.

— Oh ! de toutes mes forces ! Je ferai tout ce qu'il vous plaira. Commandez, le Phocéen est votre esclave.

Il baisait la main de sa fiancée et celle de Rachel.

— Puisque notre enfant vous a choisi, nous vous aimerons comme notre enfant. Mais ces choses-là demandent du temps, ne pressons rien.

La vérité c'est qu'elle n'augurait pas un avenir de paix et d'union, après les paroles féroces de Malvos. Elle avait fui ; on l'entendait sacrer et jurer depuis l'ascenseur.

Heureusement l'hôtel était vide ; les voyageurs dînaient, les domestiques somnolaient à l'office.

Pour atténuer l'affront que Malvos faisait à Taratte le soir même des fiançailles de sa fille, Rachel s'ingéniait à parler de la santé chancelante de son mari, de son stoïcisme, de ses fatigues accumulées. Quand donc se reposerait-il? En vain pendant le repas Gervais Taratte essaya, pour dissiper le malaise qui pesait sur eux, de parler d'avenir, d'un séjour à Paris, de voyages aux Indes ou en Scandinavie, les croisières étant fort goûtées, Gaude ne répondait pas, ne mangeait rien.

Elle mesurait l'étendue de l'acte accompli, et elle en arrivait à regretter ce sacrifice spontané qui allait lier son existence à celle de ce garçon.

Elle avait agi en impulsive, en femme qui se jette à l'eau pour sauver quelqu'un qui se noie. Son père était sauvé, le reste peut-être à force de soumission, de patience, de tendresse s'arrangerait.

Gaude, sa coupe à la main, se dirige vers Taratte.

— Les âmes sont-elles donc si fermées les unes aux autres, songeait Gaude, que mon père qui connaît toute ma vie, toutes mes pensées, tous mes instincts, n'a pas eu une seconde l'intuition que ces fiançailles me déchirent le cœur.

Moi une rebelle ! moi une fille désobéissante ! O mon père, jamais je ne t'ai plus aimé qu'à la minute où je semblais me détacher de toi.

Elle revit leur séparation sous les ombrages du Capucin. Le cortège des étudiants avait voulu descendre à pied vers la gare. Malvos avait décidé qu'il les accompagnerait, et d'une voix sèche, à Rachel :

— Emmène tes enfants !

Et lorsque Gaude s'approchant de lui :

— Je vais avec toi, père.

Malvos, sans la regarder, d'une voix indifférente :

— Je n'ai besoin de personne !

A pas rapides il avait entraîné ces grands garçons qui bondissaient dans les taillis, criaient, chantaient, la tête à l'envers de tout le champagne qu'ils avaient bu.

Gaude était restée clouée sur le sol.

C'était la première fois que son père l'écartait de lui. Si loin que ses souvenirs remontassent dans le passé, elle se voyait toujours auprès de Malvos. Quand il avait été blessé d'un coup de pioche maladroit, pendant l'été brûlant et que les médecins redoutaient la gangrène, c'était elle qui faisait les pansements, la nuit, le jour, sans cesse debout. Son énergie l'avait sauvé. Et maintenant elle était bannie !

Tous quatre, à la fin de la journée, étaient descendus au Mont-Dore, par le funiculaire. Une brume laiteuse, dans la vallée, couvrait d'une mosaïque de marbre le grand sarcophage, où reposait la ville comme une momie royale. Les sapins se faisaient plus noirs sur l'or pur du ciel. Les coulées d'azur se teintaient de vert et de mauve comme rongées par des vapeurs acides. Non loin de l'épine du Sancy, sur un bloc de granit, une cascade se démenait comme une cavale terrassée mordant l'étalon qui l'écrase.

— Tout est beau ce soir, dit Taratte. Que la vie est douce, n'est-ce pas, mademoiselle Gaude?

Des larmes mouillaient les yeux de la jeune fille, Taratte ne les vit pas. Elle avait répondu : oui. Et sans attendre, pillant la boutique d'une marchande de cailloux d'Auvergne, il mit entre les bras de Gaude un ravissant coffret de quartz rose.

— Vous ressemblez ainsi, dit-il, à un Antique que j'ai vu quelque part, mais je ne me rappelle plus où?

— Au dernier cours de mon père, dit-elle ; c'est la *cistophora* retrouvée à Sarlay et qui rappelle les fresques de Pompéi.

Taratte battait des mains, ravi de la comparaison.

— Oui, mais le coffret des *cistophoras*, dit-elle, n'appartenait qu'aux dieux.

— Votre choix me fait dieu, expliqua Taratte.

— C'est bien parlé ! répondit Rachel. Vous la rendrez très heureuse, n'est-ce pas? C'est si beau l'amour ; c'est une telle force dans la vie !

— M'aimez-vous? demanda-t-il à voix basse, en saisissant le coffret, afin de glisser la main de Gaude dans la sienne.

Elle baissa les yeux et murmura :

— Attendez ! attendez ! ne m'interrogez pas encore.

Cette réserve subite, cette pudeur secrète qui lui avait fait soudain retirer sa main de la main caressante du jeune homme, lui plut bien davantage qu'un tendre émoi.

Non, elle ne serait pas la vierge banale qui subit inconsciemment l'initiation de l'amour ; elle était l'être plein de mystère qui s'offre, se dérobe, se dénude et se voile et dont la possession inspire aux amants passionnés les poèmes magnifiques et les conquêtes héroïques.

La nuit était tombée depuis longtemps. Taratte ruminait encore ses pensées. Il promena son délire sur le mail solitaire, écouta longtemps, accoudé au vieux pont, le chant de la naissante Dordogne, qui se mêlait au bruit des feuilles agitées par le vent. Sur les ténèbres veloutées du ciel, les étoiles innombrables montraient leurs faces radieuses. Agitant son béret, il salua les lointaines Immortelles, comme autant de petites Gaudes, portant entre leurs mains invisibles le coffret des *cistophoras*.

V

La porte s'était à peine refermée sur Rachel et sur Gaude que Malvos, tapi dans un fauteuil, se leva d'un bond.

— Comment, dit la mère, tu es sans lumière?

Empressée, elle tourna le bouton électrique. Le plafonnier de la chambre s'alluma, éclairant un visage rogue, une attitude hostile. Malvos se mit à marcher, les deux mains rageusement enfoncées dans les poches de son veston, la cravate arrachée, le col débraillé.

Il éclata aussitôt :

— Me diras-tu comment tu as élevé ta fille pour tolérer qu'elle se conduise comme elle l'a fait aujourd'hui, s'écria le père...

— Oh ! Malvos ! implora la belle Orientale, tendant vers l'époux courroucé ses bras suppliants.

Debout contre la porte qu'elle griffait de ses mains douloureuses, Gaude dévorait des yeux ce visage effrayant de colère. L'indifférence glacée eut été pire que cette tourmente.

— Quoi, tu n'as pas le bon sens de mesurer la sottise qu'elle commet. Tu patauges dans le romanesque ; bien mieux, tu l'approuves de me donner en spectacle à ces gamins, d'improviser ces tableaux vivants. Vous êtes aussi folles l'une que l'autre !

— Mais... dit la tremblante Rachel.

— Il n'y a pas de mais ! Ai-je raison oui ou non? Allons, parle ! Pourquoi t'es-tu jetée publiquement à la tête de ce garçon?... Tu as donc bien peur que je ne te le refuse? Allons, parle, avoue, depuis quand te caches-tu de moi?... Quand lui as-tu parlé? Que t'a-t-il dit?... justifie-toi, tu n'as que trop attendu.

Le front creusé de rides, les yeux fulgurants, les mâchoires contractées, féroce, Malvos se dressait devant sa fille.

Elle baissait le visage, laissant passer cette fureur. Brusquement il lui releva la tête, regarda ces joues qui pâlissaient. Mais il n'eut aucune pitié.

— Tu n'es pas une Agnès, ni une Sainte-Nitouche. Tu sais ce que tu fais. Tu sais à quoi tu t'engages.

— Oui, balbutia Gaude.

— Ainsi, reprit-il exaspéré, c'est pour ce monsieur, que ma fille se retourne contre moi, que ma fille trahit tous mes rêves, tous ses engagements.

D'un geste brutal, il avait détaché la jeune fille de la porte et la forçait à venir en pleine lumière.

Épouvantée, Mme Malvos implorait son mari, fermait les fenêtres, courait aux portes voir si les domestiques n'étaient pas aux écoutes.

— Taratte est un honnête homme ! dit Gaude blessée par le reproche de son père.

— Beau mérite pour un imbécile de sa trempe ! un bellâtre.

— Père, il est bon.

— Je me fiche de sa bonté. C'est l'esprit qui mène le monde. Sa bonté, répéta-t-il en se jetant sur un fauteuil qu'il frappa jusqu'à l'éventrer, j'y croirai quand je le verrai à cent lieues d'ici, quand il aura débarrassé la place de son énorme nullité.

— Il ne sera jamais encombrant.

— Corne de bœuf ! Tu crois que je tolérerai sa place à mon foyer? Tu me l'imposerais !

— Oh ! père ! dit Claude avec douceur, personne ne t'imposera jamais rien ; mais laisse-moi te dire que ce mariage fera notre bonheur à tous.

— Parle pour toi, fit-il d'une voix sourde, car, pour moi, mon bonheur est fini. Mon bonheur, dit-il regardant Rachel qui pleurait, le visage caché dans l'oreiller, c'était de t'avoir auprès de moi, avec moi, toujours. Quand je pense que j'ai pu croire que jamais ma fille ne me quitterait !

— Mais je ne te quitterai pas ; rien, rien ne peut nous séparer, dit-elle avec élan.

Elle s'était agenouillée près du fauteuil de Malvos. Le savant se leva et la repoussant :

— Crois-tu donc que mariée tu seras pour moi ce que tu étais étant jeune fille? Allons donc ! C'est comme si je te voyais morte, et c'est pire encore....

Il alla vers la fenêtre, l'ouvrit, but l'air à longs traits et se retournant vers les deux femmes que la douleur avait rapprochées :

— Sais-tu ce que c'est qu'un étranger qui pénètre dans l'existence intime, qui viole les pensées, les recherches, les soucis, les secrets? un étranger qui vous arrive avec un passé, des besoins, des vices qu'il vous impose ? Et quand, par surcroît, il vous apporte sa bêtise, son énorme bêtise, en vérité, il faut être un manant pour tolérer qu'il vous prenne votre fille et étale au foyer domestique ses bottes, son ventre et son rire satisfait. C'est cela que tu veux me faire accepter?

— Malvos, Malvos ! supplia Rachel, ces deux enfants s'aiment. Ne dis pas à ta fille ces choses affreuses.

— Je les dirai quand même ; il faut bien que j'arrache la flèche qui m'a troué le cœur.

— Si je te promets, en son nom, qu'il sera pour toi un fils discret, dévoué, murmura Gaude.

— Jamais.

— Eh bien, il restera ton élève dévoué !

Malvos secoua la tête ; sous le coup d'une douleur violente, il s'appuya au chambranle de la cheminée. Rachel, Gaude s'élancèrent vers lui :

— Qu'as-tu?

— Ah ! seigneur, que va-t-il arriver?

Déjà Mme Malvos courait au verre d'eau, préparait la boisson, versait la fleur d'oranger.

— Bois ! je t'en prie. Ce sont des troubles nerveux. Tu te frappes trop, mon ami, dit-elle.

— Non, en vérité, est-ce que je rêve, reprit le savant au bout d'un moment de silence. Est-ce que tout ça ne va pas finir comme une comédie? Gaude, ma petite Gaude, l'enfant de ma chair, de mon cœur, de mon cerveau, dis-moi que ça n'est pas possible ; tu le juges comme moi. Tu sais que c'est un grelot vide, un lutteur de foire. Un mariage pareil est indigne de toi.

Gaude se détournait de son père pour lui cacher l'affeux désir de trahir son secret. Qu'il surprît son regard et c'en était fait, elle ne pourrait le tromper plus longtemps.

— Quoi? dit-il, stupéfait, tu ne réponds pas.

— Allons, parle, ma chérie, insista Mme Malvos. Tu peux te retirer, M. Taratte ne se froissera point. On se trompe quelquefois. L'aimes-tu?

— Tonnerre de Dieu ! te tairas-tu, femme? Qu'elle réponde.

— Père, dit Gaude en tombant à genoux, ordonne, j'obéirai.

— Je n'ordonnerai rien. Tu es libre... Eh bien, décide.

La jeune fille baissa la tête, mais ne répondit pas. Alors Malvos ouvrit la porte voisine et, sur le seuil, se retournant vers sa fille.

— Maudit soit le ventre qui engendra celui-là !

VI

Comme une armée en déroute, les nuages couraient d'un côté à l'autre de la montagne, poussés par un fort vent d'ouest. Ils prenaient d'assaut les flancs velus du Capucin, enveloppaient de leur houle blafarde la pyramide du Sancy, emplissaient les gouffres de granit. Puis à la sonnerie du vent, fouaillés, se ruaient dans l'espace, abandonnant la lune solitaire comme un char où les blanches captives attendent la horde qui les emportera.

Mme Malvos et Taratte cheminaient vers les sources de la Dordogne. Rachel admirait la beauté héroïque de cette nuit d'orage.

— Quel dommage que Gaude ne soit pas encore là, je n'ai jamais vu un ciel pareil !

— Ah ! je donnerais le ciel, les nuées et cet astre pour que Mlle Gaude fût ici. Comme elle vient tard, soupira le jeune homme.

— Je vous l'ai dit, ma fille vous rejoindra dans un instant. Malvos a besoin d'elle, elle seule peut lui servir de secrétaire. Moi je ne suis bonne à rien, je suis une ignorante.

— Toutes ces raisons, que valent-elles pour un cœur impatient. Je compte les minutes que nous passons ensemble. Voulez-vous en savoir exactement le nombre depuis huit jours?

— Quoi, vous les enregistrez?

— Exactement 490. C'est une moyenne de 60 minutes par jour !

— Pour les amoureux les minutes comptent double.

— J'entends, fit Taratte, quand on les met à profit. Mais moi, je n'en ai pas à ma suffisance.

— Il faut pourtant vous en contenter. Gaude et moi nous ne voulons rien brusquer ; nous voulons amener Malvos à vous accepter pour gendre sans arrière-pensée. Il est le maître, il l'est en tout. L'idée d'un mariage pour sa fille lui déplaît, mais il ne s'oppose point à ce qu'elle vous épouse.

— Vous m'avez dit tout cela, madame. Mais enfin, je voudrais bien savoir pourquoi je déplais tant au Maître.

— Entendez-moi, ce n'est pas vous, Gervais Taratte que Malvos se refuse à voir, c'est le fiancé de sa fille.

— Enfin il n'a pas voué Mlle Gaude au célibat?

Gaude rentre au logis, tenant son frère par la main.

— Je ne dis pas cela ; c'est très subtil à expliquer, fit l'excellente femme qui ne comprenait pas grand'chose non plus à cette tendresse exclusive et farouche.

— Puisque Mlle Gaude a passé outre, et qu'elle a assez de confiance en moi pour me garder sa parole, ne pourrai-je pas la voir plus souvent. S'est-elle plainte? demanda Taratte subitement inquiet.

— Non, non ! ma fille n'a pas de confidente.

— Mais moi j'ai besoin de crier ce que je pense et ce que je sens ; puisque j'ai l'air de l'ennuyer quand je lui dis que je l'aime, je cours le crier aux arbres, à ce ruisseau, à ces pierres.

— Avec le secret désir qu'un jour, sur son passage, ces arbres, ces ruisseaux, ces pierres bavardent et répètent : je t'aime, je t'aime !

— Ah ! comme vous me comprenez, Madame ! dites-lui que je l'adore, que je suis malheureux, que sa froideur m'inquiète, que son absence me tourmente, que je ne vis plus, enfin, depuis que je suis à elle.

— Dites-le-lui vous-même, ce sera mieux.

— Je n'oserai jamais. Quand elle est là, je tourne sept fois ma langue avant de parler, je sens que je vais lui déplaire, et je ne sais pas pourquoi. Je voudrais lui dire que toute ma fortune je l'accroîtrai encore pour la mettre à ses pieds, que je la veux riche, élégante, enviée, je veux son triomphe ; je veux le bonheur de ceux qu'elle aime. Puis-je dire plus, ma mère?

— Non, Gervais, c'est assez. Vous méritez qu'elle vous aime. Écoutez-moi...

Mais lui, dressant l'oreille au bruit de pas qui montait sur la route :

— La voici !

Déjà il s'élançait au-devant de la jeune fille qu'accompagnait Michel. Ils arrivaient joyeux, se tenant par la main ; lui, un petit bonnet de coton rouge sur la tête, une pèlerine sur les épaules ; elle, enveloppée dans un grand burnous blanc, une écharpe de mousseline jetée sur ses cheveux.

Simplement leurs mains s'unirent.

— Enfin ! Enfin ! murmurait Taratte ! J'ai cru que le temps cessait de marcher ! N'êtes-vous pas fatiguée, appuyez-vous.

Il glissait amoureusement son bras sous le sien.

— N'avez-vous pas trop travaillé aujourd'hui?

Gaude répondait par monosyllabes, de cet air grave qui la quittait rarement. Elle n'eut pas une parole pour s'informer de la journée qu'avait passé Taratte.

— J'ai laissé père très las. Il faut absolument qu'il consulte. J'ai du tourment, soupira-t-elle.

A la voir malheureuse, Gervais oubliait déjà la froideur de sa fiancée. Il se prodigua aussitôt :

— Voulez-vous que j'écrive à Paris? Nous ferons venir les plus grands médecins. Ils vous tranquilliseront ! Le maître est taillé à chaux et à sable. Il sera vite sur pied, dès que sa mauvaise humeur sera passée.

— Je le voudrais !... Vous êtes bon, fit-elle, le remerciant en s'appuyant un peu plus tendrement sur le bras de son fiancé.

— C'est tout? demanda-t-il.

— Ils s'étaient arrêtés, respirant la beauté de la nuit, mais Gaude l'entraîna d'un pied ferme.

— Je ne puis mieux dire !

Il lui prit la main, la baisa avec ferveur.

— Si !

— Comment?

— Dites-moi un seul mot, un seul petit mot ; celui que j'appelle de toutes mes forces, celui que vous gardez là, derrière vos lèvres, que je vois se serrer. Oh ! Gaude, ma bien-aimée, dites-le-moi.

Il cherchait à l'enlacer, attendant un baiser. Mais leurs ombres mêmes sur le chemin ne s'unissaient pas. On entendit la voix de Mme Malvos, qui jouait avec Michel.

— Plus tard ! plus tard ! murmura la jeune fille et, quittant le bras de son fiancé, elle courut vers le pont en ruines, où sa mère l'attendait.

— Rentrons ! veux-tu? Il y a une demi-heure que père est tout seul.

— Ah ! fit Gervais, avec humeur, c'est toujours la même chose.

La jeune fille, comprenant qu'elle venait de blesser Taratte, essaya de corriger l'effet de ses paroles, et, lui tendant la joue :

— Est-ce que je ne vaux point cette petite peine?

Cette douceur enfantine le désarma ; il baisa la joue qu'elle lui offrit comme une jeune sœur, et sans plus rien se dire, ils revinrent sur leurs pas.

VII

Au bout de quinze jours de cette vie bizarre, où les défenses se multipliaient, où la jeune fille, après s'être si hardiment promise, se reprenait d'un geste, d'une parole, Taratte déclara qu'il lui était impossible de rester plus longtemps dans une situation aussi mal définie.

— Était-il ou n'était-il pas le fiancé de Gaude? Pour quelle raison le maître s'obstinait-il à ne pas le recevoir? Comme il était sans parents directs, il entendait rompre avec les usages et faire lui-même sa demande en mariage.

Rachel, devant cette déclaration inattendue de la part d'un garçon, si soumis aux volontés de sa fille, répondit que Gaude trancherait cette question, et le dimanche suivant, comme le maître recevait une délégation d'archéologues de Florence, venus en France pour visiter les ruines de Sarlay, Gaude accepta de faire une grande promenade.

L'auto de Taratte emmena la jeune fille, sa mère et Michel vers le petit lac de Guéry qui s'élève au milieu des montagnes comme une coupe de granit consacrée par des géants aux libations de leurs dieux.

Au fond de la limousine, Rachel se prélassait avec une satisfaction évidente. Cette auto, dans peu de temps, appartiendrait à sa fille. C'en était fait de cette vie de privations silencieuses, de pauvreté imposée. Elle connaîtrait le luxe dont elle rêvait, dans les ruines de Sousse, quand Malvos inspiré, évoquait jadis la somptueuse vie de l'Afrique romaine.

Avant le petit lac de Guéry, Rachel descendit et déclara qu'elle n'irait pas plus loin. Michel, déjà, courait après les papillons. Gaude entraîna Taratte sur la route ensoleillée qui mène vers la Roche Sanatoire. Dès qu'ils furent seuls, Gervais incapable de cacher plus longtemps sa sourde inquiétude demanda :

— Avez-vous parlé à votre père? M'autorisez-vous à le voir?... A-t-il fixé la date de notre mariage?...

Les questions se pressaient ; Taratte enveloppa de son bras la taille de la jeune fille, ouvrit son ombrelle, la protégea contre le soleil ; voyait-il une pierre qui pût blesser sa marche, d'un coup de pied, il la lançait dans le talus. Sa bonté simple s'ingéniait à lui montrer combien l'époux serait attentif à la rendre heureuse.

— Le mois d'octobre, dit-il, serait un bon moment pour nous marier. Tout le monde rentre. Nous aurions une foule d'amis. Quoi, vous souriez ! Mais je veux des noces épatantes. Elle tourna vers lui ses yeux perçants.

— Père n'ira pas à Clermont cet hiver.

— Pourquoi? fit-il stupéfait.

— Il renonce à ses cours. Il va se consacrer à son ouvrage sur la Cité gallo-romaine. Le moment est venu pour lui de publier le résultat de ses travaux. Il n'existe que des plaquettes, des brochures, pas un ensemble. Ce livre sera un événement. On saura enfin quel grand esprit est mon père.

— Je ne vois pas, objecta-t-il...

— Il faut une vie absolument retirée ; nous irons habiter à Sarlay, mon père a son appartement dans la maison du gardien.

— Pourquoi avez-vous dit *nous*, ma bien-aimée, fit-il, souriant à ce lapsus de Gaude.

— Parce que où mon père sera, je serai.

— Mais non, puisque nous serons mariés !

— Mariée ou non, j'irai à Sarlay ! dit-elle d'un ton tranchant.

Il fut blessé de ce dédain dont la jeune fille couvrait tous ses projets.

— Et moi ? Que faites-vous de moi?

— Vous nous accompagnerez !

— Oh ! dit-il hors de lui, fermant d'un coup brusque l'ombrelle, et s'écartant de Gaude, je vois bien, cette fois, que vous ne m'aimez point, et que vous vous jouez de moi.

— Non, non ! dit-elle, ne croyez pas cela. Je ne ressemble pas aux autres jeunes filles, je ne pense pas comme elles, j'agis selon ma volonté ; il faut me prendre telle que je suis, Gervais.

— Je le sais bien que vous ne ressemblez pas aux autres, et c'est bien pour cela que je vous aime. Mais vous, si vous m'aimez tant soit peu, il faut me suivre. La religion le commande, dit-il, cherchant au delà de lui-même un argument à opposer à la volonté de Gaude. Christ a dit : « Tu quitteras ton père et ta mère ».

— Et si je ne veux pas les quitter ! dit-elle avec colère. Ce qu'a dit Christ ne me regarde point. En matière de commandement, je n'obéis qu'à ma conscience.

— Eh bien, fit-il élevant la voix à son tour, j'en appelle à votre conscience : qu'est-ce qu'un mariage où la femme préfère le contentement de sa famille au contentement de son mari ?

Ils marchaient à grands pas, sourdement irrités l'un contre l'autre. Gaude avançait, les yeux fixés sur l'admirable panorama qui se déroulait devant la Roche Sanatoire. Gervais, pour masquer sa mauvaise humeur, alluma une cigarette et feignit de ne rien voir de ce qui la tenait émerveillée.

Entre deux roches cyclopéennes coulait brusquement un fleuve de terres, de prairies, de forêts, de champs moissonnés. Les flots compacts se gonflaient entre les montagnes et les collines pour s'épandre majestueusement dans la plaine, et mourir à l'estuaire bleuâtre qui ouvrait l'horizon.

A ces flots roux et verts se mêlaient l'argent des rivières, le cristal des canaux, l'étain bosselé des étangs. L'énorme vaisseau des cités bombait à de grandes distances la plaine limoneuse. Les fumées des usines claquaient dans l'azur comme des voiles tendues entre les mâts d'une nef géante, appareillant pour l'éternel voyage de l'humanité.

Par cette porte, semblable à ces colonnes d'Hercule qui épouvantaient les anciens, les races avaient passé. En tombant de ce seuil historique, le flot des peuples avait couvert la Gaule de Celtes, d'Ibères, de Ligures, de Latins, de Francs, de Goths. Les ossements des ancêtres gonflaient ces terres et ces forêts.

Les lèvres de Gaude frémissaient d'un indicible émoi. Elle eût voulu partager la joie de cette minute sublime au côté de son père. Elle se tenait toute droite, devant cette porte inouïe, les bras repliés, comme une statue antique.

— Le cœur de ceux qui passèrent là, dit-elle, bondit dans ma poitrine. Ils allaient vers l'inconnu. La gloire les couvre ! N'est-ce pas ici, sur ce socle formidable, qu'il faudrait élever un monument à la Gloire ? C'est pour elle qu'ils furent invincibles, ces guerriers ! Entendez-vous leurs clameurs, elles emplissent encore nos montagnes.

Derrière la jeune fille, Taratte, insensible à la majesté héroïque du paysage, fumait rageusement sa cigarette, puis, la jetant sur l'herbe et l'écrasant d'un coup de talon, il s'approcha :

— Répondez-moi, Gaude, si vous ne m'aimez pas, pourquoi m'avez-vous choisi ?

Elle fixa sur lui ses yeux éclatants, et répondit :

— Pour accomplir une noble action !

Le visage qui la regardait se convulsa, les traits tiraillés par une affreuse douleur cherchèrent en vain pendant quelques secondes, à retrouver leur expression. Avec effort, il mâcha quelques mots :

— Votre franchise est tranchante... j'aime la vérité tout de suite... Parlez, qu'attendiez-vous donc de moi ?

Taratte s'était levé, et debout écoutait la jeune fille. Ses mains nerveusement défeuillaient un buisson. A son tour elle se leva.

— J'ai un devoir à remplir, un très grand devoir. Je ne puis l'accomplir seule. Les forces me manquent. Vous êtes bon, Gervais, aidez-moi. Il faut sauver mon père !

Gaude et Taratte en promenade.

— Est-il en danger ?... Sa santé ?

— Il ne s'agit plus seulement de sa santé, il s'agit de lui-même, de son génie, de son œuvre. Tout est compromis, alors que je croyais tout assuré. Jugez de ma douleur, nous sommes à présent sans fortune, et si personne ne l'aide, mon père doit renoncer à une nouvelle gloire.

Le visage de Taratte exprima un étonnement sans borne.

— Alors vous avez pensé que...

— Oui, dit Gaude ne le laissant pas achever sa phrase, et tendant vers lui ses mains jointes, je vous demande comme une preuve d'amour de donner à mon père cet argent que vous destinez à ma parure, à mon luxe. Je n'ai besoin de rien. Je suis habituée à me passer de tout, mais que mon père puisse payer ses ouvriers, poursuivre ses recherches... Vous le voulez

***

bien, dites ; dites que vous le voulez, Gervais?

Par un instinct de femme, elle avait jeté ses bras au cou du jeune homme, elle dardait sur lui son regard volontaire, elle se fût jetée à ses pieds, l'orgueilleuse, pour arracher ce oui qu'il ne prononçait point. Mais elle n'osait le nommer des deux noms qu'inspire l'amour.

Le visage de Taratte avait perdu sa bonhomie coutumière, son air riant. Un tel aveu le confondait.

Le visage dur, le front barré d'un pli, Taratte détacha les bras de la jeune fille et fit quelques pas vers le soleil. Il s'éloignait. Un papillon blanc se posa sur sa manche; d'une chiquenaude, il le tua.

— Alors ce mariage, c'est une affaire?

Elle le regarda. D'un mot brutal il venait de tuer toute la reconnaissance qui déjà emplissait son cœur à la pensée que, spontanément, l'élève accepterait de prêter secours au maître.

— Soit ! dit-elle, retrouvant son regard impérieux. Je m'estime assez haut pour qu'en me donnant à vous je pense que je donnerai plus que je n'aurai reçu !... Quoi, je parle à votre cœur et votre caisse me répond par une lettre de change ! Reprenez votre parole, si vous croyez que je m'abaisse jusqu'à convoiter votre fortune.

La pensée de perdre cette orgueilleuse fille ranima soudain l'amour qui s'éteignait. Certes, il ne manquerait pas d'autres prétendants pour épouser Mlle Malvos. On le dirait évincé, et pourquoi? Malgré la supériorité de sa fortune, il savait bien qu'une telle femme ne lui était pas destinée.

— Vous vous méprenez. Je n'ai pas eu l'intention de vous offenser. J'ai été surpris : je n'avais pas prévu que ces fiançailles romanesques cachaient un autre sentiment que l'amour.

Gaude, en le voyant si humble, s'adoucit.

— Vous l'aimez. Vous le respectez. Il est votre maître et il est malheureux ! Ah ! Gervais, ceux qui ont la fortune ont des devoirs qu'ils ne soupçonnent pas. Savoir que mon père va gravir un calvaire, cette pensée affreuse me ronge. Sauvez-le, vous le pouvez si facilement.

Les larmes inondaient son visage ; elle se sentait défaillir devant le silence de cet homme. Qu'allait-il décider qu'elle n'acceptât d'avance? Il s'approcha, la força de s'asseoir, s'assit auprès d'elle.

— Soit ! dit-il, puisqu'il vous faut de l'argent, je vous donnerai ce que vous me demanderez, Gaude. Je ne veux pas vous voir souffrir. Je ne veux pas souffrir moi-même.

Elle pleurait à petit bruit, doucement il essuyait ses larmes, elle coucha sa tête sur l'épaule du jeune homme et balbutia très bas :

— Merci.

— Oui, mais vous serez raisonnable. Il faut être philosophe dans la vie, si on veut vivre heureux, et ne pas s'embarrasser au delà de ses forces du fardeau d'autrui.

Taratte, sincèrement, disait ces choses, parce qu'il les pensait. Est-ce que son père, le vieux Taratte, ancien contremaître de l'aciérie, serait devenu le propriétaire de cet énorme établissement, aurait accumulé les millions, s'il avait pris souci de tous les faméliques qui frappaient à sa porte.

— Ne traîner personne après ses guêtres ! avait-il coutume de dire, quand on s'adressait à lui, c'est mon principe.

Élevé dans ces idées, Gervais connaissait le prix de l'argent. Il l'avait dépensé pour lui magnifiquement, sans cependant entamer le capital amassé par le père. Tant que Malvos avait payé de ses propres deniers les fouilles de Sarlay, Taratte avait déclaré, à tout chacun, que le désintéressement du savant était admirable. Mais s'il fallait subvenir aux frais de nouvelles fouilles, c'était une autre affaire. La prévoyance exigeait des limites protectrices.

— Les grands hommes, murmura-t-il, ne devraient jamais se marier et encore moins avoir des enfants. Votre père a du génie, je ne le nie pas... mais...

— Assez ! dit-elle sèchement.

— Il faut que vous sachiez cependant que je n'irai pas, niaisement, me mettre sur la paille, et avec moi ma femme et mes enfants, pour contenter une passion aussi exigeante. Aujourd'hui, demain, tôt ou tard, tout y passerait, si nous vivions auprès de lui.

Gaude eut un geste de dénégation.

— Si, si, je vous connais, vous êtes sans défense devant l'autorité de votre père. Il vous mène par le bout du nez. Je ne veux pas qu'on me mène par le bout du nez.

— Vous le connaissez mal. Il est tellement au-dessus de ces petitesses.

— Vous l'excuserez toujours, mais j'ai d'ores et déjà le devoir de prévoir, et je prévois que notre bonheur serait compromis par une existence commune. Près de votre père je ne serai jamais rien. Vous n'aurez ni regards, ni paroles, ni tendresse pour moi. C'est lui, qui aura tout.

A mesure que Taratte parlait, il s'animait de sa rancune amassée.

— Malvos remplira votre vie d'épouse comme il remplit votre vie de jeune fille. Cela, je ne l'accepterai jamais ; je ne suis pas né avec la bosse du sacrifice. Je ne me marie pas pour avoir un beau-père illustre, je me marie pour avoir, à moi, la femme que j'aime. Gaude, comprenez-moi bien, dit-il, l'attirant auprès de lui, même en pensée, je vous veux à moi seul.

— Que me demandez-vous ! dit-elle.

Son visage pâlit affreusement, ses mains tremblèrent, elles s'accrochaient et repoussaient à la fois.

— C'est impossible !

— S'il vous est impossible de vivre loin de votre père, il m'est impossible, à moi, de vivre avec vous, auprès de lui.

— Mais pourquoi? pourquoi? Que vous a-t-il fait ?

Elle le regardait égarée, ne comprenant pas qu'un être inférieur pût être si férocement égoïste. Taratte se pencha sur elle, et la regardant avec des yeux qui livraient toute sa nature :

— Parce que je suis jaloux ! Parce qu'il est le premier dans votre cœur.

Les paupières de Gaude vacillèrent. Une lumière subite éclairait ce qu'elle n'avait point vu encore, l'impossibilité d'un partage.

Jamais un autre homme n'aurait son cœur. Il appartenait au père, sans réserves, et c'est parce qu'il lui appartenait qu'elle avait osé promettre son corps en échange du secours qu'elle réclamait.

— Croyez-vous donc, dit-elle sourdement, que mon père ne souffre pas mille fois plus de croire que je lui préfère un étranger ?

— Choisissez ! Je n'ai pas, comme ce Romain que vous connaissez, la guerre ou la paix dans ma loge, mais j'ai pour votre père la somme que vous me demanderez, à une condition absolue : nous ne vivrons pas auprès de lui.

Gaude gémit :

— J'en mourrai.

— N'en croyez rien. Le mari, que je serai, saura vous consoler...

Elle demeurait figée devant lui, pas un instant elle n'avait prévu une condition si cruelle. Etait-ce à ce prix qu'elle devait payer la rançon de la gloire ?

— Eh bien, ma chérie, dit-il, se penchant vers la jeune fille, c'est accepté ? Alors, signons le traité.

En maître, il posa ses lèvres sur les lèvres de sa fiancée.

VIII

Malvos arpentait à grands pas les couloirs de l'hôtel. Depuis longtemps ses hôtes étaient partis. Gaude et sa mère ne revenaient point. L'oreille aux écoutes, il épiait les bruits qui montaient par la cage de l'ascenseur. Cette journée était interminable.

Pourquoi sa fille ne rentrait-elle pas ? Où avait-elle été ? A l'ombre de quel bois ce beau muguet l'avait-il emmenée ? Quel mot lui disait-il, cet enjôleur, ce vil coq de basse-cour ?

Il marchait le dos voûté, les mains enfoncées rageusement dans ses poches, ou faisant de grands gestes et lançant des invectives aux chambres closes. A mesure que la nuit avançait, son exaspération grandissait.

A quoi pensait cette mère de favoriser ainsi leur tête-à-tête ! N'avaient-ils pas assez de toute leur vie pour roucouler ? Ne pouvait-on pas lui faire crédit de quelques jours, de quelques heures ?

Mais non, on l'esquivait ! On profitait de cette liberté ! Comme ils devaient s'en donner ces amoureux pendant que lui restait seul, sans personne d'autre que des domestiques pour lui donner le nécessaire.

Malvos, dans sa fureur, oubliait qu'il avait condamné sa porte et qu'il avait exigé cet isolement inutile.

— Je deviens fou ! Je ne pense plus qu'à ça. Pourtant c'est dans l'ordre ; j'ai eu tort de l'élever pour moi. Pauvre père, tâche de ne pas montrer le mal qu'on te cause.

Alors il se traînait à sa table de travail, feuilletait ses fiches, compulsait un volume, écrivait, se dupait lui-même et tout à coup rejetait papier, plume, livres, et recommençait d'errer en maugréant à travers les couloirs. Il ressassait les lettres qu'il venait de lire. C'étaient ses élèves de Clermont qui insistaient pour que son cours recommençât plus tôt, dès novembre. Les étudiants s'annonçaient nombreux.

— Qu'est-ce que cela me fait !

Les membres d'une société anglaise lui demandaient des conférences à Londres, pour la saison. La même demande lui avait été faite pour Ostende. Le cachet était superbe.

— Qu'est-ce que je ferai de cet argent ?

Le gardien de Sarlay annonçait l'éboulement des thermes de l'Ouest, une canalisation du *Tépidarium* se trouvait bouchée de ce fait.

— Un autre y remédiera. Est-ce que cela m'intéresse à présent ?

— Ah ! le préfet me refuse l'autorisation d'entamer des fouilles à Lauranum à cause des émanations et des fièvres qui ont atteint les bestiaux de Sarlay ! Quelle misère ! ça sent le Cornuel ! Vous verrez que ce bougre-là se mettra devant mon cercueil pour l'empêcher d'avancer ! Il est donc écrit que la sottise humaine, comme une vermine, me couvrira.

Soudain une sensation étrange changea le cours de sa pensée ; il sentit ses forces disparaître, et, tombant dans un fauteuil, perdit conscience de ce qui l'entourait. Un seul être, dans ces ténèbres de la pensée, apparaissait encore, c'était Gaude.

Malvos balbutiait avec ferveur le nom de sa fille :

— Gaude, ma petite Gaude !

Dans le trouble de sa pensée, il la voyait toute gamine, telle qu'elle apparaissait devant le grand feu de broussailles allumé au milieu du camp de Sarlay, chauffant ses menottes, riant, jouant avec les médailles de Vercingétorix retrouvées dans les ruines du temple.

Puis le visage enfantin disparut ; sur les dalles sonores des rues à demi dégagées, il entendait bondir son pas. On ne la voyait pas encore, mais elle allait paraître. Elle apportait la gourde fraîche, préparée par Rachel. Comme elle était frêle pour ses quinze ans, mais si énergique quand elle donnait le coup de pic et fouillait à son tour. Temps heureux, où l'enfant, le soir, ouvrant son Tite-Live, traduisait les campagnes de Scipion.

Malvos en avait fait une espèce de savante, une bachelière qui serait un jour docteur ; mais il en avait fait, en dépit des livres, une fille sauvage, sans morale précise, sans dogme arrêté, incapable de subir une contrainte. Ambitieuse et égoïste, Gaude eût puisé dans cette éducation libre, la force de tout sacrifier à ses desseins. Généreuse et pure, elle devenait l'incarnation d'un type rare par la beauté du caractère et la force de l'esprit.

Les traits juvéniles de la fillette vêtue comme un adolescent se perdirent dans les ténèbres qui envahissaient le cerveau. Un tourbillon d'étoiles enveloppa le corps du savant qui s'enfonçait pesamment dans une nuit de plus en plus opaque. La vie flottait dans ces régions mystérieuses, où ses membres engourdis ne pouvaient plus faire un mouvement.

Combien de temps s'écoula?

Rêve, sommeil, approche des frontières de la mort. Malvos entendit très loin de lui la voix qu'il aimait le plus. Elle l'appelait.

Il fit un effort pour remonter vers la vie, entr'ouvrit ses yeux pesants.

— C'est toi? demanda-t-il.

Sa main difficilement chercha le front de la jeune fille, le caressa; puis d'un geste familier, le père serra contre lui la tête de son enfant.

— Ah ! père, je te retrouve !

Elle l'embrassait passionnément.

Mais le geste que Gaude avait fait en se penchant, dégageait Taratte, immobile devant la porte.

Malvos l'aperçut.

Aussitôt il se leva, trébucha. L'autre s'élançait pour le soutenir ; un regard terrible l'arrêta.

— Qu'as-tu? fit Gaude, épouvantée de la pâleur subite de ce visage et de ces traits crispés par une atroce douleur.

Malvos porta la main à son cœur.

— Au nom du ciel, consens à voir le médecin.

— Ce n'est pas avec sa seringue qu'il me guérira?

Ses yeux foudroyaient Taratte qui, perdant contenance, cherchait à sortir.

— Vous voilà de planton ! vous ! fit-il rudement. Allons, qu'on me laisse. J'ai à écrire.

Gaude s'empressait autour de la table, préparait la plume, les feuilles blanches, s'assurait que la sébille avait de la poudre de cuivre.

— Veux-tu dicter? demanda-t-elle tendrement.

— Je veux qu'on me laisse ! Tonnerre de nom d'un chien !

Interdite, elle le regardait manier entre ses mains velues le silex qui pressait, sur la table, les coupures des journaux. Elle devinait un danger. S'approchant du jeune homme, Gaude murmura quelques mots, mais Taratte, qui ne voulait plus fuir, depuis qu'il se sentait menacé par cette haine, secoua la tête. En vain, Gaude le supplia du regard.

Malvos s'était assis à sa table et paraissait ignorer leur présence.

La jeune fille fit quelques pas vers lui et, à voix basse, avec effort :

— Père, monsieur Taratte va partir pour Clermont, il désire te parler... te demander la date.

— Quelle date? grommela le savant.

— Celle... de notre mariage.

— Ah ! jeta-t-il d'une voix sèche, c'est à cela que tu penses ! fixez-la vous-mêmes. Vos affaires ne me regardent point.

— Père, ne me parle pas ainsi, dit l'enfant bouleversée, tu ne sais pas le mal que tu me fais !

Gervais à son tour :

— Maître, écoutez-moi.

— Qu'est-ce que vous fichez ici, vous !

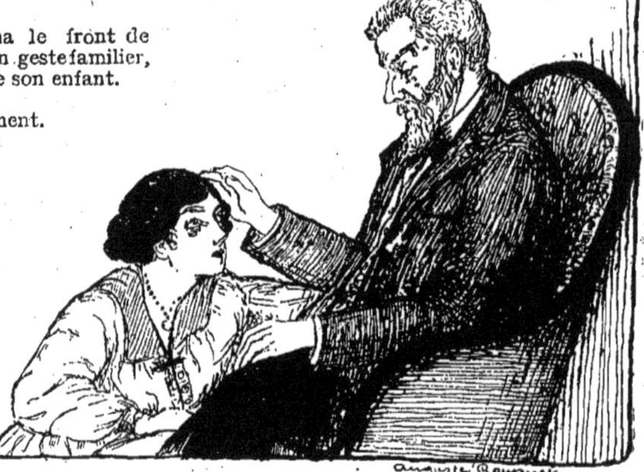

La main de Malvos cherche le front de Gaude pour le caresser.

Malvos tourna vers l'étudiant un visage terrible : le sang qui affluait au cou, aux joues, au front, semblait prêt à éclater. Les yeux clairs lançaient du feu. Dans le désordre de ses cheveux et de sa barbe, le savant leur apparut comme une divinité féroce.

— Ce n'est pas assez que ma fille aille vous rejoindre, vous la relancez jusqu'ici.

— C'est mon droit ! répliqua Taratte, hors de lui.

— Tu l'entends ! et tu te tais ! Tu n'es donc plus ma fille?

Malvos avait saisi la jeune fille par les épaules et ses mains durement s'enfonçaient. Elle plia sur ses genoux et l'implorant :

— Ne blasphème pas. Je n'ai pas cessé de t'aimer. Tu es tout pour moi, père, tu es ma pensée unique. Qu'il parle, qu'il te dise, je suis sans force entre vous deux. Mais épargne-nous, plus tard, tu sauras comme il a été bon, tu le remercieras...

— Le remercier, fit Malvos, se rejetant en arrière, de m'enlever le seul bien que je possédais, de m'avoir jeté dans un désespoir affreux !

Mais je le hais, tu entends, je le hais, celui-là !

Gaude, debout, séparait les deux hommes qui se défiaient du regard.

Au bruit de cette querelle, Mme Malvos entra suivie de Michel déjà enveloppé dans sa robe de nuit. Ils virent au milieu de la pièce Malvos chanceler. Gaude pleurait, le visage caché dans ses mains, qu'elle mordait pour ne pas lui crier :

— Rien ne changera ! Je me sacrifiais. Qu'il parte, tu me garderas.

Mais Gervais, penché sur elle, disait âprement :

— La vie commune est impossible ! Me suivrez-vous?

— Le suivre !... Il veut l'emmener ! ah ! le misérable...

Tournant sur lui-même, Malvos battit l'air et tomba comme un chêne foudroyé.

IX

Le corps de Malvos reposait à Sarlay dans les vieux murs de la Pompéi des Gaules.

A quelques lieues de Clermont, à mi-flanc d'un coteau vert, la ville morte offrait, au premier abord, le chaos d'un chantier abandonné : murailles sortant de terre, tranchées entaillant le sol, pierres alignées, crevasses pavées de mosaïques, colonnes, amphithéâtre démantelé.

La brume d'octobre, qu'argentait un soleil encore chaud, adoucissait les formes compactes et couvrait d'un vaporeux linceul la ville des druides et des magiciens. Près de la source se dressaient les ruines de ces thermes que chantèrent, avant Ausone, les poètes latins. Piscines, étuves, gerbes glacées tombant sur les corps nus des jeunes Romains, Malvos avait, avec une science curieuse de l'hydraulique, expliqué ce merveilleux travail des ingénieux Gaulois.

Plus loin, creusé dans la pourpre du granit, le théâtre où retentit la gloire d'Hercule. Là, avaient triomphé les pièces de Sénèque. Devant les vapeurs embrasées de l'occident, l'acteur avait clamé la mort d'Alcide sur le bûcher allumé de ses propres mains. Non loin, son temple recouvrait les auteuls druidiques. Un arc inscrivait sur la douceur du ciel sa forme harmonieuse.

Gaude promenait sa robe de deuil au milieu de ces ruines si vivantes pour elle.

Ici, tout lui parlait de son père ; pas une pierre, sans lui, n'aurait vécu. Chacune avait son histoire. Pourquoi Sarlay vivait-elle encore? Pourquoi elle-même vivait-elle, puisque son père était mort? Mort ! Etait-ce possible qu'un homme comme Malvos pérît ainsi, assommé !

Quoi, son intelligence avait fait le miracle de rendre la vie à la matière que, deux mille ans auparavant, d'autres hommes avaient consacrée à leurs dieux, et lui tombait sans qu'aucun pouvoir puisse lui dire :

— Lève-toi ! Sors de ton tombeau !

Pleurer, gémir ! Gaude avait versé toutes ses larmes.

Gaude s'était assise sur le socle brûlant d'une colonne renversée, elle s'appuyait à l'arc qui élève vers la nue sa courbe harmonieuse. C'est là que chaque jour elle se traînait près de la tombe de son père.

Personne ne pouvait empêcher ce cruel pèlerinage : Rachel, dans le petit logis du gardien, recevait les amis de Malvos qui venaient encore à Sarlay. Taratte était à Chantecaille, où il faisait préparer le logis pour la future épouse. Gaude était seule.

Comme la mort serait la bienvenue ! Pourquoi ne viendrait-elle pas, foudroyante comme celle du père? Partir avec lui..., c'était peut-être le rejoindre, revivre ailleurs, qui sait?... Oui, les matérialistes disent qu'il n'y a rien au delà de la vie, est-il possible que tout finisse avec la poussière ? Mais ceux qui le disent n'ont pas aimé, ils ne savent pas l'invincible force qui lie un être à un autre et l'entraîne avec lui, par delà le tombeau. Pourquoi pas maintenant. Oui !... D'un geste résolu, Gaude a relevé ses cheveux, dégagé sa nuque, ouvert son col. Elle offre sa tête nue, son visage au lourd soleil d'automne, pour qu'il accomplisse son œuvre...

Quelle douleur ! Quelle brûlure ! Elle sent la mort...

Deux bras solides ont saisi et enlevé la jeune fille évanouie au pied de l'arc.

Gervais, conduit par le gardien des ruines, a devancé son retour, pressentant quelque malheur.

— Courez prévenir Mme Malvos ; un médecin.

— De médecin, mon pauv' monsieur, il n'y en a point, fait le paysan sans se presser. Chez nous, on ne connaît que le sorcier. J'vas le chercher ! C'est peut-être un sort qu'on a jeté à la demoiselle ! C'est jamais bon, voyez-vous de déterrer ce que not' Seigneur a fourré dans la terre ; les Revenants se vengent.

— Vous parlerez demain. Avez-vous un couteau? Vous ne voyez donc pas qu'elle étouffe ! Elle va mourir. Il faut la saigner.

Taratte adossait la jeune fille au mur, et de son mouchoir trempé à la source lui baignait le front, le visage, les tempes. Au bout d'un instant, il la vit tressaillir. Elle ouvrait les yeux, et, dans l'ombre, cherchait à reconnaître ceux qui l'entouraient.

Gaude vit Taratte, et ferma les yeux.

— Ce ne sera rien, dit Gervais. C'est un coup de soleil. Je suis arrivé à temps. Ma pauvre petite chérie !

— Pourquoi êtes-vous venu? Je voulais mourir !

— Que dites-vous là? Mourir à vingt ans ! mourir quand la vie va être si douce. Ah ! Gaude, vous n'avez pas pensé à mon chagrin.

Elle leva sur lui un regard déchirant.

— Il n'y a plus rien de commun entre vous et moi.

— Mais nos promesses, nos projets, mon amour? dit-il stupéfait.

— Je vous ai écrit ce matin que je ne pouvais pas être votre femme ; il ne fallait pas revenir ici.

— C'est de la folie, de la pure folie ! Il n'y a rien qui nous sépare. Si? dit-il, devant un geste de la jeune fille. Eh bien ! que m'importe, je ne veux pas le savoir. Vous me torturez à plaisir. Jamais je n'aurais cru, qu'en aimant un être, on pût autant souffrir.

— Je vous le répète, Gervais, jamais je ne serai votre femme.

— Mais pourquoi, pourquoi? Que vous ai-je

Gaude sur la tombe de son père.

fait? N'ai-je pas consenti à tout ce que vous me demandiez.

Elle secoua la tête.

— Pas comme il le fallait.

— Des reproches, à présent ! j'aurais bien voulu voir un autre à ma place ! Vous êtes injuste, Gaude. Ajoutez donc, pendant que vous m'accablez, que c'est moi qui ai tué votre père.

— Hélas !

— Quoi ! vous en êtes là.

— Si vous aviez compris ce que j'attendais de vous, si vous vous étiez montré mon ami, mon père serait encore vivant. Vous eussé-je aimé, Gervais, que je ne vous pardonnerais pas ce que vous avez fait.

— Ne m'accusez point, l'amour seul...

— Qu'est-ce que votre amour, reprit Gaude tristement, qu'est-ce que votre jalousie, vos droits venaient faire, quand il s'agissait de défendre un chef et de tout lui sacrifier?

— Gaude, effacez une idée qui sera funeste à votre repos. Ni moi ni vous, nous ne sommes pour rien dans cette catastrophe, le destin seul en est responsable.

— Le destin c'est la conséquence de nos actes, je ne puis arracher de ma conscience la vision de sa dernière heure.

— Mais elle était prévue, les médecins me l'ont dit. Chassez ces remords, ou ce trouble. Votre père était épuisé. Ce n'est pas le chagrin qui l'a tué ; ses artères étaient fragiles, elles se sont brisées. Les médecins l'attesteront ; ils vous raconteront des accidents analogues.

— Accident ! Vous appelez accident la mort morale de mon père. Mais vous n'avez donc pas d'yeux pour voir, d'âme pour sentir le supplice que nous lui avons infligé.

Elle balbutia :

— Cet homme, si grand, si loin de toute bassesse humaine, avait gardé le cœur d'un enfant. Il donnait sans compter ; qui n'a-t-il pas obligé autour de lui? Interrogez Guyon, Spelcat, Grosdidier, tous lui doivent ce qu'ils sont. La seule chose qu'il ne pouvait donner, qu'il ne voulait pas donner, c'était sa fille.

Ses larmes, maintenant, coulaient sur ses joues amaigries, ses mains jointes se nouaient autour de ses genoux. Gaude parlait d'une voix sans timbre, et son regard évitait le regard étonné de Taratte.

— Oui, je suis sûre qu'il est mort de chagrin. La lutte était au-dessus de ses forces paternelles. Son cœur lui criait : « Garde ta fille, elle est à toi ! » Mais son honnêteté, car c'était un grand honnête homme, lui répondait : — « Laisse-la libre d'aimer ! » Il a cru que je vous aimais, voilà mon châtiment.

— Pourquoi avez-vous menti? répondit Taratte tristement. Me donner l'illusion d'être le préféré ! A lui, vous laissiez croire que j'étais aimé. Et tout cela n'était que mensonge ! Gaude, l'égoïste, ce n'était pas celui qui ne voulait que votre bonheur !

— Egoïste, moi !... Je me suis trompée sur mon devoir. Si je vous ai fait souffrir, Gervais, j'en ai le regret. Je croyais m'acquitter envers vous. Quittons-nous sans haine, loyalement ! Quoi, vous pleurez?

— Je vous aime, je voudrais vous dire des mots qui vous touchent. Gaude, mais je ne les trouve pas. Ne me repoussez point ; qui sait, demain, plus tard, comme vous le pensiez, l'amour viendra. Nous pourrons être heureux. J'attendrai tant qu'il vous plaira. Mais laissez-moi veiller sur vous, maintenant que vous êtes seule et que vous avez charge d'âmes.

— Non, ma mère n'a pas besoin qu'on l'aide, dit-elle, sans dureté. Le gouvernement va lui faire une pension, mon frère sera élevé aux frais de l'Etat.

— Et vous?

— Moi !... C'est vrai. Il y a une heure, je

croyais la question résolue. Puisque la mort ne veut pas de moi, je vivrai, mais pour continuer ce que mon père n'a pu achever. Tenez, quand vous m'avez arrachée de là-bas, j'étais auprès de lui. Comme autrefois, sa parole ressuscitait les siècles disparus. Je voyais...

Elle s'arrêta.

— Ce que je dois faire, c'est publier ses notes, écrire l'ouvrage dont le plan est tracé ; empêcher l'oubli d'atteindre sa mémoire.

— Mais de quoi vivrez-vous? La misère est à votre porte !

— Je travaillerai tant, dit Gaude, que je ne la verrai point.

— Alors, c'est fini?... Pour toujours?

— Pour toujours !

— Vous me brisez le cœur ! dit-il, l'enveloppant d'un dernier regard. Comme vous êtes dure !

— Je suis malheureuse ! Adieu, Gervais.

— Au revoir, Gaude !

Il attendait encore, espérant un geste, un murmure qui l'arrêterait... Un violent combat se livrait entre son amour, son dépit, sa pitié. Quand elle se lèverait, la saisirait-il au passage, la forcerait-il à comprendre que ce renoncement était impossible?

Mais Rachel accourait affolée :

— Vous l'avez sauvée ! merci, merci !

Mais quand elle se retourna, soutenant sa fille entre ses bras, Taratte avait disparu.

X

De ses regards désolés, la jeune fille étreignit les lieux de son enfance. Quand reviendrait-elle, et reviendrait-elle en victorieuse se coucher auprès de son père pour la nuit éternelle?

Une petite main se posa sur son épaule.

— Les traîneaux sont là.

Michel, encapuchonné dans des châles, approchait son minois pâli du visage fiévreux de sa sœur. Ils s'embrassèrent longuement.

— Promets-moi d'être un homme !

— Oui ! dit l'enfant.

— Sois bon pour notre mère. Veille sur elle ! N'oublie jamais qu'elle a rendu heureux notre père et ses enfants.

— Notre père, répéta l'enfant d'une voix pleine de larmes. Pourquoi t'en vas-tu?

— Il le faut.

Rachel avait jeté les hauts cris à la nouvelle d'une séparation, elle voulait suivre sa fille partout où elle irait. Quoi, voulait-on la tuer en la séparant de Gaude, en brisant la famille? Par quel scrupule étrange avait-elle rompu avec son fiancé, et interdit qu'on prononçât son nom au logis? Gaude irait à Paris.

Aux premiers mots, Mme Malvos s'était récriée. Là-bas, toutes les jeunes filles se perdaient. Mille pièges leur étaient tendus. Comment Gaude, si pure, se défendrait-elle puisqu'elle ignorait le danger?

A cela, la jeune fille répondit que Paris n'était pas la fosse aux lions. Qu'elle avait été respectée partout où elle s'était trouvée avec ses camarades de la Faculté. Et puis, Mlle Oneska, une petite cousine de Malvos, dont le savant parlait comme d'une femme très intelligente, la recevrait, jusqu'à ce que son titre de bachelière lui permît de trouver l'emploi, qu'elle chercherait à Paris.

— C'est l'affaire de quelques jours. Parmi les amis de mon père, il s'en trouvera bien un qui aura besoin d'un secrétaire. Je demande un poste qui me laisse quelque loisir pour travailler à la Bibliothèque Nationale et compulser les textes auxquels renvoient les notes de la *Cité gallo-romaine*.

Elle avait ajouté :

— Ma vie n'a qu'une pensée, qu'un but ! Travailler pour lui.

Et la mère avait accepté la volonté de sa fille, comme elle avait obéi à la volonté de Malvos.

L'avenir apparaissait, net et dur. L'austérité de la vie, qui l'attendait à Paris, convenait à l'affliction de la jeune fille.

Rachel ne cessait de pleurer. Assise au fond du traîneau, elle avait saisi son fils et sa fille dans ses bras et les étreignait désespérément.

Les enfants, les mains unies, serrés sur le cœur de la mère, répondaient à cette caresse suprême. Un silence funèbre enveloppait leur fuite rapide à travers la montagne.

Le traîneau glissait, fendait les mottes blanches, pulvérisait des gerbes de cristal. Dans la brume matinale, sous ce ciel glacial, l'Auvergne avait une majestueuse tristesse.

Le train, en gare, siffla. L'employé les pressait. Une portière s'ouvrit. Ils s'embrassèrent encore et le train s'ébranla. Sur le quai, Rachel, dans ses voiles de veuve, demeurait pétrifiée de douleur. Michel courait après le train :

— Ne t'en va pas, ne t'en va pas !

Descendre ! Rester avec eux ! Arrêter ce train qui fuyait!... Gaude, hors de la portière, se penchait pour saisir encore du regard ceux qu'elle abandonnait. Mais déjà le train s'enfonçait dans les champs de neige. Derrière elle, tout avait disparu !

DEUXIÈME PARTIE

I

Au quai d'Orsay, un fiacre chargea les bagages de Gaude Malvos.

— 7, rue d'Artois, dit-elle.

Devant la gare, la neige encore fraîche brillait comme un fleuve blanc accouplé au fleuve noir. Le fiacre péniblement avançait. Gaude, les yeux fixés sur la berge scintillante, regardait fuir les bateaux qui émergeaient de l'ombre comme des monstres phosphorescents. Le mystère du fleuve l'attirait.

Au détour du pont, la Concorde apparut, avec ses fontaines embrasées, enfonçant dans le ciel gris une coupole de flammes.

— Paris ! C'est cela Paris ! Quelle beauté !

Elle s'exaltait, oubliant déjà l'infinie tristesse des adieux, la longueur du voyage, l'incertitude de l'avenir.

Sur les fontaines de bronze, les eaux bondissaient en aigrettes diamantées, ruisselaient en couronnes de pierreries, s'évasaient en robes de tulle inscrustées de rubis, d'émeraudes, de topazes, enveloppant d'un voile enchanté le corps d'airain des déesses et des dieux. L'eau, enflammée par quelque sortilège, se dressait sur le plateau, comme le cœur ardent et tumultueux de la ville. Tout autour de ce cœur magnifié, suspendues aux arbres neigeux, des guirlandes de diamants traçaient un chemin de lumière.

Sur les pelouses immaculées, les reflets des feux électriques se jouaient comme des essaims de ramiers ; des fleurs lumineuses épanouissaient leurs corolles sur le velours noir des maisons, plus loin l'écharpe d'Iris ailait l'espace de sa grâce fuyante.

Au 7 de la rue d'Artois, devant une maison paisible et discrète, la voiture s'arrêta.

— Mademoiselle Oneska? demanda Gaude, après avoir poliment frappé à la porte du concierge.

— Premier étage, la porte en face.

Elle monta. Une gentille femme de chambre au tablier brodé vint ouvrir, prit le plaid, le parapluie de la jeune fille, fit monter les bagages et conduisit Mlle Malvos dans sa chambre. Gaude s'étonna que sa cousine ne fût pas là pour la recevoir.

— Quoi, allait-on déjà la traiter en parente pauvre !

— Madame prie mademoiselle de l'excuser. Madame est occupée ; elle sera libre dans un instant. Si Mademoiselle veut faire sa toilette, tout est près dans son cabinet.

La chambre, où Marie-Thérèse avait conduit la nouvelle venue était minuscule, mais coquette tendue d'un papier jaune clair, avec une frise de rubans bleus ; lit de cuivre, armoire en érable, petites tables anglaises, fauteuil bas et deux chaises constituaient tout l'ameublement. Sur la cheminée une pendulette en porcelaine grise sonna neuf heures ; penchés sur le cadran, deux mioches semblaient écouter son tic-tac.

Marie-Thérèse était revenue offrant ses services. Gaude surprit le regard railleur qu'elle jetait à la malle bordée de poil de chèvre. Vénérable compagne des voyages de Malvos, elle avait usé les routes ; un bourrelier l'avait rapiécée en son temps et Gaude l'avait choisie pour y enfermer le trésor paternel : notes, manuscrits, études dont elle ferait le livre de Malvos.

Il y avait près d'une heure que Gaude était arrivée, quand un bruit de voix frappa ses oreilles. On avait ouvert une porte dans le vestibule, deux femmes causaient gaiement.

— C'est vrai ! disait l'une, quelle métamorphose ! Mais j'ai vingt ans ce soir ! Ah ! je vous devrai mon bonheur.

— Encore quelques séances ! Ma méthode est infaillible. Vous voilà sous les armes ! A la victoire, mademoiselle !

— J'en accepte l'augure !

Gaude entendit un rire arrogant. Puis la porte d'entrée se referma et presque aussitôt on frappa chez elle.

Mlle Oneska s'avançait les mains tendues.

Comment, c'était là cette vieille fille dont Malvos vantait la finesse d'esprit ! Mais elle était à peine l'aînée de Gaude ! Ses cheveux relevés et noués à la grecque dégageaient un visage de blonde au teint d'une pureté de lait. Des yeux noirs, fendus en amande, s'enchâssaient sous un front régulier qu'arquait la fine ligne d'un sourcil châtain. Le nez était petit, relevé, spirituel ; la bouche était mordante, avec un pli tombant, un peu marqué peut-être, à droite et à gauche. Le menton était fendu. Visage d'une féminité excessive, dont l'apparente douceur déguisait à peine une volonté de fer.

Sur une robe de drap marron, elle portait un grand tablier de tussor bleu pâle qui enveloppait coquettement ses épaules et sa jupe.

— Excusez-moi, ma cousine, de vous avoir fait attendre si longtemps. J'étais aux prises avec une nature récalcitrante... J'en ai les poignets meurtris.

Elle avait pris la tête de Gaude entre ses deux mains, et, tendrement, embrassait la jeune fille.

— Ma pauvre mignonne ! Quelle épreuve ! J'ai été de cœur avec vous ! Vous n'êtes pas seule à le pleurer. Bien, bien, dit-elle en voyant les yeux rouges, nous parlerons plus tard du passé. Pour le moment, sachez qu'ici vous êtes chez vous. Soyez la bienvenue.

Elle parlait d'une voix rapide, avec un léger accent chantant, qu'elle devait à son origine polonaise.

— Vous devez mourir de faim? Allons dîner.

— Laissez-moi vous remercier, mademoiselle.

— D'abord je ne suis pas mademoiselle, je suis madame. Après quarante ans, à Paris, il est ridicule de se qualifier pucelle. Et pour vous, ma cousine, je suis Thaïda ; pour moi, vous serez Gaude. C'est entendu?

— Oui, mais laissez-moi vous dire...

— Ta ta ta ; pas de remerciements à l'avance, sachez-le aussi. J'avais pour votre père une admiration absolue. Des hommes comme Malvos vous consolent d'appartenir à l'humanité !

Gaude s'étonna d'une parole si amère après avoir entendu, tout à l'heure, les propos légers de sa cousine. Mais Thaïda ne lui laissa pas le temps de méditer.

Elle entraînait la jeune fille vers la salle à manger, petite, avec son papier moiré bleu, son buffet d'acajou, ses cuivres jaunes, sa table carrée gentiment couverte d'un napperon de fine toile incrustée de point d'Auvergne.

— Un cadeau de votre père, la dernière fois qu'il vint me voir.

Ainsi, malgré elles, le souvenir de Malvos revenait sans cesse. Gaude soupira. Thaïda lui prit la main et la serra dans la sienne.

— Je serai votre sœur.

Marie-Thérèse présentait le menu : soufflé au parmesan, endives à la béchamel, des pommes Paillard. Pour dissiper la gêne de ce premier tête-à-tête, Thaïda expliquait la nécessité d'un régime, le danger des digestions lourdes, la fabrication des ptomaïnes pendant la nuit, d'où empoisonnement de l'organisme, digestions lentes, mères de la neurasthénie.

— Vous parlez comme un docteur.

— Avec raison, ne le suis-je pas? répartit Thaïda.

— Je l'ignorais !

— Vraiment?... Alors vous ne savez pas quelle est ma profession?

— J'ignorais que vous en eussiez une !

— Ah ! voilà bien les savants ! Arrachez-les à leurs pensées favorites, le monde n'existe plus. Votre père ne vous a pas dit que j'étais raccommodeuse de poupées?

— Raccommodeuse de... Quel singulier métier ! Et c'est pour cela que vous êtes docteur?

— Enfant ! va. Je raccommode des poupées vivantes !

— Est-ce une bonne profession ? demanda Gaude imaginant avec peine cette profession inconnue.

— La preuve !

Thaïda montrait des yeux ce logis paisible, ces meubles si gais, la coquetterie des tentures claires aux portes ; les jolies gravures en couleurs.

— Il y a quinze ans que je suis docteur. Pendant sept années j'ai mangé de la vache maigre, comme il est dit dans l'Evangile. Mon père, ma mère avaient dépensé jusqu'à leur dernier sou pour payer les frais de ma thèse. *Des congestions actives et de la concentration autonome des vaisseaux*, s'il vous plaît. Ils sont morts trop tôt pour profiter du bien-être, qui est venu si tard.

Gaude reçue par Mme Oneska.

Thaïda soupira.

— Mes parchemins en poche je n'avais pas un client dans mon cabinet. J'habitais à Vaugirard; je grimpais cinquante étages par jour, et quels étages ! Je courais de lit en lit. J'ouvris une clinique, gratuite bien entendu, dans une ancienne crémerie. Je travaillais à l'œil, pour qu'on répétât mon nom, que l'épicier, la bouchère, le charbonnier apprissent aux femmes de chambre, aux domestiques que je les avais guéris, et que mon adresse entrât dans le logis par l'escalier

****

de service ! Peine perdue ! J'étais femme, sans prestige, sans protecteur et, par dessus le marché, sans ressources. Il vint un moment où je fis pitié à mes malades eux-mêmes. Je ressemblais à quelque bique efflanquée !

— Est-ce possible? dit Gaude, le cœur serré.

— Encore une mandarine !

La jeune femme offrait la corbeille de fruits odorants. Gaude remercia d'un sourire.

— Votre cas était une exception?

— Demandez-le aux pauvres doctoresses qui battent le pavé de Paris. Pour dix qui réussissent, mille crèvent à la tâche.

— Ainsi le talent ne suffit pas pour réussir à Paris?

— Vous arrivez de votre montagne ! Dans trois mois, vous verrez ce que Paris engloutit de talents, qu'il ne peut utiliser. Il y a pléthore ! Ici, l'intelligence, ce n'est pas l'exception, c'est la règle. C'est un perpétuel combat d'êtres aux armes multiples qui se détruisent parce que la vie les y condamne.

Thaïda attendit un instant que Marie-Thérèse eût enlevé le couvert et servi le thé au citron.

— J'achève mon histoire parce qu'elle est typique. Elle vous avertira. J'abandonnai la médecine, et m'embarquai sur un bateau très vieux, qui marche toujours. On l'appelle *Illusion.* Moi qui avais le respect de la vérité, la passion de la recherche du diagnostic, de l'analyse, j'ai jeté par dessus bords ces compagnons gênants, et j'ai choisi pour auxiliaires : l'esbrouffe, le bluff, le cabotinage.

Mme Oneska allumait une cigarette.

— Vous fumez?

— Merci.

— Dommage, elles sont exquises !

Debout devant la jeune fille, le poing sur la hanche, la doctoresse lança son couplet :

— Vous qui voulez mes spécifiques et mes onguents, mes drogues et mes talismans, mes pommades, mes poudres et mes crèmes, montez ! Montez !

« Plus de chair coriace, une peau douce et fine ; des dents de nacre, une bouche vermeille. Voulez-vous la fraîcheur de votre nouveauté? Montez ! Montez !

« Vous qui êtes passé-fleur et qui pleurez vos vingt ans, votre gorge nette, montez ! montez! Mes secrets vous rendront ce que vous avez perdu ! Sur votre vieille caracasse, qu'une tendre chair se pose, que vos hanches dodues cessent de ballotter, que votre ventre se lisse pareil au bouclier d'amour ; que sur votre corps tombe la souillure des ans et s'épanouisse encore la fleur de Vénus ! »

La fumée de la cigarette montait en anneaux diaphanes. Un geste de Thaïda en rompit l'harmonie, un rire moqueur acheva le couplet.

— Quelle âme sinistre doit avoir cette femme, pensa Gaude, froissée dans sa pudeur intime.

— Les vieilles Parques, blessées par l'amour, sont montées ! Et quand elles sont parties, les Grâces n'avaient pas plus d'attraits que ces poupées de Paris. Ah ! petite, petite, regardez-moi : jeunesse, beauté, amour, j'en tiens là, dans ma main, l'illusion, et c'est une force ! Elle m'ouvre tous les cœurs, toutes les bourses. Pour être belle, une femme qui aime se damnerait, et celle qui veut se faire aimer tuerait père et mère, pour m'acheter la beauté.

— Vous avez donc un secret? demanda naïvement la jeune fille.

— Mon secret, ce n'est pas la science qui me le fournit, c'est la crédulité humaine. Affirmer une puissance qui n'existe pas, promettre aujourd'hui, demain, toujours, surexciter le désir, l'envie, la passion, tendre l'énergie d'un être vers un seul but. Et quand l'heure est venue le flatter, lui mentir effrontément, lui répéter : « Que vous êtes belle ! » Pas une femme ne résiste à ce mot et ne part d'ici, comme cette vieille Bacchis, me disant tout à l'heure : J'ai vingt ans !

— Quelle misère !

— Vous les plaignez ! Vous croyez donc qu'elles se connaissent et se jugent? Mais la pensée n'existe pas dans leurs cerveaux. Elles n'ont pas d'âmes, ce sont des poupées ! les poupées ! les poupées de Paris, je vous l'ai dit !

— Oh ! cousine, les ravaler si bas ! vous parlez comme Swift qui disait : « Les femmes sont au-dessous du singe ! » Mais Swift était un méchant homme.

— Pardon, c'est un philosophe ! Moi aussi, je suis philosophe. C'est parce que je connais cet ordre de femmes que je les méprise... Mais revenons à vous. Que pensez-vous faire, Gaude?

Heureuse de pouvoir chasser cette vision, qui la révoltait, Gaude répondit :

— Je suis bachelière, je pourrais facilement obtenir ma licence, préparer le doctorat d'histoire, mais le temps me manque. J'ai très peu d'argent devant moi. Pardonnez-moi de vous le dire, mais je ne veux rien vous cacher. Je suis pressée de me suffire à moi-même. Que pensez-vous d'un emploi de secrétaire auprès d'un savant, d'un écrivain ou d'un homme politique?

— Hum ! fit Thaïda, enveloppant de son regard fin la jeune fille, ce n'est peut-être pas un emploi de tout repos !

— Mais je compte travailler beaucoup, dit Gaude.

Elle sonna.

Marie-Thérèse reparut.

— Le livre de rendez-vous !

La femme de chambre posa sur la table un registre où Gaude put voir, à chaque éphéméride, une liste de noms.

Thaïda parcourut des yeux le feuillet du lendemain.

— Allons nous coucher ! Il faut qu'à sept heures je sois debout. Mme de Louëspek se marie à onze heures. La séance sera longue.

— Bain électrique ou bain de lumière? demanda la femme de chambre.

— Bain de lumière. Il faut une réduction définitive de deux kilos ! Cette femme, quelle pelote de saindoux. Je lui ai enlevé quinze kilos de graisse en un mois... Préparez la machine de haute fréquence. La meule, les joues ont des dépressions de terrain de manœuvres. N'oubliez pas d'envoyer chez elle dix pots de crème Cypris, la pâte épilatoire pour ses mollets. Corsez la note. C'est pour le lit nuptial.

Marie-Thérèse eut un sourire d'assentiment.

— Madame n'oublie que le traitement de la poitrine !

— Ah ! ma chère, soupira la jolie blonde, quels pneus difficiles à regonfler !

II

On frappa un léger coup à la porte de la jeune fille. Gaude, qui commençait sa toilette, enfila rapidement son peignoir.

— Entrez ! dit-elle.

— Quoi ! déjà levée? Bonjour, petite Gaude. Avez-vous bien dormi?

Thaïda embrassa sa cousine.

— Pas très bien. J'ai pensé à ce que vous m'avez appris hier ; vous avez troublé ma confiance !

— Je vous ai vaccinée, rien de plus. Mais, où allez-vous de si bonne heure?

— Commencer mes démarches.

Gaude tirait de son petit sac de voyage un carnet d'adresses, énumérait les visites qu'elle se hâterait de faire.

Une voiture la conduisit chez M. Patenôtre qui habitait l'Institut.

Le portier, touché par la tristesse de ce grand deuil, lui indiqua, avec force renseignements l'*escalier* à prendre :

— C'est au second, sonnez fort, la servante a l'oreille dure.

M. Patenôtre, de l'Institut, directeur de la *Revue de l'histoire ancienne*, habitait là un appartement obscur. Les murs étaient bourrés de livres. Des bustes poudreux, empruntés à la galerie du Vatican, s'abritaient sous des portières arabes. L'usure des tapis évoquait assez le nombre des solliciteurs qui franchissaient ce sanctuaire. L'antichambre sentait le chat, et les habits du savant, quand il parut lui-même derrière sa servante, dans le grand bureau solennel où Gaude entra, étaient pénétrés de cette pernicieuse odeur.

La cote de Patenôtre était enregistrée sur tous les livres d'avancement. Son mariage, avec une juive, l'avait enlevé à la faculté de province où il serait mort dans la plus douce obscurité. A Paris, il occupait, dans le groupe des historiens sémites, une place considérable. Il était leur porte-parole en temps de crise. Ami de Cornuel, M. Patenôtre ne fermait pas l'oreille aux philippiques du Démosthène de l'archéologie romane. Il avait souri aux sarcasmes qui devaient ridiculiser « le Don Quichotte de Sarlay », mais l'approbation était si discrète que Malvos n'avait jamais soupçonné la perfidie de celui qu'il nommait, dans leurs réunions, le Caton de l'Institut.

La mort de Malvos fut bien accueillie par Patenôtre. Avec cette manie de fouiller les villes mortes, cet insurgé des doctrines officielles dérangeait toutes les idées reçues, contrecarrait les systèmes adoptés. Ce qui était fait avant lui était à refaire, dès qu'il dressait la plume, élevait la voix. On en avait fini avec ce fouilleur inlassable qui se mêlait de découvrir une réminiscence d'Hercule dans les souvenirs de ce Moristagus ! Etonné de cette visite, Patenôtre reçut Gaude avec une politesse surannée.

— Je mets mes hommages à vos pieds, mademoiselle ! Que puis-je faire pour vous être agréable?

Tandis qu'elle lui exprimait sa requête, Gaude regardait ce visage effacé, aplati comme une galette, ces yeux gris fatigués par l'abus de la loupe, mais qui pétillaient encore derrière les paupières bridées.

— Certainement, mon enfant, il pressait la main de Gaude entre les siennes, vous avez été une fille modèle ! *rara avis in terra.* Nous vous aiderons ! Je parlerai de votre désir bien légitime à mes confrères de l'Institut. Nous ne pouvons laisser dans la misère la fille d'un Malvos !

Déjà il oubliait de dire : l'illustre Malvos.

— Présentement je n'ai nul besoin de secrétaire. Mais je vous recommanderai ! Je vous recommanderai !

Patenôtre continuait à serrer la main de la jeune fille dans ses mains couvertes de poils et de taches rousses.

— A Paris, le succès est une longue patience !

— C'est que, murmura Gaude, j'ai hâte.

— Oh ! ne faut rien hâter ! Gardez-vous d'aller trop vite, il est nécessaire de savoir sur quel terrain on marche. Allons, à bientôt, dit-il voyant les larmes poindre. Je vous laisse. Le ministre m'attend et vous savez, mon enfant, qu'on ne fait pas attendre un ministre de la troisième République. A propos, de quoi ce pauvre Malvos est-il mort?...

Gaude baissa la tête, balbutia. Il n'insista pas.

— Il est bon, songeait-elle. Il aimait mon père. Je suis rassurée, il m'aidera ! Qu'est-ce que disait Mme Oneska? Un homme comme celui-ci n'existe plus que dans le monde des idées !...

Huit jours après Gaude revint, à la même heure. La servante de Patenôtre répondit d'un ton sec :

— Monsieur est à Chantilly !

— Je reviendrai, dit-elle.

Le lendemain :

— Monsieur est à l'Institut !

La voix se faisait plus rogue.

Le surlendemain, elle dut carillonner.

— Monsieur est chez le prince Roland.

— Eh quoi, ne lui avez-vous point remis ma carte? Monsieur Patenôtre n'a-t-il pas dit qu'il m'écrirait? fit Mlle Malvos n'en pouvant croire ni ses yeux ni ses oreilles.

La servante, qui était jeune et bien plantée, riposta avec insolence :

— Si Mossieu s'occupait de toutes les femmes

qui sont pendues à la sonnette, ça n'en finirait plus ! Il est fatigué, c't homme !

Ainsi on la mettait au rang des quémandeuses et desquelles ! Son cœur, qui s'ouvrait à la bonté, se referma.

— Si je persiste à revenir, elle me dira que son maître est mort !

Dans l'escalier, elle croisa un homme qui montait quatre à quatre. A la porte de Patenôtre, il sonna. Mais au moment où Gaude se retournait et levait les yeux pour voir si ce passant aurait plus de chance qu'elle, lui-même se penchait sur la rampe et la regardait. Ils se reconnurent.

— Cornuel ! Ah ! tout s'explique, pensa Gaude.

La porte s'était refermée sur le visiteur.

Entre temps, la jeune fille s'était présentée chez M. Caumon qui faisait à la Sorbonne un cours sur les *Douze Césars* de Suétone.

C'était un petit homme trapu, grassouillet comme un moine, dont il avait l'onction, la malice et la joie. Rien n'était aussi curieux que de voir, chaque mercredi, à l'amphithéâtre A, le benoît historien plonger dans les eaux furieuses de ce torrent d'âmes qu'apporta jusqu'à nous la puissance du grand latin.

L'envie n'avait point touché le cœur affable de Caumon. Quand il comprit, à quelques mots précis et justes, que Gaude était une érudite, capable d'apprécier le magnifique commentaire dont il avait déjà entouré l'œuvre de Tacite et celle de Tite-Live, il fut tout ému d'apprendre que cette savante était obligée de quêter son pain dans la maison d'autrui.

— La science a fait en Malvos une perte irréparable. La nature avait mis des siècles à faire un homme tel que celui-là. C'était un fils de Descartes, mais c'était aussi un visionnaire. Parbleu, il voyait le passé, comme nous voyons le présent ! Il avait son os, c'était le temple de Sarlay et son inscription. Elle l'aurait mené comme Cuvier, jusqu'au fossile tout entier, si le temps lui avait fait grâce.

Il pleurait sincèrement devant les larmes de Gaude.

— Je conduirai par le bout de l'oreille, dans la marmite du diable, ceux qui méconnaîtront sa gloire ! J'arroserai de poix bouillante cette séquelle de...

Gaude l'arrêta d'un mot :

— Oh ! Laissez ces gens-là, monsieur, oublions-les. Aidez-moi, je vous en prie, aidez-moi !

Elle joignait les mains, les tendait vers lui avec ferveur. Troublé, Caumon se gratta le crâne qu'il avait nu et raboteux.

— Ce n'est guère facile. Si vous étiez homme, je vous caserais quelque part, à la Faculté. Mais une femme de votre âge, et une femme qui porte un tel nom ! Sapristi, sapristi !

Assis dans son fauteuil, comme dans une chaise curule, il grattait à présent ses genoux, ce qui, durant toute sa vie, avait été le témoignage d'un violent embarras.

— Je ne peux pourtant pas renvoyer mon vieil Hipère qui fait ma besogne depuis quinze ans. De quoi vivrait-il? Je n'ai pas de travail pour un suppléant, ni les ressources non plus !... Tenez, passez donc chez ma femme. Elle est plus débrouillarde que moi. Je vis dans ma turne comme un sanglier, mais ma femme a de l'entregent... Seulement il faut l'amadouer, jeta-t-il à voix basse et de l'air d'un mari qui craint de se compromettre.

— Mélanie, ma bonne amie ! appela-t-il à voix haute et sans quitter son vénérable siège, veux-tu venir un instant?

Mme Caumon surgit presque aussitôt. Sans doute rôdait-elle dans le voisinage. Elle était entrée à pas de loup ; Gaude la vit devant elle sans l'avoir entendue venir. Elle se leva aussitôt. Le savant présentait la jeune fille.

Mme Caumon paraissait bien plus âgée que son mari. Mal fagotée dans une robe grise de coupe ancienne et qui mettait son ventre au premier plan, elle abritait son cou dans une palatine de vison, et sur ses cheveux, d'un gris de toile d'araignée, reposait une fanchon sévère. La figure plate, au nez pointu, dessinait en profil une singulière ogive. Regard sec, lèvres minces visage de prude !

Caumon ajouta :

— Je te la confie, Mélanie, c'est un agneau sans père ni mère !

— Mais, monsieur, ma mère vit toujours, protesta Gaude, qui n'entendait pas se dépouiller de toute affection.

— Ah ! pardon ! fit le savant, confus de son étourderie.

— Pourquoi ne vous accompagne-t-elle pas? demanda Mélanie, d'un ton péremptoire.

— Ma mère est en Tunisie avec mon jeune frère.

— Et vous l'avez quittée ! Vous êtes seule à Paris. Jésus ! Marie ! dit la vieille épouse, d'un air scandalisé.

— Ta ra ta ta, ce ne sont pas nos affaires, ma femme. Mlle Malvos cherche une situation de secrétaire chez un savant ou un homme politique. Elle est bachelière, elle est... elle est mieux que tout ce que je pourrais dire, elle est la fille du grand Malvos.

Le visage de Mélanie s'allongeait à mesure que l'enthousiasme de son mari s'élevait.

Défiante à l'excès, elle avait surveillé de tout temps son époux, et lorsqu'il préparait à l'agrégation d'histoire Mlle Belleville-Mestre, non seulement elle prodiguait les panades, le lait et les œufs pour apaiser les esprits animaux du professeur ; mais encore elle assistait aux leçons, dissimulée derrière une portière. Son ouïe exercée percevait le moindre soupir qui n'avait aucun rapport avec le texte commenté.

Qu'est-ce que cette inconnue venait faire dans leur vie. Déjà Caumon s'enflammait. Il convenait de noyer cet incendie avant les premiers dégâts.

— Précisons, dit-elle avec le sourire d'une femme qui offre une coupe de ciguë. Vous voudriez entrer chez un monsieur seul?

— Mélanie ! rugit Caumon, veux-tu te taire !

— Et pourquoi me tairais-je, puisque tu m'as appelée? dit-elle se rebiffant.

— Je t'ai appelée pour te donner l'occasion d'être bonne une fois dans ta vie.

— Une fois ! Voyez-vous ça. Au bout de vingt-sept ans de mariage, me reprocher ma prudence, parce que...

Gaude s'était levée. Caumon lui prit la main et, respectueusement, la reconduisit jusqu'au seuil.

— La peste soit des femmes ! Mademoiselle, excusez-moi de vous avoir rendue témoin d'une scène de ménage?

Gaude sourit tristement au pauvre homme.

— Votre situation est douloureuse, délicate. Il ne faut pas qu'on vous le fasse sentir. Abandonnez votre projet. Entrez dans la grande congrégation de l'enseignement. Adressez votre demande au ministre, je la ferai apostiller ; le premier poste vacant sera pour vous, je vous l'affirme.

— Me le donnera-t-on à Paris?

— A Paris ! Vous n'y pensez pas ! Ce sont des places qu'on obtient à quarante ans, si, à vingt-cinq, on ne les obtient pas dans le tête-à-tête !...

Gaude l'interrompit du geste :

— Alors, ne faites aucune démarche, monsieur. Il faut que je reste à Paris, dit-elle résolument. Ma place n'est pas dans l'Université ; je ne suis ni chien couchant, ni chien de garde.

— Vous réfléchirez, je suis à votre disposition, mademoiselle. Ne faites pas fi de l'Université, elle a du bon, et puis, comme l'on dit de l'autre côté des Pyrénées : « Un diable qu'on connaît vaut mieux qu'un saint qu'on ignore ! »

Gaude rentra ce jour-là avec une fatigue morale qu'elle ne put déguiser. Thaïda avait compris l'insuccès de ses démarches.

— Ne vous découragez pas ! L'obstination est souvent une grande force. Il n'y a pas de temps perdu, dit-elle l'écoutant. Le hasard demain peut vous servir. A Paris, la moitié des destinées s'orientent, non pas comme nous le décidons, mais comme le hasard en décide.

— Vous croyez au hasard?

— Philosophiquement parlant, non. Mon hasard n'est pas le *fatum* des Anciens ! Le hasard, c'est l'ignorance des causes qui déterminent les événements que nous subissons. Puisque je prévois ce qui va vous arriver, je nie donc la divinité occulte, qui, à sa fantaisie, mène les mortels vers la fortune ou le malheur.

— Et qu'est-ce que vous prévoyez? demanda anxieusement la jeune fille.

— Que vous n'arriverez à rien du côté où vous poussez votre vie.

— Percez-vous donc l'avenir?

— Peut-être ! Mais en tous cas, ni par les cartes, ni par le marc de café. Je vous observe et je vous juge.

— Sur quoi? Vous me connaissez si peu encore.

— Je vous juge d'abord sur votre air.

— La mine ! Un signe, pas plus !

— Ce n'est pas seulement la mine, c'est l'attitude, c'est le mouvement, c'est le geste. Le rayonnement de l'être intérieur se propage au corps entier. Pourquoi voulez-vous que je ne juge pas à votre attitude calme, solide, que vous entrez dans la vie avec un fardeau choisi par vous, que vous soutiendrez de toutes vos forces, et que ce fardeau donne justement à votre type une noblesse, devant laquelle on s'inclinera.

Un sourire triste flotta sur les lèvres de Gaude.

— Et après?

— Après ! Votre regard ! Mais ma chère, votre regard commande. Il saisit, il emporte, il condamne, ce regard si plein de vie. Et quand il se meut, c'est vers le ciel qu'il se dirige. Est-ce qu'avec un regard comme celui-là, on peut prétendre à réussir dans une vie qui impose la nécessité de plaire, et même de complaire. Vous abandonnez de plein gré une indépendance qui vous est aussi nécessaire que l'air et le pain.

— Alors, fit Gaude sourdement, pourquoi me dites-vous de m'obstiner, si c'est vers un malheur ou un échec que je marche?

— Parce que vous êtes d'une race qu'on ne désabuse pas facilement, parce que le recul ne viendra que de vous-même et quand vous aurez jugé que ma sagesse devançait votre jugement.

III

Le lendemain, Gaude s'en alla chez un autre confrère de Malvos, M. Thiraufort, un numismate qui avait suivi de près les fouilles de Sarlay et constitué un médaillier curieux des pièces gauloises, frappées d'une hache, et des monnaies de Vercingétorix.

Thiraufort vivait dans le voisinage du Muséum.

Il était long, maigre et lisse comme un mât d'artimon, mais ses joues, aux plis noirâtres, donnaient à ce visage imberbe l'aspect d'une médaille encrassée. Gaude crut nécessaire d'expliquer pourquoi elle tenait à obtenir une situation de secrétaire à Paris.

Au premier mot de : notes, documents, fragments inédits, Thiraufort dressa l'oreille, et ramenant vers un fauteuil de paille la jeune fille qu'il avait tout d'abord promenée devant ses monnaies frappées du tétraskèle :

— Consentiriez-vous à me communiquer les papiers de Malvos? Nous pourrions trouver matière à d'intéressantes communications. L'Académie des inscriptions...

Gaude n'ignorait pas que des pillards, sur les vivants et les morts, exercent le droit de bris. Qui sait si celui-là... Elle recula sa chaise et répondit nettement :

— Je regrette, monsieur, de ne pouvoir point communiquer ces papiers.

Il insista, pressentant une fructueuse affaire.

— Pourtant?... mes conseils pourraient vous être nécessaires. Quel parti tirerez-vous de fragments, de tronçons qu'un homme de métier, seul, pourrait assembler. Au besoin, on les relierait, on pourrait faire quelque chose de grand, de très grand, car votre père était un esprit fort remarquable. Je ne dis pas que la numismatique ait beaucoup avancé avec lui. D'autres ont fait mieux après les Muret et le Latour. Mais quant aux inscriptions, à l'analyse des pierres, il était de première force.

« Allons, c'est dit? Vous m'envoyez tout cela demain? Nous travaillerons séance tenante, acheva le vieux bonhomme pour amadouer l'enfant.

— Votre offre me touche beaucoup, monsieur, dit Gaude. Mais il m'est impossible de l'accepter. Je dois à mon père de garder intacte sa pensée. Un autre esprit pourrait...

Vivement :

— Qu'avez-vous à craindre? Des corrections, tout au plus. A qui n'est-il arrivé de commettre un *lapsus calami* ou quelque anachronisme? Cela se corrige au courant de la plume. Nous reverrons ensemble ses sources, qu'il convient de bien établir. Je vous confierai le soin d'établir sa biographie.

Déjà Thiraufort voyait l'ouvrage entre ses mains.

— Votre insistance, monsieur, dit Gaude, d'une voix ferme, est très flatteuse pour moi; mais je vous le répète, moi seule publierai ses papiers. Je préférerais les voir inédits que de donner à mon père un collaborateur posthume, fût-il un homme d'aussi grande valeur que vous.

Les mille plis crasseux du visage de Thiraufort se serrèrent de mécontentement.

— Comme vous voudrez, mademoiselle. Je voulais vous obliger avant tout.

— C'est ainsi que je le comprends, dit-elle ; mais vous n'ignorez pas avec quelle âpreté mon père défendit des idées qui lui sont personnelles. Au cours de cet ouvrage, vous pourriez peut-être différer d'avis. Jugez combien il serait difficile de...

— Il y a moyen de s'entendre, fit-il, repris d'espoir, à la pensée d'une formidable aubaine.

— Pas au prix d'une trahison, monsieur !

Restait l'éditeur de Malvos.

Milou avait sa librairie sur le quai Malaquais. C'était, assurément, le libraire le plus érudit de Paris. Malvos goûtait la verdeur de son esprit, sa forte culture. Il eût pu, sans se tromper, indiquer pour n'importe quel sujet touchant l'ancienne France les auteurs à consulter, les différentes éditions de ces auteurs, et où se trouvaient les éditions princeps. Chez lui se rassemblaient volontiers, au sortir de l'Académie, les Immortels, amis des beaux livres.

L'immense réputation de Malvos était sortie de là, alors que, sur les rayons de la boutique, les savants étonnés feuilletaient les premières publications de l'archéologue.

Milou reçut Gaude avec amitié, au milieu des ors de ses vieilles reliures.

Il avait une tête forte, d'un modelé puissant, reposant sur un corps solide de robuste plébéien. Milou appartenait, de toute évidence, à une race de paysans. Mais les yeux gris avaient la malice d'un philosophe qui a vu Paris tout entier défiler devant lui. La bouche épaisse avait un sourire sensuel que corrigeait le front haut, poli comme un bel ivoire.

Très homme d'affaires, il s'était acquis néanmoins la réputation d'un homme plein de bonté, accessible au talent, capable d'y aller de sa poche pour publier une œuvre intéressante.

— Que cette maison soit la vôtre, elle a été celle de votre père. Qu'est-ce qui vous amène à Paris, mademoiselle?

— La publication de ses papiers, répondit Mlle Malvos qui n'éprouvait plus auprès de Milou l'embarras de la solliciteuse.

— Sous quelle forme?

Le petit polo de soie noire qui abritait sa tête contre les problématiques courants d'air de cette chapelle des livres, passa sur l'oreille gauche et prit l'effronterie d'un bonnet de police.

— Histoire : *la Cité gallo-romaine.*

— Donnez-la-moi !

— Mais elle n'est pas faite ! répondit Gaude qui ne comprenait pas la méprise du savant.

— Comment ! qui... qui la fera?

— Moi !

— Vous ! Oh ! oh !

Le polo de soie noire se campa du coup sur l'oreille droite ; il eut l'air d'un bonnet qui titube. Les yeux gris s'arrondirent, les traits exprimèrent une vaste stupéfaction.

— Ma pauvre enfant !

— Mes paroles peuvent vous paraître bien hardies, mais j'ai été l'élève, le disciple de mon père. Je connaissais toutes ses idées, ses pensées, ses projets. Le plan de son ouvrage, lui-même l'a établi, il y a longtemps. J'ai rédigé les sommaires de presque tous les chapitres. L'armature est debout, il ne reste qu'à élever les matériaux qui sont réunis.

— Ce n'est pas à la portée d'un cerveau de femme si intelligente, si douée qu'elle soit. Votre père me parlait de vous en père qui adore sa fille, mais les pères ne passent pas pour être de fameux critiques ! Son opinion, pour ce qui est de votre valeur à ce seul point de vue qui nous occupe, est sujette à caution. Savez-vous ce qu'il faut à un bon historien de nos jours?... Ce serait trop long à vous expliquer, mon enfant. Sachez-le, ce terrible d'Aurevilly a dit vrai, quand il a dit, à propos des Daniel Stern, des Mme Coignet, que ces femmes « ne prennent l'histoire que par le petit bout ». Mme Arvède Barine, qui était bien remarquable, n'était qu'un coadjuteur. Malvos, cette Éminence, règne solitaire. Mieux vaut pour la mémoire de ce grand savant laisser inachevée son œuvre que de la voir traîner péniblement sous une plume inexperte : *Ah ! magni nominis umbra !* Ce que je vous dis là est dur, mon enfant, mais c'est mon avis tout franc et je le devais à la mémoire d'un maître.

— Ainsi, dit Gaude, atterrée devant l'écroulement de son rêve, vous ne publieriez pas la *Cité gallo-romaine* si je vous l'apportais ?

— Non. Ma probité d'éditeur, mon respect pour l'originalité et l'autonomie d'un tel historien me l'interdisent. Remarquez que je vais contre mes intérêts. Les livres de votre père se vendent fort bien. Un livre de lui, pensez donc, le dernier, en dehors de toute valeur déclarée après coup, serait enlevé le jour de la mise en vente. Mais il ne s'agit pas de battre monnaie avec les dépouilles d'une victime, il s'agit de ne porter aucune atteinte à la mémoire littéraire d'un grand mort. Voyez-vous, une femme rapporte les faits, les sentiments. Une femme est un narrateur incomparable. Pourquoi, au lieu de vous buter à une œuvre qui dépasse l'envergure d'un esprit féminin, n'écrivez-vous pas les mémoires de votre père. Quel thème admirable !... Racontez sa lutte, son effort, sa mort à la tâche. Quelle mort plus belle que la sienne ! Quelles paroles furent les dernières paroles d'un homme aussi noble, aussi bon que celui-là !

Gaude baissa la tête. Une douleur affreuse lui serra le cœur.

Quoi, raconter leur vie, le mettre en scène, et quand viendrait le moment de raconter sa mort, mentir ! Pourrait-elle dire, même à genoux devant ceux qui la jugeraient : « Meâ culpâ, meâ culpâ, c'est moi qui l'ai tué ! »

Milou ne remarqua pas la lividité de son visage ou bien il se méprit et crut que le rappel du mort avait mis à vif un chagrin si touchant.

— Bien que je n'ai pas coutume de faire ce genre de publication, dit-il, je le ferai volontiers en cette occurrence. Il s'agit de vulgariser parmi le peuple intelligent, et parmi les gens du monde cultivés, un nom digne de figurer dans le Plutarque des contemporains. Je fais une édition à 0 fr. 95. Je vous donne 0 fr. 10 par exemplaire vendu, droits d'auteur, et je tire à vingt mille. Ça va ? Il ouvrait sa large main et la tendait vers la jeune fille comme pour conclure un marché.

— Laissez-moi réfléchir. Ce que vous me proposez m'écrase.

— Eh bien ! dit Milou triomphant, que serait-ce si vous entrepreniez la *Cité gallo-romaine* !

IV

Il y avait près d'un mois que Gaude était à Paris, un mois, qu'avec une énergie surprenante chez une fille, qui avait vécu hors des nécessités de la vie sociale, elle multipliait ses démarches, s'adressant aux revues, aux grands quotidiens, frappant à des portes inconnues où l'appelaient les petites annonces, qu'elle avait cru bon d'insérer dans plusieurs journaux.

Partout des réponses évasives, des propositions équivoques à peine déguisées. Mortifiée, elle se retirait. L'inégalité sociale lui apparaissait dans toute sa brutalité. Deux camps : les dominateurs et les esclaves. Elle était dans l'un de ces camps ; elle aurait pu y demeurer en épousant Taratte. Pour avoir cru que l'intelligence prime tout, Gaude était tombée dans le camp des esclaves. Certes, elle restait libre de pensée, de cœur ; mais la loi qui opprime ceux qui doivent gagner leur pain l'enchaînait avec les autres.

La misère viendrait-elle, comme Taratte l'avait annoncée ?

Caumon, un soir, venu en grande hâte, l'avertit qu'un poste de maîtresse répétitrice était libre au lycée de Rennes : c'était quinze cents francs de fixe, logement assuré. Qu'elle consentît, sa nomination était une affaire faite.

Assis dans un angle du petit salon où Thaïda faisait attendre ses clientes, l'ami de Suétone, nez en l'air, aspirait le parfum délicieux qu'une jeune femme avait laissé derrière elle.

— Merci, merci ! vous êtes un ami vrai ! Vous vous êtes souvenu de moi.

— Eh quoi ? vos amis vous délaissent !

— Hélas !... S'il ne s'agissait que de pourvoir à ma vie, j'accepterais à l'instant, mais il faut avant tout que je puisse travailler à la Nationale, à Saint-Germain où j'ai commencé des recherches. Je pense écrire en une année, deux au plus, ce livre, si je ne m'éloigne pas de Paris.

— C'est bien ! soupira Caumon. Je changerai mon fusil d'épaule. Mais je n'aurais jamais cru qu'il fût si difficile à une jeune fille intelligente de se débrouiller dans Paris.

La porte du salon s'ouvrit, interrompant leur causerie ; ils échangèrent quelques mots à voix basse. Mais Gaude ne fut pas peu surprise de voir l'excellent homme visiblement bouleversé parce qu'en face de lui était venue s'asseoir une jeune femme vêtue de fourrures jusqu'aux pieds et portant sur ses cheveux dorés une lourde toque de moudjik. Sous la voilette de chantilly qui la rendait parfaitement méconnaissable, deux lèvres peintes avaient la fraîcheur d'une blessure. Un parfum chaud d'œillet et de tubéreuse montait des magnifiques fourrures.

Gaude fronça le sourcil, hostile à ces femmes qui encombraient de jour en jour le salon de Mme Oneska. Mais Caumon, l'œil ouvert, le jarret tendu, en passant devant l'anonyme beauté, frisa sa moustache et glissa sa main gauche entre les deux boutons de sa redingote.

— Quelle jolie femme ! dit-il dans l'antichambre. Vous la connaissez ?

— Non, répliqua Gaude, que gênait le trouble du savant.

— Est-ce une amie de votre cousine?

— Ça ! C'est une hirondelle qui fait réparer son nid !

Gaude, aussitôt, regretta ces paroles railleuses. Avait-elle le droit de juger sa cousine qui se montrait si bonne, et dont l'intelligence planait au-dessus de sa bizarre profession?

Chaque jour le laboratoire de beauté se remplissait de clientes nouvelles, attirées par les résultats étonnants, que Thaïda obtenait.

Actrices, demi-mondaines, épouses délaissées, vieilles filles desséchées par le célibat, matrones sentimentales, mamans Colibri ; éternel féminin torturé par le désir ou la nécessité de plaire. Troupeau de vierges folles, galopant devant les affamés d'amour, et se vautrant, rassasiées, sur la douleur, sur l'effort, sur le grand rêve humain.

A table, chaque soir, Thaïda prenait plaisir à faire le bilan de sa journée :

— Dix séances à vingt francs ! n'était-ce pas gentil? Jamais de chômage. Si, pour les mariées, sa journée commençait à sept heures, pour les noces plus libres, et non moins solennelles, il lui arrivait d'en finir une heure avant minuit. Depuis longtemps le capital consacré aux machines, à l'installation, était amorti. Tout devenait bénéfice. Il fallait ajouter les lotions des traitements, les crèmes de beauté, les eaux virginales, les pâtes, les pilules, les poudres : parfumerie galante d'un rapport admirable. Jamais une cliente ne partait les mains vides, et jusqu'aux Indes, les produits de Mme Oneska étaient réputés pour leur action souveraine. Nul ne se doutait qu'ils étaient préparés par un petit pharmacien de banlieue, sur les indications du formulaire magistral.

— Encore cinq ans, disait Thaïda, et je serai libre, libre !

D'autres fois, elle ajoutait :

— J'aurais besoin d'une associée intelligente et laborieuse. Je lui laisserais ma maison. A son tour, elle ferait fortune.

Incidemment elle jetait :

— Qui s'enrichit n'a plus de maître !

Ou bien :

— La douceur de vivre ! ce n'est pas la jeunesse ni l'amour qui la donnent, c'est l'indépendance !

Gaude voyait très bien où sa cousine voulait en venir, mais à chacune de ces propositions indirectes, son âme grondait :

— Ce n'est pas l'argent qu'il te faut, c'est le pain que tu cherches !

Et quand elle se retrouvait, le soir, dans sa petite chambre claire, où la lampe versait une clarté si douce, elle reprenait sa songerie.

... Une tristesse infinie avait envahi la jeune fille. Elle se sentait abandonnée. Elle pleurait lorsque sa cousine entra.

Thaïda feignit de ne point voir ces larmes.

— Avez-vous pu travailler un peu? Oui ! Les idées viennent ? Vous êtes sûre de votre plan? Réfléchissez, ne vous hâtez pas ! Allons, venez à table. J'aime vous entendre raconter les histoires des Gaulois. Cet Hercule bienfaisant, assommé à coups de pierres dans la Crau, c'est presque un personnage d'Ibsen.

Elle entraînait la jeune fille, doucement, couchait sa tête sur son épaule, l'embrassait, et par son badinage lui laissait le temps de cacher ses larmes.

— Imaginez-vous que j'ai dû, ce soir, me déclarer vaincue. A la dernière heure, arrive une vieille Jésabel, qui allait au bal de l'ambassade italienne. Elle avait jeté, ni plus ni moins, son dévolu sur un jeune comte romain, et, pour le sigisbé, me demandait de lui refaire, en une séance, ses épaules qui ont été légendaires sous le second Empire. Je crois que c'est à elle que Mme de Metternich, à Compiègne, écrivait : « Troussez-vous donc, ma belle — je me trousse ce soir ». Aujourd'hui, elle veut être troussée. Ah ! chère, quand elle dégrafa son corsage et me dévida le contenu de son corset, j'ai cru voir tomber deux filets de pêche jusqu'aux grandes profondeurs !

Gaude ne put s'empêcher de rire.

— Un dessin d'Abel Faivre !

Au bout d'un moment, Thaïda répondit, subitement attristée :

— Il y a quelque chose d'infiniment touchant à considérer dans toutes les chairs d'amour cette mortification de la belle Haulmière. Vous souvenez-vous des vers de Villon?

Elle récita doucement :

> Corps féminin qui en es tendre
> Paully, souïf et gracieux,
> Te faudra-t-il ces maux attendre...

» Pour une femme, c'est la pire image de l'enfer.

— Donnez-leur un diable, et vous les mettrez en paradis.

— Méchante ! fit Thaïda, la menaçant du doigt.

— Pour ces invalides de l'amour, votre traitement, c'est la décoration sur le champ de bataille. Ah ! que je les méprise ! Cette bourgeoise n'est qu'une caisse d'épargne, où chaque baiser tombe comme un petit sou ; cette snobinette court comme une chatte de gouttière après toutes les passions qui rôdent. L'amour, toujours l'amour ! Mais il n'y a donc que ça qui compte dans la vie des femmes?

— Oui, le reste, n'est qu'une inexplicable exception.

— Alors, vous, Thaïda?

— Moi !... et qui vous dit que je n'aime pas?

Les deux femmes se regardèrent au fond des yeux. Gaude rougit légèrement et baissa les paupières.

— Vous-même, demanda Thaïda, n'avez-vous jamais souhaité d'être aimée?

— Non ! répondit la jeune fille avec une sincérité. Pourtant j'avais engagé ma vie.

— A qui donc? fit Thaïda, curieuse

de connaître le secret de cette âme.

— A un garçon quelconque !

Et elle raconta brièvement pourquoi elle avait voulu épouser Taratte, et comment elle avait rompu ces romanesques fiançailles.

— Un sot eut le beau rôle ! murmura-t-elle.

Thaïda s'était levée. Chaque parole la rapprochait de sa cousine. Son visage se métamorphosait. Ce n'était plus la jolie blonde au fin et spirituel visage, aux yeux chatoyants, coiffée comme une Parisienne qui aimerait Lysistrata, ses yeux se fonçaient jusqu'à devenir noirs, ils rayonnaient de ferveur.

— Gaude, Gaude, que je vous aime d'avoir fait cela, chère âme si fraîche, généreuse, désintéressée. Non, non, le beau rôle, ce n'est pas lui qui l'a joué. C'est vous, malgré le coup terrible que vous avez porté. La femme qui ingénument a pu dire : Je serai la rançon du génie, cette femme-là est prête pour des actions plus hautes ! Mes paroles vous étonnent, mais moi-même croyez-vous donc que je ramasse mon âme dans ce cachot, et que je pille, pour le plaisir de piller. Non, non, cet argent a un but. Il ne m'appartient pas, bien que je l'aie durement gagné. J'en garderai ce qui sera nécessaire à la dignité de ma vieillesse. Toute ma fortune je la donnerai à mon pays, à ma Pologne bien-aimée.

Debout, Thaïda parlait avec une ardeur inconnue. Par une de ces métamorphoses dont elle était coutumière, elle apparaissait sous une forme d'une pureté héraldique. Elle semblait vêtue d'une armure, coiffée d'un cimier, sa main se fermait sur une invisible épée.

— Pouvez-vous comprendre qu'on aime si passionnément un pays où on a vécu si peu ? Je suis venue à Paris enfant, mais mon âme est restée polonaise; je ne me reconnais qu'à travers mes ancêtres. Ma Pologne, je la chéris parce qu'elle a tant souffert, parce que sa grandeur écrasée palpite toujours, espère encore. Gaude, les cris de ceux de ma race jailliront de ma gorge, le jour où ma patrie sera libre !

— Voilà mes saintes, dit-elle, au bout d'un instant.

Elle montrait aux murs de sa chambre, deux gravures anciennes de l'époque romantique.

— Celle-ci, dont le visage est si tendrement mélancolique, c'est Claudine Potoka qui, en 1831 et plus tard dans l'exil, a été l'ange des révolutionnaires ; et celle-là, qui serre son épée sur son cœur, c'est Émilie Platter, notre Jeanne d'Arc ; elle est morte les armes à la main. Ceci est un morceau de la bannière du district qu'elle souleva contre les Russes.

Elle montrait, dans un reliquaire d'ivoire, au-dessous du portrait, un morceau d'étoffe noirci peut-être par les balles.

— Mon temple et mes dieux, dit-elle, montrant, sur un petit meuble, les poètes de la Pologne : Mickiewicz, Krasinski, Brodzinski, reliés de cuir fauve.

Elle ajouta tendrement, mystérieusement :

— Celui que j'aime, c'est celui qui a éveillé en moi le culte de nos héros et de nos dieux. Il est là-bas ! Là-bas !

V

Le lendemain, comme la jeune fille allait sortir, résolue à se présenter, faute de mieux, à l'agence Corbeau : *placement d'institutrices et de gouvernantes, english spoken, man spricht deutsch*, madame Oneska entra dans sa chambre, le visage épanoui.

— Gaude, tout s'arrange comme vous le dé-

Gaude travaillant dans sa chambre.

sirez. Nous ne nous quitterons pas. Je viens de trouver, auprès de M. Luceram, la situation que vous cherchiez. On vous donne, à ma demande, deux cents francs par mois. Vous déjeunerez avec M. et Mme Luceram. Ce sont des gens charmants.

La surprise passée, Gaude embrassa sa cousine et la pressa de questions.

— Qui sont les Luceram? Comment avez-vous su qu'ils avaient besoin d'un secrétaire, et qu'aurai-je à faire?

— Le hasard a tout mis au point. Mme Luceram est une cliente que je soigne ; elle suit mon traitement électrique. Sa circulation générale est mauvaise. C'est une arthritique qui n'a pas assez ménagé sa santé. Son mari, Gilbert Luceram, est un lettré, un amateur, bien entendu. Il s'occupe surtout de philosophie. Lui et elle ont séjourné en Palestine et aux Indes

*****

Je crois que M. Luceram prépare une étude sur les philosophes de l'Orient. L'occasion s'offrait de parler de vous. Il se trouve que le mari de Mme Luceram a besoin d'un secrétaire connaissant l'allemand. J'ai demandé la préférence. Venez, vous êtes attendue.

Gaude suivit sa cousine.

Dans le petit salon, une jeune femme les attendait en jouant avec son king-charles. Assise à contre-jour, sa pose abandonnée, pleine de charme, frappa la jeune fille.

Elle souriait à Gaude ; d'un geste las, elle lui tendit une main admirable de forme et de blancheur, les doigts étaient couverts de bagues. Les ongles étaient si parfaits, qu'on les eût dit taillés dans de longues perles roses.

Gaude n'attacha son regard que sur cette main et sur ce bras nu, sortant d'une manche de velours noir ; puis, malgré l'ombre portée qui enveloppait le visage, elle distingua les traits délicats, un peu émaciés, la chair d'une blancheur de lait, les yeux bleus candides, agrandis par le bistre de la paupière et la longueur des cils. La bouche, très petite, d'un rouge violent, avait une fraîcheur de jeune fruit, et l'oiseau bleu qui lui faisait une radieuse coiffure plongeait son bec sommeillant dans la neige dorée d'une éblouissante chevelure.

Mme Oneska les présenta l'une à l'autre.

— Vous voulez bien devenir une compagne pour moi, mademoiselle? Mme Oneska me faisait, tout à l'heure, un tel éloge de vous, que j'avais regret de ne vous connaître qu'aujourd'hui.

— Vos paroles, madame, me rendent deux fois l'obligée de ma cousine, répondit Gaude.

Thaïda souriait :

— Je suis très contente. Vous êtes dignes, l'une et l'autre, de l'amitié qui se nouera entre vous.

— Je veux que vous soyiez heureuse auprès de moi, mademoiselle. Je brûle déjà de vous emmener. Quelle surprise pour Gilbert ! Pourquoi n'irions-nous pas le retrouver tout de suite?

— Mais... fit Gaude, surprise de la rapidité avec laquelle sa vie allait changer.

— Il n'y a pas de mais ! répondit Mme Luceram de sa voix caressante. Aujourd'hui vous nous faites visite. Demain Gilbert vous installera dans les fonctions que vous voulez bien accepter auprès de lui.

— Soit !

— Allez ! Allez ! vous achèverez de faire connaissance en route.

Mme Luceram se leva. Elle semblait souffrir de tous les mouvements qu'elle devait faire. Elle apparut à Gaude assez forte dans son fourreau de velours noir richement bordé de renard argenté ; ses bras demi-nus s'enfonçaient dans un vaste manchon de même fourrure ; l'oiseau bleu, posé sur les cheveux d'or, semblait la vivante image du bonheur qui devait s'attacher à cette délicieuse femme.

Quand elle fut installée dans l'auto qui l'attendait à la porte, elle prit la main de Gaude et la garda dans la sienne.

— Je voudrais tout de suite vous dire les paroles d'une amie. Mme Oneska m'a appris la terrible épreuve que vous venez de traverser. Dans la vie on peut tout accepter, parce que tout a une compensation, mais contre la mort, nous sommes sans défense. J'ai une peur affreuse de la mort, non pour moi, mais pour ceux qu'elle peut me prendre. La seule chose à laquelle je me cramponne désespérément, c'est que nos morts nous attendent ailleurs et que nous referons notre existence à l'heure de ce rendez-vous céleste. Vous aussi vous le croyez, n'est-ce pas?

— Hélas ! dit Gaude, touchée de la délicatesse de cette étrangère, mon cœur, au milieu de mes larmes, me crie : espère ! mais ma raison...

— N'écoutez que votre cœur ! dit Odette Luceram, avec élan, c'est lui qui détient toute vérité. Si l'immortalité de l'âme n'était qu'un leurre, comme quelques esprits le croient, mieux vaudrait que l'humanité cessât d'exister. Notre devoir serait de l'anéantir, il n'y a pas de supplice comparable à celui d'un amour que la mort vient briser.

L'auto stoppait sur le quai Voltaire devant une demeure ancienne, dont le rez-de-chaussée était occupé par la boutique d'un antiquaire.

Un ascenseur, installé dans la cage d'un magnifique escalier du XVIIe siècle, les éleva jusqu'au troisième étage.

— Monsieur est-il rentré? demanda Mme Luceram au domestique qui lui ouvrait la porte.

— Monsieur n'est pas sorti. Monsieur travaille dans son cabinet.

Mme Luceram eut une exclamation joyeuse.

— Venez ! dit-elle à Gaude, nous allons le surprendre.

Elles traversèrent une galerie tendue de vieilles tapisseries des Flandres représentant l'entrée de Philippe le Bel à Gand, et meublée de canapés profonds. Arrivés devant la lourde porte de chêne, qui s'ouvrait sur le *studio*, Odette et Gaude s'arrêtèrent.

Quelqu'un était au piano.

— C'est lui ! dit-elle, un doigt sur les lèvres, l'oreille aux écoutes.

On jouait avec puissance un récitatif véhément. Des accords plaqués remplissaient l'espace d'une harmonie héroïque. Il semblait que l'inspiré s'élevât jusqu'à une contemplation divine. Comme il était détaché de la terre celui qui racontait son sublime voyage !

Gaude demeurait saisie, écoutant le torrent des sons, subjuguée par cette éloquence nouvelle, comme par une force inconnue. La magnificence de l'harmonie imposait déjà, avant de le connaître, la valeur de l'homme, qui avait joué ainsi. Elles attendirent que les sons s'éteignissent sous les doigts immobiles. Elles allaient entrer, quand la porte brusquement s'ouvrit.

— Mon Gilbert !

— Toi !

Apercevant aux côtés de sa femme une étrangère, M. Luceram s'inclina et s'effaça pour les laisser entrer.

— Mon mari! dit Odette. Mlle Malvos. Qu'est-ce donc que tu jouais? Dans quel monde s'était réfugié ton esprit? Vois-tu, je frissonnais comme si Dieu avait passé devant moi.

— Quoi! tu n'as pas reconnu la Légende de saint François marchant sur les eaux!

— C'est un grand artiste, mon Gilbert! S'il voulait, il aurait autant de renommée que Pugno.

— C'est Listz qu'il faut louer, Odette, un gramophone exécuterait impeccablement ce morceau.

— Quel blasphème! quand donc seras-tu satisfait de toi-même?

— Jamais! dit-il.

Assise dans une des cathèdres de bois sculpté, qui s'appuyaient aux murs du *studio*, Gaude regardait en silence celui dont elle allait être le secrétaire.

Avait-il trente ans? Il les portait à peine? C'était un grand jeune homme svelte, dont le corps souple et l'attitude méditative faisaient songer à un bel ange funèbre. Le visage, long et maigre, était miné par quelque souffrance secrète: pensée trop lourde, ennui, nostalgie, lassitude. Les grands yeux, d'un gris vert, disaient, plus encore que l'attitude fatiguée, le mal de vivre. Était-ce Léopardi? Était-ce Schelley? L'incurable ennui, visiblement, l'avait frappé.

Gilbert Luceram, debout devant le piano, regardait sans curiosité aucune cette jeune femme en deuil, attendant qu'on lui expliquât sa présence.

— As-tu travaillé? Tu sais, mon Gilbert, que tu n'auras plus à te fâcher contre les nonsens de Vogel, je t'apporte un remède.

— Et lequel?

— Devine!

— Comment devinerais-je, dit-il, d'un air froidement poli, qui contrastait avec la vivacité enfantine de sa femme.

— Tu donnes ta langue aux chiens.

— Oui.

— Voilà! Et de la main, gentiment, Odette désigna Gaude. Mlle Malvos traduit l'allemand comme un ange.

— Vraiment? fit Luceram, sans témoigner aucun intérêt.

Dans le salon, Mme Luceram jouait avec un king-charles.

— L'allemand m'est familier, dit Gaude; je le traduis à livre ouvert.

— J'aurai donc recours à vous, mademoiselle, en cas d'embarras, fit Luceram du même air indifférent.

— Non pas! trancha Odette. Tu auras recours à Mlle Malvos tous les jours. Grâce à Dieu, tu ne vas plus te fatiguer. Regardez-moi ces yeux battus, ce visage de papier mâché. Vous êtes joli, monsieur, vraiment que ne dirait-on pas? fit la jeune femme se serrant contre son mari. Plus de sommeil, plus d'appétit. Ah! non, ce régime-là ne me convient pas. J'interviens de toute mon autorité d'épouse et de toute ma vigilance d'amoureuse. Que moi j'aille clopin-clopant, passe. Mais toi! Halte-là!

— Qui t'a dit que je souffrais, ma chérie? Au contraire, je vais très bien; jamais je ne me suis senti si entraîné au travail. Mon teint n'est pas celui d'une jolie femme, c'est entendu. Mais qu'est-ce que prouvent ces petites misères du foie et des bronches? Rien du tout! En vérité, mademoiselle, je ne sais ce que vous aurez à faire. Ce que je prépare est un peu spécial, la philosophie n'est pas l'amie des femmes.

— Tu tombes bien, fit Odette, pouffant de rire. Mais, mon cher, Mlle Malvos est bachelière; elle sait le latin, le grec.

— Et le sanscrit? demanda M. Luceram, d'un ton imperceptiblement moqueur.

— Non, répondit Gaude, légèrement froissée

de cet accueil hostile. Peut-être vous êtes-vous trompée, madame, un secrétaire ne rendrait, il me semble, aucun service à M. Luceram.

— Si, si, si, répondit la jeune femme, d'un ton qui ne souffrait pas de réplique. Je vous ai, je vous garde. Nous causerons. Vous m'apprendrez ce que je ne sais pas en me lisant de beaux livres. Vous voyez, il y a le choix.

Odette montrait, aux murs, les rayons chargés de volumes aux belles reliures fauves.

— Près de vous je m'instruirai, puisque je ne sais rien.

Elle soupira. Mais Luceram avait enveloppé d'un bras caressant le cou de sa jeune femme :

— Tu sais m'aimer ! N'apprends rien de plus.

— C'est pour te mieux aimer que je veux m'instruire. Il y a tant de choses que tu sais et dont tu ne me parles jamais ; quand elles me seront connues, tu penseras alors que je peux t'écouter, mon Gilbert.

Elle parlait avec une ferveur délicieuse. Le rayonnement de son amour donnait à son visage un charme irrésistible.

Luceram lui sourit. Ses yeux semblèrent s'éveiller d'un songe. Il prit la main d'Odette, la baisa à petits coups, comme on baise le col d'une tourterelle. La jeune femme tendit ses lèvres amoureusement, mais les lèvres du mari n'effleurèrent que son front.

— Tu sais, dit-elle, elle a un joli nom, notre amie. Elle s'appelle Gaude. Ce n'est pas une Parisienne, je les déteste. C'est la fille de Pierre Malvos.

— Le grand archéologue? demanda Gilbert, regardant cette fois la jeune fille, avec un intérêt qu'il ne dissimulait pas.

Gaude fit signe que oui.

— Je vous remercie, mademoiselle, dit-il au bout d'un moment, comme s'il comprenait enfin quelle détresse cachait la grande dignité de Mlle Malvos, de vouloir bien consentir à m'accorder un peu de votre temps.

— Ah ! s'écria Odette ravie, j'avais deviné que tu serais content. Allons, donnez-vous la main, soyez amis tout de suite.

— Vous le permettez? dit-il, avec un peu de raideur.

Luceram, ayant pris la main de Gaude, la serrait par politesse.

— Mes hommages, mademoiselle.

Gilbert s'inclina. Embrassant sa femme :

— Je vous laisse.

— Quoi ! tu t'en vas !

Sur son visage expressif passa la moue d'un enfant boudeur.

— Je vais et je reviens... à tire d'aile, dit-il doucement, tristement.

VI

Gilbert Luceram avait disparu. Les yeux de sa femme emprisonnaient son image. Enfin ses regards se détachèrent de la porte qui s'était refermée sur lui.

Elle soupira.

— Notre bonheur est si grand ! Chaque fois que nous sommes séparés, je tremble. S'il allait ne plus revenir ! S'il lui arrivait quelque chose ! S'il souffrait d'être seul. Tout m'alarme. Les premiers temps de notre mariage, je passais des soirées entières au balcon.

Elle montrait à Gaude la vaste baie qui s'ouvrait sur la Seine.

— Je crois bien que c'est à guetter son retour, que j'ai pris ces douleurs tenaces. Un soir la lune m'a trahie. Il s'est fâché, il voulait me faire jurer de ne plus affronter la fraîcheur. Vous pensez bien que je n'ai rien juré du tout, et si j'avais juré, j'aurais violé ma promesse. Alors pour m'épargner de souffrir, il ne sort plus le soir. Quelle preuve d'amour !

— C'est d'un joli sentiment, et qui doit être bien rare, car depuis que je suis à Paris j'entends dire que les maris en prennent à leur aise.

— Par la faute de qui? De leurs épouses ! Elles sont les premières à déserter le foyer conjugal. Pour être à la mode, certaines femmes ont besoin que dix, vingt hommes papillonnent autour d'elles. Elles veulent avoir une cour et les plus effrontées, les plus libertines, sont réputées charmantes. Ah ! ce n'est pas moi qui introduirais une de ces dangereuses Parisiennes dans mon logis !

— De sorte, fit Gaude, souriant de cette colère, que des épouses mobilisent encore les armées, mais ce n'est pas, comme au temps de Lucrèce, pour venger la vertu outragée.

— La vertu ! Si ce n'était que cela, répliqua Odette dédaigneusement ; mais, ma chère, il s'agit de sincérité. Elles n'aiment pas, elles ne peuvent pas, elles ne savent pas aimer. Elles veulent qu'on les désire, voilà, et qu'on les contente. C'est tout. Entre elles, c'est une guerre de cannibales. Une femme a-t-elle un mari, un amant dont on vante les mérites, que ne fait-on pour le lui arracher? Chaque sourire est un piège, chaque invitation un danger. Ah ! si on pouvait mettre sous une trappe le trésor qu'il faut chaque jour recommencer à défendre !

— Il y a des trésors qui sont inviolables, parce qu'ils sont hors de toutes les tentations.

— Lesquels? Nommez-les-moi, fit Mme Luceram avec impétuosité.

— Mais votre mari, madame. Un amour comme le vôtre, quel égide pour lui.

Odette soupira.

— Plus encore qu'en son amour, j'ai confiance en sa loyauté. Gilbert, peut-être, se détachera de moi, mais il ne me trahira point.

Ses lèvres avaient pâli, comme au passage de mauvaises paroles. Elle renversa doucement la tête sur le dossier de la chaise ducale et l'oiseau bleu resta blotti dans les feuillages sombres du bois sculpté.

— Pourquoi ai-je prononcé des paroles si affreuses? murmura-t-elle. Il y a des mots que jamais, jamais il ne faut dire. Ils portent en eux une puissance néfaste. A Tiflis, un vieux mage, que je consultai, me l'a dit aussi... — « Que ton haleine jamais n'effleure la sombre parure du Verbe courroucé, tu en garderais à tout jamais le poison ! »

Gaude écoutait.

— Quel singulier mélange de crédulité et d'observation ! songeait-elle. C'est le type de la femme-enfant. Comme il doit chérir cette ingénuité, cette tendresse câline. L'aime-t-il autant qu'elle l'aime? De quoi donc semble-t-il las? Quel embryon de discorde y a-t-il entre ces deux êtres?

Odette s'était levée, retirait son chapeau et faisait les honneurs du *studio* à la jeune fille.

— C'est son domaine ! Il en a voulu l'ordonnance sévère. Ces meubles ont été faits d'après les bois qui sont au musée de Cluny. Voici son orgue. Il adore jouer les vieux maîtres, Josquin du Pré, Roland de Lassus. Gilbert est un ami de la Schola. On a chanté ici des magnificats de Palestrina. Quelle musique préférez-vous?

— Je l'ignore !

— Comment?

— En fait de musique, je ne connais que le rythme du vent, le murmure des feuilles. De ma vie, je n'ai assisté à un concert

— C'est à peine croyable. Etre à la fois si savante et d'une telle ignorance ! Gilbert sera content de jouer devant vous ; lui préfère une émotion sincère aux compliments les mieux tournés. Tirer des larmes de vos yeux, quel plaisir ! Tout ce qui doit lui être agréable me rend heureuse ; je vous le dis. N'est-ce pas que je puis vous le dire, fit-elle subitement inquiète, me fier à vous?

Une franche poignée de main lui répondit.

VII

Lorsque Gaude arriva le lendemain quai Voltaire, M. Luceram l'attendait au *studio* en feuilletant un grand recueil d'estampes relatives au mariage du Dauphin.

Il salua froidement la jeune fille.

— Je désire, mademoiselle, que tout de suite il y ait entre nous une explication nécessaire. J'ai pour principe de ne jamais contrarier ma femme. Le mauvais état de sa santé exige des ménagements de toutes sortes. Ses désirs sont des ordres. Elle a pensé que votre science me serait utile. Je n'en doute pas. Mais je ne sais comment la mettre à contribution. J'écris peu, à mes heures, la nuit plutôt que le jour, avec rage et sans méthode. Il me serait impossible de dicter quoi que ce fût, et encore moins de vous expliquer ce que vous pourriez faire. Laissons donc mon travail personnel de côté.

Gaude qui avait déjà enlevé son chapeau, le remit sur sa tête, piqua les épingles. Gilbert comprit qu'elle allait se retirer.

— Non, non, ne vous en allez pas ! Veuillez prendre ce *Feuerbach : das Wesen der Religion*, et me le traduire. Mettez-y six mois, un an, rien ne presse. Vous voudrez bien dire à Odette que ce travail est hérissé de difficultés. C'est un vrai casse-tête, je le reconnais moi-même. Mais quand il vous ennuyera, mademoiselle, plantez là votre traduction, voici ma bibliothèque, faites-en usage. Ici les romans modernes, là les voyages. Voici le quartier des historiens, le camp des philosophes. Amusez-vous avec eux ou travaillez. Ce que vous ferez sera très bien. J'ai l'honneur de vous saluer, mademoiselle.

— Il est fou, pensa Gaude, le regardant partir. Croit-il que je vais accepter deux cents francs par mois pour ne rien faire? Je vais lui traduire et lui résumer son livre au courant de la plume. Quand ce sera fini, je chercherai ailleurs ! Dommage, pensait-elle, la vie entre ces deux êtres pouvait être intéressante. Ils me plaisent. En quoi, moi, lui ai-je déplu? Car je lui déplais, il ne me le cache pas, il me le crie.

Le soleil de février glissait dans le *studio* et allumait des étincelles dans l'or des vieilles reliures, faisait luire les patines des bois anciens, caressait l'argent des tuyaux de l'orgue.

Sur le piano fermé et couvert d'un vieux brocart du temps de Louis XIV, dans un magnifique bronze japonais, une gerbe de mimosas s'élevait comme une fontaine d'or. Sur les tables, des bibelots précieux en petit nombre ; ce cabinet faisait songer à quelque retraite d'un ancien chartreux. Le luxe y était grave. Mais, dans un angle de la vaste pièce, Gaude aperçut ce qu'elle n'avait pas remarqué la veille : un grand divan couvert d'une fourrure noire. Des coussins s'entassaient et tout près de ce lieu de repos, une vasque de marbre blanc, pleine d'eau, gardait des nénuphars pourpres.

Gaude demeura étonnée et charmée de découvrir ce coin intime dans cette pièce austère.

Sur la table de travail, du même style que les beaux bois sculptés, les papiers étaient soigneusement rangés.

— Il ne s'assied pas là tous les jours, pensa la jeune fille. Ce bel ordre sent la paresse !

Un peu plus loin, devant la fenêtre, d'où l'on découvrait la ligne chatoyante de la Seine et la noble vision du Louvre, une petite table était préparée pour elle, et dans un vase fait d'une pâte de verre, s'épanouissaient des violettes de Parme.

Le livre de Feuerbach, que Gaude devait traduire, l'intéressa tellement, qu'à onze heures Mlle Malvos n'entendit pas la porte s'ouvrir, un pas léger effleurer le tapis. Mais un parfum subtil se répandit aussitôt.

Mlle Malvos comprit qu'Odette était là.

Les deux femmes s'embrassèrent.

— Comme elle travaille ! Déjà tout cela ! fit Mme Laceram feuilletant les pages que Gaude avait traduites.

— J'ai l'habitude d'aller très vite.

— Vous avez vu mon mari ce matin?

— Un instant, à mon arrivée.

— Quoi, vous allez continuer ! Oh ! non, pas de zèle. Vous n'êtes pas ici à la tâche. Arrêtez-vous. Maintenant, c'est à mon tour de vous prendre. Vous lui direz à table, si vous le voulez, ce que vous avez fait. Gilbert va cet après-midi au Collège de France ; il y a un cours sur Zoroastre qui l'intéresse. C'est mon jour, je reste attachée au rivage. L'auto vous conduira où vous le désirez. Les violettes sont pour vous.

La charmante femme épinglait elle-même au corsage de Gaude le bouquet de fleurs.

Mme Luceram portait une ravissante toilette de crêpe de chine mauve recouverte d'une tunique en dentelle d'argent. Le cou et les bras nus avaient une blancheur de neige. Le visage, reposé par une nuit calme, avait une expression ineffable de bonté. Au corsage, Odette portait une orchidée d'un ton d'or aussi beau que celui de ses cheveux coiffés très bas sur la nuque, et séparés sur le front en un bandeau léger.

— Comment trouvez-vous cette robe?

— D'un goût très pur. Elle spiritualise votre charme.

— Il ne me l'a pas vue encore. Peren me l'envoie à l'instant. Pourvu qu'elle lui plaise ! Je hais les robes qui ne lui plaisent pas.

Ainsi, dans la vie de cette femme tout se ramenait à cette unique pensée : plaire à son mari.

— Quel orgueil insensé doit être le sien ! songeait Gaude. Posséder un cœur dans la plénitude de sa séduction, est-ce pour cet homme un bien désirable? Est-il de la race des amants? Se hausse-t-il jusqu'à cette communion qu'elle cherche?

— Passons dans mon cabinet de toilette, fit Mme Luceram en glissant son bras sous le bras de Gaude. Gilbert ne saurait tarder.

Tandis que Mlle Malvos lissait ses cheveux, effaçait les taches d'encre, que la plume avait laissées au bout de ses doigts, Odette s'examinait dans la psyché, cherchant ingénument des effets de profil, des poses qui fissent valoir et sa robe et elle-même.

Puis, au coup de sonnette qui annonçait le retour du bien-aimé, comme une gamine qui court au bonheur, elle ramassa à pleine main sa jolie robe neuve et s'élança vers Gilbert, au risque de tout déchirer.

VIII

Au bout d'un mois, la traduction de Feuerbach était terminée. Gaude n'avait pas eu l'occasion encore de remettre à M. Luceram les notes et le résumé du livre.

A table, Gilbert évitait soigneusement toute allusion au travail de Gaude. Mlle Malvos était là en invitée de sa femme ; il lui témoignait les égards qu'il aurait eus pour elle si Malvos avait été présent. Mais pas un mot, exprimant sa satisfaction ou son mécontentement.

Odette et Gilbert faisaient assaut d'esprit, racontant leurs promenades, leurs visites, leurs soirées au théâtre, la santé de Mme Luceram ne lui permettant pas encore d'aller au bal.

A les écouter, Gaude apprenait peu à peu la vie de Paris, suivait les engouements, remarquait avec quelle facilité certains êtres se poussent dans le monde, en dépit de leur médiocrité.

Odette, le plus souvent, ratifiait l'opinion publique ; Gilbert s'insurgeait ; Gaude devenait l'arbitre. Elle s'étonna d'être presque toujours de l'avis de Gilbert. Dès qu'elle s'aperçut de cette analogie de jugement, elle se récusa, et à l'insistance d'Odette répondit le « Que sais-je » du philosophe.

En arrivant, le lundi matin, elle pensait trouver sur sa table un nouveau livre à traduire. Il n'y avait rien, mais les fiches de Feuerbach n'étaient plus là.

— Que vais-je faire alors?

Sur la table de M. Luceram, dans des chemises de papier gris, des feuillets, couverts d'une écriture haute et droite, étaient rassemblés. Gaude se pencha curieusement et lut :

Essai sur Confucius.

et en exergue

La vertu ne reste pas comme une orpheline abandonnée;
Elle doit nécessairement avoir des voisins.

— Tiens ! Tiens ! pensa-t-elle, il aura travaillé hier. Mais on a lu mes fiches, tout au moins on les a feuilletées ! C'est peut-être Mme Luceram? C'est peut-être « le patron », murmura-t-elle avec un sourire, se rappelant toute la familière admiration qu'Odette mettait dans ce mot, très parisien, qui désigne le chef.

Le « patron » se baladait, suivant sa coutume, vers les quais de la Cité ou les quais de la Tour Eiffel. Odette dormait. A dix heures, elle prendrait son bain, s'habillerait jusqu'à onze et ferait, vers midi, son entrée sensationnelle au *studio*. Et Gaude, qu'allait-elle faire en attendant le retour de l'un, le réveil de l'autre?

L'échelle volante était appliquée à la muraille de livres. Gaude grimpa, s'arrêta sur la plateforme, choisit un volume à la portée de sa main et debout se mit à lire, comme à Sarlay, dans les ruines de l'amphithéâtre où son père la faisait déclamer Sénèque et Cicéron, pour accoutumer son oreille à la magnificence du latin. La jeune fille, déclamait les vers sonores :

Il faut donner ses yeux, il faut donner son âme,
Ses lèvres et son sang, sa passion, sa flamme,
Tout entier se donner, comme fait le soleil
Avant d'aller s'éteindre en l'éternel sommeil.

Elle répéta :

Tout entier se donner, comme fait le soleil

et se tut.

— Lisez encore, voulez-vous? demanda une voix derrière elle.

Gaude tourna la tête, se pencha, vit M. Luceram assis sur le divan. Comment était-il entré sans bruit? Depuis quand était-il là?

Elle voulut descendre.

— Non, non, restez là-haut, mademoiselle, dit-il en se levant. Vous êtes sur les rostres. Voulez-vous me lire ces vers, ils sont faits pour l'harmonie de votre voix.

Au lieu de poursuivre sa lecture, comme Gilbert le lui demandait, Gaude, dont le cœur battait un peu plus vite, ferma le volume.

— Vingt lignes de ce poète en apprennent plus sur l'âme orientale que tout le bouquin de Burnouf... Les dieux, chez les peuples imaginatifs de l'Orient n'ont dû être, à l'origine, que nos désirs, nos craintes, nos passions magnifiées. La religion était un lien entre le *moi* terrestre et le *moi* immense qu'ils projetaient sur la terre et dans les cieux.

— Vous n'admettez donc pas, fit-il de son air doucement ironique, que toute religion est une révélation céleste?

— Révélation poétique, certainement oui. Moïse, Jésus, Mahomet, Bouddha ont été à la fois de grands poètes et des conducteurs d'hommes. Une inspiration humaine, aussi sublime que leur inspiration, ne peut-elle passer pour celle d'un dieu?

— Voilà des idées bien hardies chez une personne de votre sexe.

— Mon sexe n'a rien à voir avec mes idées, répliqua la jeune fille. Je pourrais porter culotte et n'être qu'un sot!... Vous aimez la discussion, moi aussi. Je voudrais connaître vos idées; vous me le cachez comme si j'étais une petite fille!

Gilbert se mit à rire.

— Vous boudez comme Odette, c'est très amusant!

— Cela n'a rien d'amusant.

Elle dégringolait l'échelle et venait s'accouder à la vasque de marbre, et le fixant:

— J'ai la passion d'apprendre, de savoir. Dites-moi, puisque vous êtes allé en Orient, puisque vous avez vu les Yoghis, puisque vous êtes entré dans les grands monastères, croyez-vous que cette religion si humaine des Bouddhistes soit compatible avec notre vie à nous, et que du plus humble au plus raffiné, il y ait un bienfait à recevoir de tels exemples. Est-ce que du cœur des Anciens ne jaillissent pas les sources d'une religion héroïque...

— C'est un plaisir de voir comme vous vous lancez sur les problèmes redoutables! Nous discuterons sur cette matière. Mais, puisque le passé philosophique vous intéresse, je veux vous lire ce que je viens d'écrire sur Confucius.

Gilbert ouvrit avec empressement le manuscrit posé sur sa table de travail.

— Prenez garde! fit Gaude avec un petit sourire moqueur, si je n'allais pas être de votre avis?

— C'est votre droit!

— C'était aussi le droit de Gil Blas, quand monseigneur l'évêque consentit à lui lire son homélie, souvenez-vous-en!

— Vous êtes mordante, mademoiselle!

— Je vous rappelle seulement que depuis un mois, je suis votre secrétaire, vous n'avez pas encore jeté un regard sur mon travail!

— La preuve!

Les fiches éparpillées sur la table étaient annotées au crayon bleu.

— Je travaille quand je veux! dit-il.

— Est-ce clair? demanda Gaude visiblement satisfaite. Est-ce ainsi que je dois traduire?

Gilbert ne répondit pas; son regard restait attaché aux notes du livre allemand. Gaude

Gilbert Luceram.

jouait avec les nénuphars pourpres qui miraient dans la vasque leurs corolles rigides.

— Pas tout à fait, répondit-il.

— Qu'est-ce qui cloche? Dites-le-moi sans prendre des gants, j'aime la vérité.

— Je voudrais, dit-il, évitant encore de la regarder, que vous fissiez autre chose.

— Quoi donc?

Il répondit très vite:

— J'ai vu M. Milou. C'est lui qui s'est occupé de ma bibliothèque quand je suis revenu d'Orient. J'allais lui demander de m'envoyer ce qui a paru de Pierre Malvos.

— Et?

La jeune fille n'avait pu réprimer un froncement de sourcils.

— Comme je lui demandais une biographie, une étude d'ensemble sur les travaux des fouilles et sur les thèses de l'archéologue, Milou m'a dit que vous aviez l'intention d'écrire les mémoires de votre père ; qu'il vous avait persuadée que ces mémoires serviraient mieux la cause de Malvos que la publication à laquelle vous aviez tout d'abord songé. Est-il vrai?

— C'est vrai.

— Alors ces mémoires, quand les publierez-vous?

— Je ne les publierai point.

— Pourquoi? fit le jeune homme, scrutant Mlle Malvos d'un regard.

— Parce que la vie de mon père s'efface devant son œuvre. Sa vie n'a été qu'une immolation à ses idées. Quatre mots résumeront sa vie. Quatre volumes ne diront pas son œuvre.

— Qui vous arrête, si vous avez le projet d'écrire ces quatre volumes?

— Le temps et l'argent, dit-elle nettement.

— Combien de temps vous faudrait-il pour écrire le premier volume si vous étiez absolument libre? demanda-t-il au bout d'un instant de réflexion.

— Une année me suffirait.

— Bien! Accepteriez-vous que M. Milou vous assurât une année entière de liberté. Qu'est-ce que cela représente pour une femme seule? Cinq mille francs? Cette somme vous serait assurée tout de suite.

Prévoyant une objection, le jeune homme ajouta :

— Vous rembourserez à M. Milou cette somme, sur les droits d'auteur qu'il vous donnera pour le livre.

— C'est vous qui avez eu cette idée-là? demanda froidement la jeune fille.

— Peu importe qui l'a eue, fit-il avec un peu d'embarras. Il s'agit d'une question entre votre éditeur et vous.

— Mais moi, il m'importe de savoir qui a pu faire revenir M. Milou sur sa décision et comment on s'y est pris pour cela?

— Peut-être tout simplement en lui disant avec quel courage vous acccomplissiez votre devoir.

Gaude s'étonna :

— Mais je n'ai rien dit à personne.

— C'est vrai, répliqua Gilbert, avec cette même douceur pensive qui était chez lui un grand charme, mais je vous ai vue à la Nationale toute la semaine, l'après-midi, et je sais ce que vous y cherchez.

— Une filature en règle! dit-elle moitié riant, moitié fâchée. Mme Luceram est-elle au courant de ce beau projet?

— Elle le connaît, répliqua Gilbert.

— Et elle l'approuve?

— Sans cela vous l'eussé-je fait connaître?

— Pourquoi n'est-ce pas elle-même qui m'en parle?

— Parce qu'Odette n'avait pas prévu que j'aurais le plaisir de converser avec vous ce matin, mademoiselle.

— Dites-moi votre pensée tout entière, monsieur, fit Gaude plus émue qu'elle ne voulait le paraître. Oui ou non, suis-je ici une intruse?

— Vous! Ah! vous ne savez pas... s'exclama-t-il.

L'expression joyeuse qui avait traversé le regard mélancolique s'éteignit, il dit doucement :

— Votre présence sous notre toit est, pour Odette et pour moi, mademoiselle, un honneur et une joie.

— Alors, pourquoi m'éloigner? fit la jeune fille, le regardant avec des yeux où il pouvait lire sa reconnaissance. Dans ce barbare Paris qui me repoussait, je rencontre deux êtres qui sont tels qu'on puisse souhaiter, comme un bienfait, de les avoir pour amis. Odette est si bonne, si simple, si candide. Vous... vous, ah! je ne sais plus ce que j'allais dire. Mais je vous en prie, monsieur, si vous avez tant soit peu de sympathie pour moi, puisque vous venez de me témoigner si noblement votre estime, laissez-moi ici. Vous ne pouvez pas savoir comment il est doux d'approcher de votre mutuel bonheur. Je sortais d'un long tunnel obscur, étouffant, me voici à l'entrée d'une vallée ravissante. La douceur de la vie, c'est dans cette demeure que je l'ai sentie.

Gilbert lui avait pris la main.

— Vous ne savez pas non plus ce qu'il m'aurait coûté de vous voir vous éloigner de nous. J'ai pu être à vos yeux un méchant sire, jouer le persifleur, je ne suis rien de ce que je voulais paraître. Mais j'ai la haine du bas-bleu. On m'annonce *ex abrupto*, chez moi, auprès de moi, une bachelière, un monstre, quoi! J'ai cru que vous alliez me lapider de mots savants, m'accabler sous le poids de votre pédantisme. Vous m'avez fait horreur par votre seul titre. Je vous ai cédé la place.

— Et maintenant, fit Gaude, montrant la table de travail.

— Me lirez-vous les vers que je vous demandais, dit-il doucement.

— Si vous me jouez ce que je n'osais vous demander?

D'un bond Gilbert fut au piano.

Gaude l'avait prévenu, ouvrant le poème de l'*Illusion*, elle commença le morceau qui débute comme une symphonie triomphale :

Les vents sont mes soupirs, les vents sont mes baisers.
Je suis le souffle et l'air, et vous êtes la flamme.

Quand Odette entra vers midi, parée d'un magnifique déshabillé de velours gris, une écharpe rose sur son col nu, elle trouva Gaude debout, déclamant, et Gilbert appuyé à la fenêtre, le profil perdu, écoutant, comme un bel ange de la méditation, naître et mourir les images et les sons.

IX

Dès lors commença pour Gaude une vie délicieuse, une vie d'intimité, de pensée, de travail facile.

Elle était l'amie de Gilbert autant que l'amie d'Odette. De bonne grâce Gilbert reconnaissait que l'esprit de la jeune fille complétait le sien.

— Sans vous, disait-il, je n'aurais pas eu fini avant dix ans ce livre qui n'avait d'autre but que de tuer le temps. Quand me lirez-vous ce qui est fait de la *Cité gallo-romaine?*

— Bientôt ! bientôt ! Mais vous n'imaginez pas, répondait Gaude, à quelles difficultés je me heurte. Je m'aperçois tous les jours que je ne sais rien ! N'est-il pas insensé d'entreprendre une œuvre qui demandait et l'érudition de mon père et son esprit philosophique ! Ce n'est pas seulement la suite des faits qu'il me faut posséder dans leur étendue, c'est le droit, c'est la religion, c'est la vie commençante, c'est ce qu'apprend l'anthropologie, la numismatique. Je vivrais cent ans que, sur ce sujet, je découvrirais quelque chose que j'ignore.

— Laissez quelques miettes aux élèves de Malvos. Il ne manquera pas de jeunes savants pour chercher dans ce domaine si vaste un beau sujet de thèse.

C'était la première fois que Gilbert faisait allusion aux élèves de son père.

Ramenée vers le passé, la jeune fille s'aperçut avec étonnement qu'il avait suffi de quelques mois à peine pour enfoncer, dans une ombre épaisse, tout ce qui se rattachait à sa vie de Clermont. Même les noms de ses camarades s'effaçaient de sa mémoire ; il lui fallait un effort pour évoquer, autour de Malvos, les plus fidèles élèves : Guyon, Spelcat, Grosdidier, Cabri.

Taratte ! Elle ne l'oubliait point. Dans ses mauvaises nuits, la rancune accumulée en faisait un être odieux. Thaïda l'avait avertie qu'il s'était présenté deux fois rue d'Artois, demandant à voir Mlle Malvos, Gaude avait dit sèchement à Marie-Thérèse :

— Je ne reçois personne.

La pensée qu'un élève de son père pouvait publier une thèse avant l'apparition du premier tome de la *Cité gallo-romaine* ne lui laissa plus de répit. Au sortir du quai Voltaire, Gaude courait à la Bibliothèque nationale. Elle s'installait à l'écart, le plus loin possible de la grande allée où passe continuellement ce que Paris compte de gloires éclatantes et d'obscurs travailleurs de l'esprit. Sous la coupole de fer, ballonnée comme une vaste crinoline, elle avait pris place près de l'avenue des dictionnaires. Le garçon de service qui la connaissait bien, de la voir venir si régulièrement, lui apportait les gros in-folios un peu plus vite qu'aux autres, et ne les lui laissait pas reporter.

Quand elle eut enfin compulsé l'armée latine et reçu de Pline, Plutarque, César, Polybe, Tite-Live, Strabon tout ce qu'ils pouvaient lui donner, Gaude s'enferma dans sa chambre, et résolument attaqua le livre qui devait assurer la gloire de Malvos.

X

Le printemps arriva chargé de lilas et de muguets. Odette, rétablie par les soins de Mme Oneska, se levait de bonne heure, s'en allait au bois, revenait sa voiture pleine de fleurs.

Elle entrait soudain dans le *studio*, une gerbe de pivoines odorantes entre les bras, la jetait sur le divan, et courait offrir ses lèvres au bien-aimé. Assise près de la fenêtre ouverte, Gaude se levait, embrassait son amie, s'informait de sa santé, et revenait au travail.

— Gaude, plaisantait Mme Luceram, vous êtes remontée comme une petite machine, vous ne vous arrêtez qu'à heure fixe !

— Je donne l'exemple, répliquait la jeune fille ! Si votre mari me voyait muser, il ne ferait plus rien du tout !

— Par ma foi, elle dit vrai, je m'étais engourdi auprès de Confucius. Je ne sais pas comment s'y est pris ce gentil secrétaire, mais depuis que nous avons commencé Marc-Aurèle, il est fort content de moi.

D'une moue gamine, Odette interrogeait Gaude.

La jeune fille répondit avec un sourire :

— L'inspiration est venue, voilà tout !

— Alors il mérite une récompense? Il l'aura.

Et sans plus attendre, Odette arrachant plumes, papier, s'assit sur les genoux de son mari, et se fit câliner.

— Mon petit lotus adoré, mon soleil perçant, ma fraîcheur des bois, disait-elle dans un roucoulement amoureux.

Gilbert riait et jouait avec sa femme, puis l'emportait et la posait sur les coussins de soie d'une haute chaise sculptée.

— Allons ! Soyez sage, madame ma femme, sinon l'inspiration s'en ira !

— Ah ! qu'elle reste ! faisait Odette les mains jointes.

— Ainsi soit-il ! répondait Gilbert. Mais je crois bien qu'il siérait de l'attacher au logis, comme les anciens Romains enchaînaient leurs dieux. Qu'en pensez-vous, mademoiselle?

— L'inspiration aime à être libre.

— Oh ! oh ! fit Gilbert, il y a inspiration et inspiration. Celle qui m'a visité est sage ; elle ne s'irrite de rien, elle n'est jamais lasse, elle est prête à toute heure, et ne dit jamais : *c'est assez* !

— Tiens ! fit Odette, c'est comme Gaude ! qui réclame des journées de trente-six heures. Mais moi, qu'est-ce que je ferais, si l'inspiration, — elle prononçait le mot avec une emphase comique — te visitait pendant trente-six heures !

Avec une moue adorable, elle ajouta :

— Bast ! le lendemain on la prierait d'attendre !

Ils éclatèrent de rire.

Un jour que Gilbert était de méchante humeur, il dit à Gaude :

— A quoi bon écrire ce livre? Tout a été dit. L'humanité m'apparaît si boueuse, si putride, que je voudrais la noyer comme un chien crevé. A quoi bon ces êtres extraordinaires, ces dieux dans une enveloppe charnelle, puisque depuis cent mille ans qu'il y a des hommes, rien n'a changé sous le ciel. Les plaisirs du ventre passent avant les joies de l'esprit ; on s'égorge pour s'arracher les quatre sous qu'une main avare a ramassés dans les immondices ; on se déshonore au lieu de s'élever. A quoi bon rêver le bien, le vouloir impérieusement? Tout est néant ! « *A l'origine tout fut démence* », tout est resté démence !

— Si cela ne mène à rien dans l'avenir, qu'en savez-vous? Pouvez-vous nier que l'avenir, s'il ne nous appartient pas, est là entre nos mains.

— Eh ! que m'importe l'avenir! Pour le fuir, Schopenhauer s'est tué, Léopardi aussi ! Nietsche, pour avoir trop cru à la grandeur humaine, est devenu fou. Le mal que nous subissons est inguérissable. La vie n'est qu'un perpétuel découragement; ce qu'on a saisi vous dégoûte; on croyait étreindre le bonheur, la jeunesse, la beauté, l'amour. Formes vides, mots creux qui ne cachent même pas l'horreur de la réalité.

— Qu'avez-vous ce matin? Qu'avez-vous fait? Où êtes-vous allé? demanda Gaude surprise de cet accès de désespoir. Est-ce bien vous qui parlez, vous qui avez toutes les joies de la vie rassemblées en vous? Quoi ! vous avez, vous, l'amour le plus pur, vous avez l'intelligence la plus vive, vous avez la santé, la fortune. Que vous manque-t-il donc?

Le regard de Gilbert s'enfonça profondément dans les yeux de la jeune fille. Il semblait vouloir déchirer son âme. Les paupières de Gaude se baissèrent d'un mouvement instinctif.

— Vous n'avez pas le droit de vous plaindre. La vie a déployé pour vous le manteau d'or des sultans d'Asie, dit-elle.

— Au delà de moi, je vois les autres !

— Alors si vous pensez aux autres, fit la jeune fille avec chaleur, vous ne devez pas dire que rêve, effort, tout est inutile, quand vous savez que la bonté est le soleil des hommes.

— La bonté ! Elle multiplie les faibles. Elle accroît le nombre des traînards et des dupes, et c'est ainsi que les terres qui eussent été fécondes en grandes choses sont rendues stériles par ces pourritures d'hôpitaux.

— Ne parlez pas ainsi de vos semblables. C'est monstrueux. Quoi, vous êtes sur un rocher, vous voyez autour de vous des enfants, des femmes, des êtres affaiblis lutter contre le flot qui va les engloutir, vous avez sous la main la barque, qui peut les sauver, et vous ne la lancez pas? Oh ! dit-elle d'une voix qui tremblait, un malfaiteur ne resterait pas impassible.

Au bout d'un moment, elle ajouta :

— Votre conduite contredit votre pensée. Qu'avez-vous fait pour moi? dois-je vous le rappeler ?

— C'est autre chose.

— Non, tout se tient. Ce que vous avez fait pour moi, vous le feriez pour tous ceux qui ont besoin de vous. Qu'importe que la vie ait un but ou n'en ait point et que tout s'arrête ici-bas? Ce qui ne s'arrête pas c'est l'humanité. Allez-vous lui crier *sauve qui peut* et multiplier dans le désespoir les crimes, les attentats, les lâchetés. Non, et l'utilité de votre livre, ce sera de dire hautement que le pessimisme n'est pas l'éclair de vérité qui foudroie.

Odette serre entre ses mains la tête de son mari.

— Mais?

— Vous chercherez dans votre cœur, monsieur Luceram, les paroles qui compléteront votre pensée. Nul n'a le droit d'abêtir son semblable, et c'est l'abêtir que de lui montrer que tout finit par le charnier.

Elle s'était levée et marchait de long en large dans le *studio*, s'arrêtant pour affirmer.

— Promettez-moi, dit-elle, de chasser cette tristesse. Vous allez au-devant du malheur.

Gilbert ne répondit pas; mais ouvrant le piano, il laissa courir ses doigts sur le clavier, et l'espace s'emplit de l'admirable élévation des *Béatitudes*.

Odette, aux premiers accords, entra et vint s'accouder auprès de la jeune fille. Gaude n'écoutait que d'une oreille distraite. Comme M. Luceram fermait le piano, elle renoua leur conversation.

— Ce n'est pas un travail de dilettante que vous faites ; ce n'est pas un désennui que vous cherchez ; c'est une œuvre que vous accomplissez. Il faut qu'elle soit utile à vous-même et aux autres. Pensez à votre conclusion.

— Que conclurai-je encore une fois? dit-il avec humeur. Si ce n'est que le néant est partout, qu'entre cette misère qui ronge la masse des hommes, et le fol idéal, qui fanatise quelques êtres d'essence supérieure, il n'y a place pour rien qui vaille la peine d'être vécu !

— Et l'amour ! s'écria Odette. Moi je le déclare tout de suite, je n'ai pas assez de la vie pour t'aimer ! je veux renaître jusqu'à la fin des siècles pour te chérir encore.

Elle pressait entre ses belles mains de velours la tête pâle du songeur.

— Quelle plus belle raison de vivre que celle que vous propose Odette, monsieur Luceram? Faites rayonner autour de vous ce foyer d'amour. Sortez de cette solitude qui vous paralyse. Allez vers les autres, faites-leur du bien !

— Et après?

— Comment après? Allez-vous dresser vous-même une barricade? Allez-vous détruire cette équité du cœur? N'y a-t-il donc plus de conquêtes qui vous tentent? Voyons, Odette, parlez-lui, ne le laissez pas s'enfoncer dans cette lâche doctrine qui est sa propre abdication !

XI

Un soir, Odette Luceram dit à Mlle Malvos, qu'elle avait emmenée à la Schola Cantorum, entendre dans l'ombre de l'ancienne chapelle, transformée en salle de concert, la plainte humaine, la tendre lamentation du hautbois :

— Vous m'aiderez à le guérir. Son pessimisme l'empoisonne. Je me demande si cette tristesse qui le gagne vient de l'esprit ou du corps. Il n'était pas comme cela, quand je l'ai connu.

Gaude comprit que l'heure des confidences était venue et qu'elle allait connaître le roman d'amour des Luceram.

L'ombre confondait dans les fauteuils leurs silhouettes voisines et solitaires : autour de l'orgue et des pupitres des musiciens, les petites lumières accrochaient dans les ténèbres des grappes de fleurs qui semblaient cueillies aux buissons roses des cœurs de Marie. Nul ne pouvait les entendre.

Odette parla :

— Je me suis mariée à seize ans, ou plutôt je me suis laissée marier par une mère très tendre qui m'avait choisi pour époux un de nos proches parents, Yves du Rivaillou.

« Nous étions presque du même âge, ma mère ayant pour principe qu'une union bien assortie est celle de deux êtres qui sont à l'aube de la vie. Quelle erreur ! Les trois quarts des ruptures dans les mariages viennent de ce qu'on se lie toujours à une époque où l'on ne sait ce que signifie un lien, et où le temps n'existe pas.

« Cette raison-là suffirait à expliquer ce qui m'est advenu. Yves avait vingt-deux ans, il était enseigne de vaisseau, attaché au port de Rochefort. Ma mère, qui était Rocheloise, extrêmement catholique, membre du tiers-ordre et de toutes les confréries possibles et imaginables, crut aveuglément à mon bonheur conjugal.

« Je n'étais ni heureuse ni malheureuse ; je ne sentais rien, je n'aimais rien, je ne pensais qu'à rire, à flirter, à conquérir une réputation d'élégance et d'esprit. Je faisais enrager les vieilles coquettes ; j'avais ma cour : toute la flotte, mais en tout bien tout honneur, croyez-le. Qu'est-ce que cela aurait duré? Je n'en sais rien. La mémoire de ce temps-là m'est infidèle.

« Gilbert entra dans ma vie. Il arrivait de voyages lointains. Yves et lui s'étaient connus à Jersey, chez les Jésuites, lorsqu'ils préparaient Navale. Yves avait passé son examen, Gilbert, de santé frêle, avait voyagé. De Ténériffe, où il avait fait escale, il m'apportait des oiseaux; peut-être, à travers les lettres de son ami, m'imaginait-il semblable à ces oiseaux éblouissants.

« Yves me le présenta et nous le retînmes à dîner. Je me montrai, ce soir-là, plus que sotte. Vous ne pouvez vous imaginer mon trouble, ma niaiserie. Je répondis de travers à ses questions, et moi qui ne fus jamais en reste d'esprit avec personne, je fis honte au bon goût de mon mari. Gilbert m'a avoué depuis, que cette timidité lui avait tellement plu, que dès le lendemain, il serait accouru, s'il n'avait craint de m'effaroucher davantage.

« Mais il resta huit jours sans paraître. Huit jours où je l'attendis sans sortir, cachée derriere mes persiennes, épiant toutes les allées et venues de la rue. Ah ! ces huit jours, ils me parurent plus longs que mes quatre années de mariage.

« — Où est ton ami? Pourquoi ne vient-il pas? Peut-être m'a-t-il trouvée stupide !

« — Lui, il te trouve charmante !

« Ce n'est pas assez, disais-je, et mon orgueil flattait l'amour-propre d'Yves. Invite-le, je voudrais effacer l'impression médiocre qu'il a gardée de moi !

« Yves invita Gilbert. Gilbert revint si souvent qu'il me fut impossible bientôt de vivre sans lui. Il était mon souffle, ma pensée, mon vouloir !

« A cette époque, Gilbert était un si beau cavalier ! Sa tête avait de l'arrogance, elle ne fléchissait pas comme aujourd'hui. Il toisait les gens qu'il rencontrait; mais, dès qu'il voulait plaire, vous ne pouvez imaginer, amie, sa soumission, l'appel de ses yeux. Tout en lui devenait caresse. Dès qu'il était là et que nous étions seuls, avant même qu'un mot d'amour eût été prononcé, j'avais la sensation qu'il me buvait comme une source.

« Voyez! Je frissonne en songeant à cet émoi. Mais quel épuisement ! Un jour ma mère me trouva évanouie dans le jardin, près de la cage où vivaient ses oiseaux. Yves s'inquiéta, me trouva pâlote..., enfin mille autres détails le surprirent, le peinèrent. Les médecins parlaient de neurasthénie, ils déclarèrent que l'océan me tuerait, qu'il me fallait un climat plus doux, et comme l'hiver s'annonçait fort rude, on m'envoya au cap Martin.

« Yves, sur ces entrefaites, dut embarquer, une partie de l'escadre partant vers les mers du Sud. Ma mère m'accompagna. Il voulait que sa famille s'installât au Cap. Je le suppliai de n'en rien faire, j'avais besoin de solitude ; faut-il le dire? J'avais besoin d'oublier mon mari et tout ce qui pouvait me le rappeler.

« Au fond, c'était un brave garçon ; son seul tort était de m'avoir épousée. Mais ce mariage, sans doute, était nécessaire ; sans lui comment aurais-je connu Gilbert.

Odette s'arrêta un instant et, prenant la main de son amie, la pressa tendrement dans la sienne.

— Je ne vous ennuie pas?

— Continuez, répondit Gaude tout bas.

« Jamais, songeait Mlle Malvos, je n'oublierai cette heure, le mystère de cette chapelle obscure, cette plainte persistante du hautbois, ce récit passionné qui m'effleure. Oh ! Gilbert, Gilbert, comme elle vous aime !

Odette reprit son récit :

— Je ne pensais qu'à Gilbert ! où était-il? Pourquoi ne venait-il pas?

« J'aurais pu lui écrire, son amitié pour Yves m'y autorisait. Je n'en fis rien.

« Que de temps s'écoula depuis notre arrivée au Cap et mes noces bienheureuses? Je ne le sais plus. J'ai jeté dans un gouffre toute la vie qui ne lui appartenait pas. J'étais comme une hallucinée, je le cherchais dans les chemins, sous les arbres, au bord des vagues. Je jetais son nom à la mer, au vent. Je savais qu'en quelque endroit qu'il se trouvât, mon message d'amour lui arriverait.

« J'avais adopté pour mes promenades solitaires, un petit chemin, qu'on nomme le sentier des douaniers. Il est taillé à même le rocher, il côtoie la mer de très près, les lames le couvrent quelquefois. Il passe sous les pins et mêle aux myrthes la couleur rouge de la terre.

« Vous ne pouvez imaginer la beauté tragique de ce chemin, qui a, devant lui, l'immense velours de la mer, et derrière lui, les montagnes grises, rudes, abruptes, comme les murs d'une forteresse orientale. Tout parle de l'Orient là-bas. Avant de l'aimer dans la pensée de Gilbert, je l'ai pressenti là, avec ces villes blanches qui se nichent dans un repli du rocher, comme des essaims de colombes, avec ces palmiers qui mettent, très haut dans le ciel, un frémissement d'ailes, et ces rudes figuiers qui tendent vers le soleil leurs miroirs dépolis. Ah ! l'admirable pays d'amour, de caresse, de frénésie, royaume du printemps ! Gaude, c'est là qu'il faut aimer, pour comprendre que l'amour est divin.

« Peu à peu je sentais, dans cette brûlante solitude, mon âme se dégager de mon corps.

« Vous m'avez cru uniquement superstitieuse, amie, je suis autre chose aussi ; je puis vous assurer que plus d'une fois mon corps seul est resté enfoncé dans le rocher que j'avais choisi. Mon âme était près de lui, elle rôdait autour de sa maison ; elle entra enfin, appela : Il répondit.

« Oui, c'est moi qui ai tout fait ! c'est moi qui ai séduit, c'est moi qui ai vaincu ! Quand il surgit enfin sur ce chemin, où je voulais qu'il passât, depuis longtemps j'étais à lui.

« Un soir il arriva. Nous ne nous sommes plus quittés !

— Et eux aussi ! pensait Gaude. Cette femme que je vois bonne, loyale, vertueuse puisqu'elle est fidèle à son mari, a commis, sans scrupules, sans remords, le crime d'adultère. Elle a violé tous ses engagements pour appartenir à un autre, qui trahissait à son tour l'amitié. Quelle force a donc la passion pour imposer aux meilleurs son abominable joug? Est-il impossible de la repousser? Et moi, qu'aurais-je fait?

— L'amour, reprit Odette, dans un chuchotement de confession, exige une rançon affreuse. Quelles larmes ont payé mon droit au bonheur ! Personne ne soupçonnait nos rencontres, ni même sa présence à l'hôtel. Nos chambres étaient voisines et communiquaient la nuit. Mais dans la journée, Gilbert ne sortait qu'aux heures où il ne pouvait être vu de ma mère, pendant que je prenais mes repas, avec elle, dans son salon. Mais une nuit que maman, agitée par un mauvais rêve, venait me voir, elle aperçut le lit vide, la porte ouverte, — dans ma hâte, je ne l'avais même pas poussée. Un cri nous avertit.

« Je m'arrachai des bras de Gilbert et, sans prendre garde au désordre de mes vêtements, je me présentai devant ma mère?

« Elle était agenouillée et pleurait.

« Ces larmes de maman sur mon péché, ma honte ! Sa douleur, ses reproches, mon refus de rompre, ma colère quand elle parla de couvent ! Ah ! quel souvenir abominable ! Moi qui avais été pour elle une enfant docile, respectueuse, je fus soudain méchante, rebelle ; je lui déclarai, sur le crucifix, que pour l'éternité, j'étais à Gilbert. Ni les hommes ni Dieu ne me condamneraient à vivre avec mon mari. Et j'allai jusqu'à lui dire : « Si ton Dieu l'ordonne, je changerai mon Dieu. » Elle se boucha les oreilles, s'enfuit après m'avoir déclaré, qu'elle ne me reverrait tant que cette liaison durerait.

« Ai-je hésité? Je ne le crois pas, puisque aussitôt que ma mère eut disparu, et je savais qu'elle était morte pour moi, je vins chercher refuge dans les bras de mon amant.

— C'est donc cela l'amour? soupira Gaude. Périsse le monde pourvu que je t'aie ! C'est formidable ! Vous n'avez jamais rien regretté?

— Jamais ! S'il me fallait encore conquérir Gilbert, au prix de ces méfaits, au prix de ces souffrances, je recommencerais ! Dès qu'on aime, on ne juge plus. J'avais perdu toute raison, j'étais une autre. Moi qui étais si coquette, si futile, je suis devenue ce que Gilbert a voulu, et il m'a pétrie à sa guise. J'ai pris toutes les formes qui devaient le séduire ; j'ai été vingt femmes en une seule ; j'ai été son amante, sa maîtresse, sa compagne, sa femme. J'ai été plus encore, avec lui, j'ai voulu aller au fond de toutes les voluptés. Je l'ai en moi, rien ne l'arrachera de moi ; s'il meurt le premier, je me tuerai et nous renaîtrons ensemble, car je serai plus forte que tout. Il est impossible qu'un être comme lui se perde dans le néant !...

Sa voix s'étranglait. Elle reprit au bout d'un moment :

— Nous avons couru l'Orient ensemble pendant deux années. Yves, prévenu par moi, avait demandé le divorce.

« Nous ne songions pas à nous marier, nous étions trop unis pour qu'une cérémonie pût ajouter quoi que ce fût à nos liens. Mais la mort du père de Gilbert, qui dirigeait, à Paris, la banque qui porte son nom, nous força de rentrer en France.

« Quinze jours après, j'appris qu'Yves et Gilbert s'étaient battus ; Gilbert avait essuyé une balle ; lui avait tiré en l'air.

« Depuis, pour des raisons de convenances, nous nous sommes mariés. Je ne puis pas dire qu'il y ait quelque chose de changé à notre bonheur. Gilbert est aussi épris, aussi fervent ; mais cette incompréhensible tristesse m'inquiète. De quoi souffre-t-il? Est-ce qu'on souffre pour une idée, Gaude?

— Jusqu'au martyre !

— Alors sa souffrance serait cérébrale?

Elle soupira, et :

— Si elle venait du cœur? Si je l'aimais trop?...

— Chassez cette appréhension, répondit Gaude. M. Luceram est triste de voir partout le mal. Il pense, donc, il souffre. Comme il est généreux, je suis certaine qu'il y a pour lui une torture secrète à ne pouvoir guérir tous les maux qu'il voit devant lui.

— Qu'a-t-il besoin de les voir?

— Une fois qu'on les a vus, Odette, on ne peut pas les oublier ! Il suffit de passer, un matin, devant la porte d'un hôpital, quand on voit ces infirmes, l'œil crevé, le bras cassé, le visage rongé de maux ! Horreur ! Ces êtres débiles, qu'ont-ils fait? Qu'ont-ils fait, ceux-là, pour être si malheureux?

— Est-ce que le bonheur se mérite, Gaude?

La douce plainte du hautbois s'était éteinte dans l'ombre de la chapelle. La voix de Gilbert appelait les deux femmes.

XII

Quand Odette fut partie, le jeune homme tendit à Mlle Malvos un paquet de feuillets noircis, raturés :

— Vous aurez peine peut-être à lire ce gribouillis. Je n'étais pas en train. Les mots venaient mal. J'ai passé là-dessus une partie de ma nuit.

— Pourquoi travaillez-vous, au lieu de dormir? lui dit-elle, regardant le visage fatigué, le teint brouillé, les yeux creux de Gilbert.

— Parce que c'est le moment où je me sens libre. Je suis seul, délicieusement seul.

Sa poitrine se dilata, il eut un grand soupir.

— Quand j'aurai fini d'écrire ce qui me trotte

Le chemin des douaniers, promenade favorite d'Odette...

dans la cervelle, je ne ferai plus que de la musique. Là seulement je trouverai des sensations ineffables. Rêver, chercher, fuir, poursuivre, étreindre ! La musique, c'est presque la magie !

— Employez donc sa puissance à de grandes choses. Je n'arrive pas à comprendre qu'un homme de votre intelligence et de votre noblesse d'âme, se ramasse dans sa toile et n'attrape, pour sa subsistance, que des sensations.

— Jugement flatteur !

— Je sais qui vous allez invoquer. Mais, par nature, vous n'êtes pas un sceptique, comme Montaigne, je vous vois à travers ce que vous écrivez ; malgré vous, vous avez besoin de croire. Si vous ne pouvez accrocher votre foi aux vieilles divinités, forgez-vous une divinité nouvelle. Ne restez pas entre ciel et terre. Ne gaspillez pas les dons que vous avez reçus.

— Vous êtes ambitieuse pour moi?

— Oui !

— Alors, pour vous plaire...

Gaude posa sur lui son regard si franc.

— Il ne s'agit pas de me plaire ! Il s'agit de réaliser une œuvre dans sa plénitude, elle s'impose à vous comme une loi.

— C'est bien !

Et l'oreille basse, il alla s'asseoir à sa table de travail.

Pendant tout le mois de juin, Gilbert Luceram ne cessa d'écrire, ne sortant plus, travaillant sans cesse ; ayant passé des Orientaux aux Grecs et des stoïciens à Jésus, il termina son étude du pessimisme par cette conclusion inattendue, qui était le fruit de ses entretiens quotidiens avec la jeune fille :

« Si douloureuse que soit la vie, si décevante que soit son apparente beauté, si incertain que soit l'Audelà, elle vaut la peine d'être vécue magnifiquement par l'artiste qui créera les émotions les plus fortes, par le héros qui ne verra que le sublime, par le saint dont le sacrifice adoucira le mal universel et réalisera sur terre le grand rêve humain de justice et de bonté. »

Ainsi se trouvait conciliée la pensée d'Odette : tout est amour dans le monde. Aimons, quand même l'amour ne serait qu'une illusion ; et la pensée de Gaude : nous devons à la science qui crée les héros et les apôtres, l'immolation de nos sentiments égoïstes, car au delà de l'individu, cette immolation est utile à la race, à l'espèce, qu'elle élève vers de plus hautes pensées et de plus nobles desseins.

XIII

Allongée sur le divan, Gaude assise auprès d'elle, Odette écoutait Gilbert improvisant au piano dans la demi-obscurité.

Il jouait, en sourdine, un air bizarre, nostalgique, traversé parfois de clameurs déchirantes. Puis le chant se faisait mélodieux ; une incantation amoureuse s'élevait, une ivresse l'emportait. Le songeur semblait délirer. La main d'Odette étreignit la main de son amie.

— On dirait qu'il se raconte, murmura-t-elle.

Gaude retenait son souffle.

Lentement, tristement, tombait la mélodie, le chant égaré cherchait à renaître, puis, comme un hosannah, éclatait soudain un nouveau chant triomphal. Le rythme s'élargissait, les notes frappées vibrèrent magnifiques, le *studio* tout entier retentit de cet aveu passionné.

— Qu'a-t-il dit? Mon Dieu, soupira la pauvre femme bouleversée, faites que ce soit à moi qu'il pense ! Gaude ! Gaude ! je souffre, gémit-elle, dites-moi, vous qui savez tout, est-ce pour moi qu'il a pleuré?

Mais Gaude, la gorge serrée, la main tremblante, ne pouvait répondre. Que se passait-il en elle qui la troublait ainsi? Quel charme venait de cette musique? Quel désir soudain lui venait d'entendre murmurer pour elle, les paroles que voilait cette harmonie? Heure ineffable, oubli de tout, appel vers l'inconnu !

Vers l'inconnu? Qui sait ! Alors que les yeux clos, présente et lointaine, elle sentait passer sur elle l'impalpable caresse des sens, qui voyait-elle? qui cherchait-elle? Etait-ce possible? Une telle chose arriverait donc?...

Tandis qu'Odette complimentait Gilbert et mendiait tendrement un baiser, Gaude, frissonnante et pâle, avait dit simplement :

— Merci !

Puis :

— Il se fait tard, je vais vous quitter. Thaïda ne serait pas tranquille si je tardais plus longtemps. Est-ce que cela vous contrarierait, dit-elle en s'adressant à Gilbert, que je ne vins pas demain, j'ai des recherches à faire à la bibliothèque de Saint-Germain.

— Gaude, dit Odette, d'un ton de reproche, vous savez bien que vous êtes libre de venir ici quand et comme il vous plaît. Vous n'êtes astreinte à rien !

— Vous me liez ainsi davantage ! N'est-ce pas à votre amitié que je dois de pouvoir accomplir mon devoir?

— Quelle est bonne ! Est-elle tendre ! Et l'on dit que sur terre la reconnaissance n'existe pas ; c'est donc qu'elle s'était cachée tout entière dans le cœur de Gaude !

— Odette ! murmura la jeune fille.

— Gilbert, emmène-la ! Esculape ne me permet pas de vous accompagner, mais je vous confie à lui.

— Non, non ! Je rentrerai seule, je prendrai une voiture !

— Du tout, mademoiselle ! L'auto est en bas, mais le chauffeur est depuis si peu de temps à notre service, que j'approuve Odette de ne pas vous laisser à la merci d'une panne. Permettez-moi de vous accompagner?

L'auto, la capote ouverte, les emmena rapidement. Par une crainte subtile, inexplicable, Gaude s'était blottie dans un angle de la voiture, cherchant à fuir le contact même des vêtements de Gilbert. Dans sa tête en feu passaient des lambeaux de mélodies.

Gilbert, montrant de la main le défilé d'autos qui revenaient du Bois, ramenant d'Armenonville, du Pré Catalan, de la Cascade, de l'ombre, de l'eau, des bosquets propices, les couples enlacés :

— Quelle marche nuptiale ! Quel génie l'exprimera dans toute sa fureur, la magnificence d'une nuit d'amour !

— Que ne la décrivez-vous? dit-elle à mi-voix.

— Moi ! il eut un rire las. Il me manque l'état de grâce !

— Souvenez-vous

— Le passé ! Qu'est-ce que le passé, la mort ! La minute qui inspire, c'est la minute où l'on désire, où l'on possède, où l'on jouit. Cette minute l'entendrai-je sonner !... Gaude, Gaude...

La jeune fille tressaillit. Son nom, dans la bouche de cet homme, avait la douceur d'une caresse.

— Quoi ! balbutia-t-elle, êtes-vous malheureux ! Je suis votre amie comme je suis celle d'Odette. De quoi souffrez-vous? dites-le-moi !

— Et quand je vous le dirais, cœur glacé, vous ne me comprendriez pas. Folie, erreur, inutile aveu, direz-vous ! Je connais votre sagesse, votre loyauté ! Que me demandez-vous, vous qui ne voyez pas la blessure qui vit au fond de mon cœur... Vous ne répondez pas?

— Adieu, Gilbert ! dit-elle avec effort.

— Pourquoi adieu? Qu'ai-je dit? Qu'ai-je fait? Qui ai-je offensé?... Je crois vivre une nuit chimérique. N'est-ce pas la vie sacrée, tout repose ici, comme au milieu des tombeaux ; l'arbre étoilé a ses racines dans le royaume des morts ; ô temps, ô nuit, ô bien-aimée.

De grosses larmes lourdes, accablantes, tombaient. A demi-engourdie de bonheur et d'angoisse, Gaude écoutait les paroles d'amour. Vers qui s'envolaient-elles? Quel autre cœur palpitait à cette voix qui l'atteignait délicieusement?

L'auto s'était arrêtée, la porte s'ouvrit...

— Allons ! fit Thaïda, devant le visage bouleversé de sa jeune cousine, apaise-toi, mon enfant ; c'est une métamorphose qui commence.

XIV

» A moi ! Gaude ! à moi, je n'en puis plus ! Mon cœur éclate de douleur. Où suis-je? Que faire? Vous seule pouvez me sauver. La désolation est entrée ici.

» Nous nous étions quittés si gaîment. Vous rappelez-vous ces derniers jours de Paris, avant que vous ne fussiez malade et que Gilbert décidât brusquement notre départ pour Royan. Comme il était radieux ! Quelle allégresse dans son travail ! Ah ! que j'étais heureuse. Loyale et sûre amie, vous qui êtes ma confidente, ma sœur, mon conseil, votre présence était nécessaire à mon bonheur, car à présent !...

» Il y a dans ce pays quelque chose de maléfique. A peine arrivé, Gilbert, comme s'il fuyait cette plage, choisie par lui, entreprit seul, chaque jour, des randonnées en auto. Où est-il allé? Je n'en sais rien. Il ne parle pas. Je crois qu'il allait à Rochefort où nous nous aimâmes si chastement. On le vit prendre la direction du nord, mais comme il partait sans chauffeur, à la pointe du jour, pour ne revenir qu'en pleine nuit, je ne sais rien de ses équipées. Ne croyez point, amie, que je soupçonne Gilbert de suivre une aventure. Non, ma crainte est plus affreuse. Quand il fut las de fatiguer la route, il frêta une barque de pêche avec quatre matelots, et le voilà, maintenant, qui part la nuit en mer. Il rentre avec la marée. Je l'entends monter à pas de loup dans sa chambre, faire son thé lui-même et s'effrondrer sur son lit.

» Je n'ose me montrer ; je crains sa colère.

» S'il fuit cette villa, c'est pour ne pas me voir ! Oui, Gaude, la voilà l'affreuse, l'abominable vérité : Gilbert ne m'aime plus. Je le vois, je le sens, les choses mêmes me le crient !

» Au temps où nous vivions comme des fous, étalant notre magnifique amour, vous l'eussiez vu prosterné devant moi. Il avait toutes les galanteries, tous les raffinements. Il était de ceux qui jettent leur manteau de cour sous les pieds de la reine. A présent ! lui si délicat, il est comme un pêcheur, ses mains admirables sont calleuses, ses vêtements sentent la mer, le goudron. Ses beaux cheveux n'ont plus leur pli soyeux. Enfin, tout ce qui me plaisait dans ce raffinement, il le dédaigne. Pourrait-il se couvrir de lèpre, il le ferait pour se rendre hideux.

» Il croit ainsi tuer l'amour en moi. Plus il s'éloigne, plus je le chéris. Plus il s'abaisse, plus je l'exalte. Sous ses vêtements de rustre, je ne vois que mon Dieu !... Dieu !...

» Je me suis jetée au pied des autels, j'ai multiplié les offrandes, les neuvaines, j'ai fait des vœux. J'irai à Lourdes, j'irai à Jérusalem, s'il le faut, pour retrouver ce cœur qui me fuit.

» Si vous le voyiez, Gaude ! Comme il est pâle, comme il est maigre, comme il est triste ! Vous disiez autrefois qu'un sculpteur devrait s'inspirer de lui pour créer l'ange de la mort. C'est sur sa propre tombe qu'aujourd'hui il semble se pencher.

» Ah ! que mes larmes intarissables me brûlent et m'étouffent, je suis gorgée de douleur.

» Comprenez-vous maintenant pourquoi je vous appelle, pourquoi je vous implore?

» Ce que ni Dieu ni le diable n'ont pu faire, essayez-le, Gaude chérie?

» Vous avez sur son esprit une action décisive ; que lui avez-vous fait? il vous écoute, il vous croit.

» Mon amie, mon sauveur, parlez-lui de moi ! dites-lui qu'il me tue. Ah ! non, non, cachez-lui mon désespoir, mais faites que, par vos paroles, je redevienne la bien-aimée.

» ODETTE. »

— Thaïda, que dois-je faire? que répondre? demanda Gaude bouleversée par cette lettre, la première qui lui arrivait, depuis le brusque départ des Luceram pour les bains de mer.

— Faire ce qu'elle vous demande.

— J'hésite.

— Vous hésitez, fit Mme Oneska stupéfaite. Mais Odette est votre meilleure amie. Elle court un danger de mort, vous hésitez à la sauver?

— Puis-je la sauver? Le mal qui l'atteint est inguérissable.

— Qu'en savez-vous ! Et même le sauriez-vous, tâchez au moins de conjurer l'effondrement subit de son bonheur. Vous m'avez dit maintes fois que Gilbert Luceram était un sensitif, un fantasque, capable de sauter d'un extrême à l'autre. Puisque Odette vous prête une influence sur lui, soyez logique avec vous-même ; servez-vous de cette influence pour faire du bien, ramenez-le à sa femme. Vous vous taisez ! fit-elle surprise du silence de la jeune fille.

— Je me demande...

— Ne vous demandez rien, obéissez à votre nature qui est généreuse. Dites-vous : elle a besoin de moi, elle m'appelle, me voici. Vous trouverez les mots qui calment? S'il y a entre eux un malentendu, vous l'éclaircirez. Gilbert Luceram est un malade de l'esprit, vous êtes d'esprit robuste, Gaude, votre voisinage, votre présence le guérira. Dites-moi que votre conscience est d'accord avec moi.

— Mais ma raison ne l'est pas ! Si je les rejoins à Royan, c'est ma tranquillité morale que j'abandonne. Je préfère ne pas revoir M. Luceram, ajouta-t-elle.

— Que vous a-t-il fait? Vous lui en voulez donc?

Thaïda scrutait le visage de sa cousine. Gaude pâlit un peu.

— Ce que j'éprouve maintenant auprès de lui est indéfinissable, avoua-t-elle. Je suis gênée, je n'ose plus le regarder en face, j'ai peur que ses yeux croisent les miens. Quand nos regards se rencontrent, je sens un choc qui est délicieux et cruel ; sa présence me charme et m'irrite ; je voudrais lui dire des choses qui lui fissent de la peine, et j'aimerais en trouver de très douces aussi. Comprenez-vous, Thaïda, pourquoi je ne veux pas partir.

— Il est bien plus dangereux de rester ! Que craignez-vous...? Non, vous ne l'aimez pas. Vous ne l'auriez pas laissé partir. Vous êtes restée ici, travaillant sans arrêt.

— Mais pas sans trouble !

— Parbleu ! vous avez vingt ans, et vous vous en êtes aperçue ce soir d'été où vous êtes revenue le visage baigné de larmes. Mais ce n'est pas l'amour, qui s'approchait, c'était l'annonciateur de l'amour.

— C'est près de Gilbert que j'ai pleuré !

— Donc c'est près d'Odette que vos larmes sécheront. Quand vous les aurez rapprochés, quand vous aurez rendu à cette femme l'homme qui joue si cruellement avec son cœur, vous reviendrez tranquille, la conscience en paix, parce que vous aurez accompli un devoir d'amitié qui n'est pas sans beauté.

— Vous êtes donc bien sûre de moi?

Thaïda, l'embrassant au front, lui répondit :

— Noblesse oblige, vous êtes une Malvos !

Frappée par ce mot, Gaude répondit aussitôt :

— Je partirai.

— Restez à Royan le temps que vous jugerez nécessaire ; revenez quand vous voudrez, cette maison est la vôtre, je vous laisse Marie-Thérèse.

— Quoi ! vous partez aussi?

— Chut ! fit Mme Oneska, je me donne campo jusqu'en novembre. Je partirai à la fin du mois pour Varsovie. J'y suis attendue, si attendue ! murmura-t-elle avec un sourire radieux. Quel bonheur de retrouver son patelin ! J'arriverai les mains pleines, l'année a été fructueuse; je ferai bâtir peut-être, cet hiver, la première école polonaise, une école où les petits enfants apprendront et réciteront leurs leçons en polonais, une école où on ne chuchotera pas la langue maternelle, mais où on la criera jusqu'au ciel.

— Comme ils vous aimeront !

La jeune femme se pencha vers sa cousine :

— Et toi, comme elle te bénira !

XV

Les jambes nues, le pantalon relevé jusqu'aux genoux, Gilbert emportait vers la plage Odette frileusement enveloppée dans sa cape. Quand il revint vers le canot enlisé dans le sable, Gaude s'était accrochée au cou du vieux loup de mer qui la soutenait avec autant de respect qu'un saint Christophe portant l'Enfant Jésus.

— Trop tard, patron ! cria-t-elle malicieusement.

— Une autre fois, grommela Gilbert, je commencerai par vous.

Ils marchèrent tous trois sur la plage veloutée et sèche qui s'ouvre comme un anneau brisé à l'estuaire de la Gironde. La villa des Luceram était bâtie au milieu des pins, un peu à l'écart de Royan, qu'on apercevait sur la droite, dressant sur la nue des bosquets ses hautes demeures.

— Marchons lentement, dit Odette. Je voudrais prolonger ce soir si doux. Jouissons de notre joie. Est-ce beau la vie ! Est-ce qu'on ne doit pas crier merci à celui qui la donne ! Que peut-on souhaiter de meilleur que cet instant qui nous réunit.

Odette avait passé un bras autour de la taille de son amie et l'autre au cou de son mari. Elle se serrait entre eux ; ses yeux candides avaient une inexprimable expression de bonheur.

Gaude avait fait le miracle de lui ramener Gilbert. Elle avait paru, il avait cessé de fuir. Finis les mauvais jours d'abandon, de souffrance ; Gaude avait détourné cet esprit changeant. Elle lui insufflait à nouveau la volonté d'agir, de travailler.

Quelle force avait-elle donc, que seule elle pouvait conduire cet homme? Prestige de l'intelligence, pouvoir de la vertu? Et à côté de cette supériorité incontestable, quelle force de caractère avait cette enfant qui se désintéressait de tout ce qui préoccupe la jeunesse? Jamais un mot d'envie, de regret ; par la moindre allusion à ses sentiments cachés. Aimait-elle? avait-elle aimé? Quel destin prévoyait-elle au delà de ce présent dont l'amitié seule lui allégeait le joug?

Peu de temps après l'arrivée de Gaude, alors que la jeune fille venait de se retirer dans sa chambre, Odette avait dit à Gilbert Luceram :

— Une chose m'offense, c'est que notre

amie dépende de nous. Une fille de cette valeur, portant un nom si beau, ne peut être une salariée. Nous devrions la doter.

— Et la marier ! par-dessus le marché !

— Pourquoi pas, c'est dans l'ordre naturel des choses que Gaude se marie.

— Non !

— Comment, non? fit madame Luceram, surprise de la sécheresse et de l'énergie de cette réponse.

— Parce que le jour où ton amie se marierait, elle laisserait en plan l'œuvre qu'elle veut, qu'elle doit accomplir. Des filles bonnes à marier et à peupler la France, on les compte à la grosse. Gaude est une créature d'exception. Elle ne peut pas servir deux maîtres à la fois, et la science et le mari. Tant pis pour le mari !

— Oh ! moi, fit Odette, je dirais plutôt : tant pis pour la science, parce qu'une femme qui n'a pas connu l'amour n'a pas connu la vie. Ce serait grand dommage pour Gaude.

— Mais Gaude ne te ressemble pas. Gaude n'a pas comme toi un cœur aimant; c'est une nature froide !

— Froide ! Gaude une nature froide ! Gilbert, tu te moques de moi ! Froide, répétait la jeune femme en s'éloignant de la glace où elle n'avait cessé de se regarder, tout en faisant sa toilette de nuit, froide celle qui t'a ouvert les yeux et mené aux pensées si belles de ton livre ! Froide, celle qui a eu pour son père un amour poussé jusqu'au sacrifice ; froide, cette charmante fille qui garde sa pauvreté, comme un cilice. Eh ! Gilbert, mon cher petit Gilbert, dit-elle, venant se blottir dans les bras de son mari, voilà un jugement de courte vue !

— Jugement d'aveugle ! déclare-le donc ! Qu'elle soit froide comme je le crois ou passionnée comme tu le dis, veux-tu me faire un plaisir?

— Tu penses ! fit-elle, joignant les mains et le regardant avec adoration.

— Eh bien, ne te mêle pas de marier les gens qui ne te le demandent point.

— Ce n'est pas Gaude qui demandera jamais quelque chose, elle est trop fière ! Allons, soupira la jeune femme, laissons faire le temps. Mais j'aurais été si heureuse d'aider à son bonheur.

— Est-ce que par hasard, fit Gilbert fronçant le sourcil, tu caches un prétendant?

— Le cacher, non... Il est venu tout seul !

Gilbert avait posé Odette sur le lit, où elle se pelotonna comme une chatte ; on ne vit bientôt plus que son visage rieur, au milieu des cheveux blonds, tombant en nappe d'or, sur les dentelles de la chemise.

— Qui *Il* et comment le sais-tu?

— Je ne sais rien, dit-elle, riant au nez de Gilbert. Gaude ne m'a fait aucune confidence. Mais chaque fois que nous allons sur la plage, nous croisons un beau garçon qui nous suit.

— L'insolent !

Elle se méprit :

— Rassure-toi, ce n'est point pour moi ! Gaude a fini par le voir. Il l'a saluée. Elle a répondu.

— C'est trop fort !

— Mais non ! Je lui ai demandé : Vous connaissiez donc votre amoureux?

— C'est Gervais Taratte, m'a-t-elle dit tranquillement, un des élèves de mon père.

— Alors présentez-le-moi, car il grille d'envie de vous parler.

— Je préfère ne pas l'y autoriser, m'a-t-elle répondu, et maintenant, quand nous l'apercevons, Gaude fait volte-face ou bien fixe obstinément les enfants qui jouent dans le sable. Est-ce que c'est naturel? Voyons, Gilbert, ne penses-tu pas qu'entre eux il y a pu avoir jadis une amourette, que brisa la mort de son père. Si elle avait un chagrin qu'elle nous cache, n'est-ce pas à nous de le deviner, et de la consoler?

— Pourquoi ne m'a-t-elle point parlé de ce monsieur, fit-il cachant avec peine sa contrariété sous un masque indifférent. Il m'agace, ce Taratte, et si Mlle Malvos n'est venue ici que pour y rencontrer ses amoureux, elle aurait mieux fait de ne pas quitter Paris.

— Oh ! Gilbert, parler de Gaude ainsi ! Tu sais quelle place elle tient entre nous. Quand elle n'est pas là, nous sommes malheureux. C'est elle qui te guérit, c'est elle qui me console !

— C'est toi qui es ingrate ! Tu cherches à l'éloigner !

Il n'avait plus été question entre eux de cette rencontre. Gaude, dans ses entretiens avec Gilbert, n'y fit point allusion. Elle semblait ne se préoccuper que de son ami, cherchant pour lui des thèmes de travail philosophique qui pussent plaire à cette imagination de poète. Les journées s'écoulaient délicieusement ; Odette n'avait point voulu que son amie s'astreignît à rien. On se reposait, voilà tout. Tantôt on s'en allait pêcher en mer, dans la barque de Gilbert; ou bien on suivait à pied les dunes herbeuses qui bordent le rivage vers le nord ; ou dans la forêt de pins, assis sous les grands fûts, on regardait mourir le soleil à travers les nuées.

— Voici les Héliades qui viennent pleurer la mort du soleil, leur frère, et leurs larmes seront, ce soir, des perles d'ambre. De belles filles iront les ramasser sur les plages lointaines, disait-il.

Et devant un crépuscule qui incendiait l'horizon :

— Voici l'heure qui inspira le Sommeil de la Walkure.

Comme autrefois, les deux femmes attentives, l'une près de l'autre, écoutaient, avec ferveur, la musique sublime.

Le visage d'Odette rayonnant d'amour ; le visage de Gaude assombri parfois, comme au passage d'une douleur. Cependant, Thaïda l'avait prévu, le trouble que lui causait la présence de Gilbert semblait disparaître. Elle était, pour lui, une camarade malicieuse, une lettrée enthousiaste. Jamais ils ne se promenaient seuls ; cherchait-il un tête-à-tête, Gaude aussitôt se mettait en quête d'Odette.

Qu'avait-elle donc à craindre? ? Gilbert avait

oublié cette fugitive soirée. Soupçonnait-il seulement que les premières larmes d'amour de l'amie avaient coulé pour lui?

Un après-midi de septembre, Gaude n'ayant pas voulu se baigner, Odette quitta sa compagne qui restait allongée sur le sable de la plage.

— Je vous envoie Gilbert ! fit-elle.

— Non, non, ne le dérangez pas.

— Est-ce que ma présence vous contrarie, demanda le jeune homme, en s'asseyant, quelques minutes après, à côté de Mlle Malvos.

— Point du tout ; si vous n'étiez pas venu, j'aurais pensé à mon chapitre du droit gallo-romain.

— Laissez donc ces gens-là ! fit Gilbert, je les hais ; ils prennent toutes vos pensées !

— Alors, répliqua Gaude, d'un air railleur, faites comme eux. Quand les Gaulois étaient sur un rivage de l'océan et que les vagues arrivaient comme celles-ci, avec violence, ils les pourfendaient de leurs épées.

— Et pourquoi?

— Pour chasser les ombres qui venaient les tourmenter !

— Ah ! que ne puis-je ainsi pourfendre votre passé, Gaude !

— Ne m'avez-vous pas dit que le passé n'existait pas?

— Pour moi, certes ! Mais pour vous !

— Le passé, murmura-t-elle, en enfonçant ses mains dans le sable, c'est le seul trésor que je possède, je le garde !

— Je le vois !

— A quoi?

— A ce que votre cœur ne s'ouvre que lorsque vous parlez de Sarlay !... Je suis allé à Sarlay, dit-il plus bas, en s'allongeant comme un sphynx près de la jeune fille.

— Vous ! Quand? murmura-t-elle interdite.

— Quand vous étiez absente, je cherchais une image de vous. C'est là que je l'ai trouvée.

— Sarlay ! Sarlay ! balbutiait Gaude ; ô temps heureux !

— Il y a là-bas, parmi les ruines, un arc qui s'ouvre sur l'azur. C'est la porte de votre âme, la porte béante de cette âme qui ne craint ni les voleurs ni les conquérants ! Ah ! depuis ce jour, je vous connais, Gaude, les formes de votre âme ont l'orgueil héroïque de cet arc qui, sur des ruines, reste invincible. Dites-moi, est-ce le temps, est-ce la foudre qui le fera fléchir?

Il avait saisi la main de la jeune fille et la couvrait de baisers.

— Gaude, quand vous laisserez-vous aimer? Pourquoi me reprendre votre main? Je n'aurai donc jamais rien de vous? moi qui vous aime, moi qui ne peux plus, qui ne veux plus vivre sans vous. Ce que j'allais faire à Sarlay? J'allais crier à la tombe de votre père que je vous aimais et que je saurais vous conquérir.

— Taisez-vous !

— Me taire ! Trop tard ! Ne cherchez pas Odette, elle ne viendra pas se mettre entre nous, cette fois ; elle est loin ; la voyez-vous, la vague l'emporte, elle fuit, elle vous laisse à moi, ah ! si c'était pour toujours ! !

— Etes-vous fou?

Elle s'agenouillait dans le sable, cherchant à se lever.

— Vous oubliez qu'Odette est votre femme. Elle vous adore. Quelle trahison !

— Envers qui? dit-il rudement, et il la força de s'asseoir à nouveau auprès de lui. Ai-je fait serment de n'aimer que ma femme? Avait-elle fait serment autrefois, de n'aimer que l'autre? Est-ce qu'on engage son cœur? et va-t-elle m'en demander compte comme un Schylok à qui je l'aurais vendu?

— Gilbert !

— Gaude, je vous adore, ma vie tout entière est entre vos mains, prenez-la, faites-en ce qu'il vous plaira, je suis à vous, rien qu'à vous ; c'est pour vous garder que je suis revenu vers elle quand vous m'avez appelé ici.

— Quoi, tout cela n'était que mensonge ! Lui laisser croire à son bonheur avec cette vile pensée qu'une autre se laisserait toucher par votre soumission? Les caresses que j'ai vues, ces transports, mensonge ! Vous avez fait cela?

— Et qu'importe, elle a l'illusion du bonheur, de quoi la plaignez-vous? N'est-ce pas vous quand je parlais de néant, de misère, de lâche faiblesse, qui m'avez dit, comme elle : « Prends, saisis ce qui passe, étreins l'être que tu désires, perds-toi en lui, et jette ton amour, comme un manteau de pourpre, sur la pourriture qui t'attend. Me l'avez-vous dit?

Son visage, pâle et triste, avait pris, dans l'emportement des paroles, une beauté d'ange rebelle.

— J'ai dit, et je le répète, pour vous, pour moi, qui suis atteinte par vos paroles, que nul n'a le droit de faire volontairement le mal et d'écraser un être, qui ne vous a fait que du bien. Pour vous, Odette a tout abandonné : honneur, jeunesse, beauté, la tendresse de sa mère, je le sais. En échange de cela, qu'avez-vous fait? Vous l'avez aimée ! Le beau mérite vraiment quand il s'agit d'un être que les dieux pourraient vous envier. Vous lui avez donné votre nom, c'était la seule réparation que vous puissiez lui accorder en échange de tout ce que son amour lui faisait perdre. Et cette femme, qui a pour vous un culte surhumain, vous la repoussez du pied, pour courir vers celle que vous convoitez, et que vous n'aurez pas.

— Celle que...

— Taisez-vous, dit-elle rudement, je dirai ma pensée tout entière. Ce que vous allez faire n'est pas d'un honnête homme ! Il n'y a d'excuses pour vous ni dans la philosophie ni dans la morale parce que seul votre égoïsme est en question.

— Ma passion !

— Qu'est-ce que vaut une passion qui est à la merci de vos caprices ! Votre devoir est de rester, pour Odette, celui qu'elle croit que vous êtes. Si vous avez menti, monsieur Luceram, vous mentirez encore, mais elle sera heu-

Gaude et Gilbert.

reuse, parce que votre conscience, qui parle par ma bouche, vous commande qu'il en soit ainsi.

— Et si je ne le veux pas ! Si je vous veux au prix de tout?

Elle s'était levée, et ses yeux noirs, brillants, féroces, le défiaient :

— De quel droit disposez-vous de moi?

— Ah ! c'est donc vrai que vous en aimez un autre? fit-il. Vous le confessez enfin, vous mentiez vous aussi, quand vous me laissiez croire que votre cœur n'avait jamais battu !

Gaude pâlit imperceptiblement.

Quoi ! elle avait su si bien glacer son visage qu'il n'avait pas compris cet émoi, dont elle se faisait, à cette heure, un crime.

— Je ne sais pas ce que vous voulez dire?

— Naturellement ce n'est pas l'heure, quand un homme vous crie son amour, de lui montrer son rival. Mais je le connais, je le vois quand il passe sous votre fenêtre, je sais quand ses lettres se mêlent aux autres lettres.

— Ainsi vous êtes jaloux ; non seulement vous vous donnez le droit de vous détacher de votre femme, mais encore vous voudriez m'empêcher d'aimer quiconque ne serait pas vous !

— Si vous l'aimez : il disparaîtra !

— Crime inutile. Si quelqu'un est loin de mon cœur, c'est ce pauvre garçon, qui fut un fiancé dédaigné, repoussé et qui pourtant, reste fidèle. De vous deux, celui qui m'aime vraiment, c'est lui. Plaignez-le, ajouta-t-elle avec un haussement d'épaules, et finissons-en.

— Vous me repoussez.

— Je ne vous ai pas accepté.

— Si libre, je venais à vous !...

— Jamais, jamais ! dit-elle, épouvantée à la pensée qui traversait ce cerveau affolé. Que ces paroles soient les dernières. Adieu !

— Vous me quittez ! cria-t-il.

— Quoi ! que je reste après un si inavouable aveu?... Brisons là, voici Odette.

— Qu'elle sache donc tout, dit-il avec fureur, j'en ai assez de feindre !

— Vous allez la tuer !

De sa démarche ondulante et rythmée, la jeune femme arrivait plus rose qu'une rose de France, les yeux mouillés de langueur. Elle s'approcha de son mari, noua ses bras autour de son cou.

Qu'allait-il faire?

Le regard de Gaude ne le quittait pas.

— Qu'avez-vous, dit Odette tendrement, je vous regardais depuis la mer, vraiment vous aviez l'air de vous quereller.

Elle posait sa joue contre la joue de Gilbert.

— Mon bien-aimé ! Qu'est-ce qu'elle t'a fait?

Gilbert eut pour Mlle Malvos un indéfinissable regard.

Les yeux de Gaude reçurent le choc.

— Rien, dit-il.

— Comment !

— Nous venons de discuter, répondit Gaude, de sa voix grave et pure, le plus douloureux chapitre de l'*Illusion* ! Et M. Luceram a fini par me donner raison.

TROISIÈME PARTIE

I

« Gaude ! Gaude ! pourquoi m'avez-vous abandonné ?... Vous avez fait un mur de silence, soit, vous l'exigez, je ne parlerai pas !

« Mais pourquoi m'avoir ravi le seul bien qui m'est nécessaire : vous, rien que vous !

« Que le soleil disparaisse ; que la mer se dessèche, que ces bois que vous avez parcourus ne soient qu'un immense désert, serai-je plus terrifié que je ne le suis depuis votre départ. Vous m'avez tout pris et vous m'abandonnez !

« Gaude ! Gaude ! vous repoussez les mots d'amour, mais vos yeux s'ouvraient ; qu'ont-ils vu qui ne fût une vision, une clameur d'amour : l'éternelle étreinte du roc et de la mer, la beauté nue du soleil, les baisers du soir, et dans la nuit cette aile d'argent qui passe en caressant les étoiles, souvenez-vous !... Vous, toute intelligence, ne percevrez-vous pas le mystère de l'univers où l'amour est peut-être la seule vérité. J'étais las, j'étais mort ; vous vous êtes approchée, et, comme à la nouvelle épouse, je tendais les bras. Pourquoi cette épouvante, ces reproches, ces menaces ? L'amour s'abat où il veut. Suis-je donc coupable de vous aimer ? Vierge glacée, un soir viendra, comme celui-ci, où mes soupirs seront les tiens, où tes yeux se voileront, où le frisson de ton corps m'appartiendra ! Tu me braves !... Et je me tairais encore, et pour te plaire je laisserais croire, à celle qui me tient à la chaîne, que je ne suis qu'à elle quand je pars, je vole vers la fugitive !... Non, Gaude, périsse qui se met entre toi et moi, je serai ton amant et maître. Je viens te prendre.

« GILBERT. »

— Il est fou ! murmura la jeune fille, froissant cette lettre avec colère.

« De quel droit me poursuivre, s'imposer à moi ! Il me croit donc capable de trahir mon amie ? Mon départ n'a servi de rien ; je m'arrache à ma vie de paix, pour qu'Odette le guérisse, et le voilà revenu ! Il ne me trouvera pas... Non, et non ! Où irai-je ?... Près de Thaïda ?... Trop tard !... Me mettrai-je en tiers entre elle et lui !... Partir pour Tunis ?... Et cela ?...

Gaude regardait sur la table le manuscrit commencé. Les premiers chapitres étaient finis. *L'exposition générale de l'état de l'empire averne au moment de la conquête romaine* était écrite. L'ouvrage avançait lentement, mais chaque journée marquait un travail effectif et sans retouche. Que cet effort continuât, au début de l'année suivante le tome I serait prêt à donner à l'éditeur.

— Marie-Thérèse ! appela la jeune fille. Donnez-moi le Bottin et refaites ma malle.

— Mademoiselle s'en va ?

— Probablement !

— Pour longtemps ? Que Mademoiselle m'excuse de lui poser une question, mais c'est parce que... fit la soubrette, en rougissant.

— Vous voulez être libre.

— C'est ça ! J'ai mon petit frère, qui est soldat à Dreux. Alors !

— Je comprends ! Eh bien, Marie-Thérèse, vous pourrez dès demain aller voir votre petit frère, je ne reviendrai que lorsque Mme Oneska sera de retour.

La jubilation se peignit sur le visage de la femme de chambre.

— Que Mademoiselle fasse bon voyage !

— Encore une qui aime ! pensa Gaude.

Le Bottin lui ayant fourni, au hasard, l'adresse qu'elle cherchait, la jeune fille sortit aussitôt et se dirigea vers l'Etoile.

Le sort en était jeté, elle chercherait un emploi d'institutrice dans une institution parisienne, qui lui permettrait de vivre et la mettrait hors d'atteinte de Luceram. Elle annoncerait à Odette son départ pour la Tunisie. Ni son amie ni Gilbert ne s'aviseraient de croire que Gaude se cachait.

Rue de l'Arc-de-Triomphe — rue de petites gens, qui se faufile derrière les magnifiques avenues de l'Etoile — Gaude chercha la plaque indicatrice et la trouva à l'entrée d'une porte modeste.

AGENCE CORBEAU

fondée en 1867

INSTITUTRICES ET GOUVERNANTES

La maison, devant laquelle s'arrêtait Mlle Malvos, était une grande bâtisse de cinq étages, graillonneuse, replâtrée en maints endroits, avec des fenêtres étroites, salies par la poussière et l'eau qui dégoulinait les jours de pluie.

L'escalier fléchissant était si crasseux, que la poussière, en flocons, faisait ses nids dans les coins, rarement balayés ; une odeur de harengs grillés laissait jusqu'en bas un affreux relent de cuisine malpropre, mais sur le palier de l'entresol flottait une odeur de parfumerie à bas prix. Un pied de biche, au-dessus du nom de Mme Corbeau, annonçait l'entrée de l'agence. Une boniche vint ouvrir, et sans même lui demander ce qu'elle désirait, lui indiqua de la main la salle d'attente de l'agence Corbeau.

L'entrée de Gaude parut émouvoir les pauvres filles parquées le long des murs, debout près des fenêtres, assises sur la rangée des chaises. Les chuchotements qui mettaient dans la pièce un bourdonnement de messe basse s'arrêtèrent, puis reprirent aussitôt. Gaude hésitait à s'avancer parmi ces étrangères, ces sœurs d'infortune, qui, sans répondre à son salut, la dévisageaient de leurs regards dénués de bienveillance.

— Mazette ! susurra une gamine, ressemblant à quelque midinette affamée ; qu'est-ce qu'elle attend pour s'introduire, celle-là ? C'est-y que M'sieu Crozier l'annonce ? Entrez ! fit-elle, moitié rieuse, moitié insolente, ici on n'est pas des princes !

Gaude passa, serrant ses voiles autour de son cou. Une place était libre dans l'ombre, elle s'assit.

— Encore une qui nous dégote ! soupira une vieille fille, dégageant son cou maigre d'un boa de plumes, dévoré par les mites.

— Avez-vous vu ces airs de reine ! P't'être bien qu'on va reluquer sa fiole ! fit le visage pâle de jeune voyou.

Le caquetage interrompu reprit.

Gaude, les yeux grands ouverts, regardait le spectacle imprévu. Au premier abord, cette salle d'attente évoquait une exhibition de laideurs. Jeunes et vieilles, grosses ou maigres, attifées comme quatre sous, coiffées à la va-comme-je-te-pousse, parées de loques jadis élégantes, mais fatiguées de voir encore le jour, ensemble confus, morne et émouvant à la fois.

Ces robes si pauvres mettaient dans le jour pâle une note terne que relevait seulement le ton criard du chapeau aspergé de roses, de lilas, noué de rubans écossais ; ramassis de plumes, de jais, de paillettes ; hautes carcasses oscillantes sur des cheveux tirés ; plats à barbe enfoncés jusqu'au menton !

Devant chaque chaise, au bas des robes maculées de boue depuis une semaine, reprisées, rallongées de galons qui faisaient garniture, le capricieux alignement des chaussures attira son attention plus encore que les visages, hostiles, fermés, somnolents.

Il y avait des bottines éculées, des souliers à boucles, d'ecclésiastiques, chaussant de gros pieds lourds, heureux de se défatiguer dans l'immobilité de l'attente. Il y avait des pieds maigres enfermés dans les bottines jaunies qui se trémoussaient au bout des jambes croisées. Il y avait des petits pieds bien pris dans le soulier molière ; ceux-là se fichaient pas mal du voisinage de ces pieds graves, pudiques, liés comme ceux d'Isis dans l'éternelle paix du granit. Il y avait de jolis petons qui ne demandaient qu'à s'envoler au bout du monde Il y avait des pieds farouches qui s'enfonçaient dans la place : « J'y suis, j'y reste ! » disaient leurs formes équarries.

Eh quoi, Gaude allait entrer dans la corporation, être à son tour une pierre qui roule dans le monde et qui vient recevoir là sa direction ?

Une porte qui donnait dans la salle d'attente s'ouvrit. Une jeune fille sortit en coup de vent, elle leur fit à toutes un signe de tête qui voulait dire : Ça y est ! Je suis contente !

Et disparut.

— A nous les rogatons ! soupira la vieille au boa défraîchi.

— A qui le tour ?

Elle fit un pas vers l'entrée du bureau, mais une autre la repoussa de l'épaule. Elle tomba sur sa chaise, marmonnant une excuse ou une malédiction.

Par la porte entrebâillée, Gaude avait aperçu une grosse femme, en robe de soie verte, assise devant un pupitre de maîtresse d'école, de gros registres l'environnaient ; tête baissée, elle griffonnait, et l'on ne voyait que sa perruque d'un noir éthiopien, qui la coiffait avec solidité.

— M'ame Corbeau ne change pas, fit le gavroche ; c'est pas un chignon qu'elle porte, c'est une concession à perpète !

Un rire jeune et frais accueillit cette boutade de faubourienne. En voilà une, cette Eve Rebout qui prenait la vie sans façon et faisait fuir le mélo ! On ne devait pas s'ennuyer avec elle. La vieille qui suçotait sa pastille d'eucalyptus l'avala du coup, et la « binette » de chanoine s'épanouit aussi vite qu'une rose de Jéricho. Une conversation générale s'engagea sur les mérites de M'ame Corbeau, ancienne écuyère de cirque devenue, par les vertus de son mariage avec le pédagogue Corbeau, — décédé — une pensionnée de la Ville de Paris. M. Corbeau était l'inventeur d'une méthode qui permettait de donner aux enfants en bas âge des notions précises de philosophie. Grâce à l'emploi des lettres majuscules, qui transformaient toute abstraction, généralisation, déduction, induction, etc., en autant de personnages solennels, le moindre moutard, à vue d'œil, vous énumérait les propriétés et l'action de cette cour philosophique.

— C'est pour avoir classé, mesdames et messieurs, en rois, reines, as et valets, les opérations sus-nommées, — acheva le gavroche, — que Mme veuve Corbeau a l'honneur d'émarger au budget municipal.

— Chut ! fit soudain la demoiselle aux épaules pointues. Les murs ont des oreilles.

— La barbe ! fit la petite.

L'autre se rebiffa :

— Vous êtes bien mal élevée, mademoiselle, et je m'étonne qu'avec de tels principes, vous vous posiez en éducatrice.

— Dites donc, vous, la dame aux principes, vot' marchandise, c'est-y de l'or ou du titre fixe ?

— Allons, chut ! silence, la paix ! elle nous rase, murmurèrent les institutrices, prévoyant une dispute qui ferait sortir de son antre l'antique nymphe du cirque Médrano.

Au même instant, un coup de sonnette annonça une recrue :

— Encore une !

Tous les yeux girèrent. La nouvelle venue entrait ; un printemps, une tresse blonde nouée d'un velours noir et sous un chapeau cloche à guirlande de myosotis, un visage rond et frais comme une rose pompon. Elle avait un petit tailleur de toile bleue qu'elle portait avec une grâce conquérante.

— Quel amour ! fit le jeune voyou d'un air d'extase, les mains jointes ; et avec une tête comme ça, on a besoin de gagner sa vie?

— Pauv' chat ! murmura sa voisine, je la connais. Quelle histoire ! quelle histoire ! Ah ! ce Coulouze, il faudrait bien que la police se mêlât de son agence d'institutrices.

— Vrai, elle a eu des aventures? pst, pst, mademoiselle? par ici, prenez ma place, je vais entrer, c'est mon tour, fit Ève Rebout.

La jeune fille, toute rose, toute souriante, s'approcha, s'assit, ramena sa natte sur l'épaule et, comme une pensionnaire, qui se donne une contenance, roula une mèche sur ses doigts.

— Merci, mademoiselle.

— Comment vous appelez-vous ?

— Mina Frison !

— Oh ! le joli nom ! Moi je me nomme Ève Rebout, rien de la modiste, vous le voyez à mon galurin, fit-elle en envoyant une chiquenaude au gros paillasson noir, qui faisait sur sa tête l'effet d'une marmite ! Que vous est-il donc arrivé?

Aussitôt les chaises se rapprochèrent, un cercle se forma ; la nouvelle venue, ravie de son petit succès et du prestige que lui donnait « son histoire », la raconta sans qu'on l'en priât beaucoup.

— Eh bien voilà, moi, je veux être institutrice à l'étranger. C'est pas dans les idées de maman, mais j'y peux rien. J'ai ça dans le sang. A dix ans, je faisais la classe aux gosses de Ménilmontant. Ma mère, qui est bonne chez Duval, me canulait : « Tu pourrais être caissière chez le patron ou bien entrer chez Dufayel, c'est des métiers, ça, me disait-elle ; t'as des manières, t'as de l'instruction, c'est ce qui m'a manqué. Ma fille ne torchera pas la vaisselle ! »

— Est-elle assez nature ! fit Ève Rebout, joignant les mains avec admiration.

Un fou rire gagnait les institutrices.

— Ça n'a rien de drôle, fit la petite avec un air de Greuze qui n'entend pas malice. J'attrape mon brevet, je cours à l'agence, chez Coulouze, —

— « Ah ! vous voulez partir à l'étranger, me dit le patron. J'ai votre affaire, revenez ce soir. » — Pardi, je reviens à six heures. Il y avait dans le bureau deux gros messieurs avec des ventres comme ça. Ils m'interrogent : — Votre papa? — Un papa, je ne m'en connais pas ! mais des enfants, j'en ai à la douzaine, que je leur dis. » Ils me regardaient avec des yeux de boules de loto ; moi je pensais pas à la chose, mais à tous les mioches de Ménilmontant. — » « Quoi, me dit le plus vieux, ce petit corbillon a déjà tant servi? — Et qu'il servira bien encore », que je lui réponds tout de go. Alors c't' homme, il se monte ! fallait voir ! Il me dit des choses vilaines, ah ! vilaines, moi, je me carapate.

— Eh bien, mesdames, ne vous gênez plus, fit soudain une voix irritée, peut-être conviendra-t-il que je vous offrisse un phonographe pour charmer votre attente?

Un silence profond accueillit cette semonce. Le cercle se dispersa ; chaque solliciteuse rentra dans le rang. Debout devant la porte de son bureau, la dame au vert corsage toisait de son face-à-main ses clientes du jour.

— Un tel tapage chez moi ! Ah ! vous êtes là, mademoiselle Rebout, je ne m'étonne plus, avec vous c'est la rue qui monte !

— Ça vous épargne la peine d'y descendre, m'ame Corbeau !

— Insolente !

— Et pourquoi, je vous prie?

Les deux femmes se toisaient. L'une petite, bilieuse, descendante d'une Caquet-bon-bec, l'autre poussive, gonflée dans son sacerdoce de directrice de bureau de placement :

— Sortez, mademoiselle, sortez !

D'un geste qui par habitude cravachait, elle montrait la porte.

— Quoi, vous pratiquez l'ostracisme, fit l'autre gouailleuse ! Soit, je pars ; mais je vous laisse ma coquille.

Avant qu'on ait prévu ce qu'elle allait faire, tirant son stylographe, Ève Rebout écrivit sur le mur, à l'encre violette, un gigantesque.

ZUT !

— Ce fut un tumulte effroyable.

Comprenant qu'elle s'était fourvoyée dans pareille assistance, Gaude se leva et quitta sa place.

Mme Corbeau s'élançait ; le gavroche avait franchi quatre à quatre les escaliers.

Satisfaite du silence désapprobateur qui accompagnait la sortie irrespectueuse de Mlle Rebout, la directrice retrouva aussitôt sa dignité. Comme elle allait franchir la porte de son bureau, elle aperçut Gaude qui se retirait.

— Non, décidément non, pensait la jeune fille, ma place n'est pas ici, je ne resterai pas une minute de plus.

— Où allez-vous, mademoiselle?

— Je me retire, madame.

— Sans m'avoir parlé?

Gaude fit un geste évasif. Mme Corbeau l'examinait avec attention. Qui pouvait être cette jeune personne en deuil, à l'air distingué?

— Entrez ! dit-elle, puisque vous êtes si pressée ; une de ces dames vous cédera bien son tour?

Gaude n'avait pas répondu, qu'elle se trouvait déjà dans l'antre de Mme Corbeau.

Au plein jour de la fenêtre, la directrice de l'agence apparut dans sa somptueuse robe verte comme une auguste matrone, au comptoir d'une roulotte de foire. Un caraco flottant orné de pampilles de jais, de dentelles espagnoles, cachait les rondeurs tombantes de son buste. Une fois assise, Gaude ne vit plus que le bizarre assemblage des sphères superposées. Le visage tout rond, sous la perruque noire, était empreint de bienveillance. La main grasse de Mme Corbeau jouait négligemment avec une grand'-croix de Saint Jacques de Compostelle, qui parait son opulente poitrine.

— Qui êtes-vous, mademoiselle? fit la directrice installée devant ses registres ouverts.

— Une bachelière.

— Comment !... Vous dites !... J'ai une bachelière dans ma maison? Ah ! sainte du jour, je n'ai donc pas perdu ma journée... Mais vous faites tout à fait mon affaire. Bachelière, reprit-elle d'un air attendri. C'est Dieu qui vous envoie. On me demande justement une jeune demoiselle distinguée, bien éduquée, instruite. Voilà une place qui vous ira comme un gant.

— Veuillez me dire quelle est cette pension?

— Une pension cosmopolite, très chic, composée de jeunes étrangères fort riches, indépendantes et qui ne veulent pas s'embêter dans la vie.

— Les conditions de cette maison?

— Oh ! oh ! on a l'esprit positif !

Mme Corbeau fouilla un paquet de lettres, tira un papier timbré de trois plumes d'or surmontant une couronne.

— On offre douze cents francs pour l'année. Vous serez nourrie, logée, blanchie. Ce n'est pas mal. Il y a les petits profits, à savoir : les cadeaux des élèves, les promenades, les invitations, les complaisances. Tout cela c'est affaire entre vous et les jeunes personnes. Oh ! c'est une place ex-cep-tion-nelle, vous le voyez.

— Qu'est-ce que j'aurai à faire?

— La directrice vous le dira !

— Qu'est-ce que je vous devrai?

— Ma commission, c'est le dix pour cent sur les appointements. L'usage m'attribue aussi la moitié du premier mois. Montrez-moi votre diplôme, signez-moi ce papier. Voilà qui est fait. Eh bien, demain, présentez-vous chez madame Feuillet-Du Crône, directrice du *Chrest* à Chennevières, c'est à la porte de Paris ; voilà une lettre de présentation et je lui écris moi-même, directement.

Gaude se levait, irritée et satisfaite de cet enrôlement.

— Un bon conseil, mademoiselle, débarrassez-vous de ces crêpes. Du moment que vous allez manger le pain de l'étranger, vous n'avez pas le droit d'imposer, à qui vous paie, vos tristesses. Je ne vous demande pas qui vous avez perdu? Dans la vie, où vous entrez, vous serez *Mademoiselle*, vous n'avez plus d'autre nom, vous êtes une anonyme. La jeunesse fortune aime le rire ; allons, riez. C'est avec un sourire comme celui-ci, fit-elle, en s'adressant à elle-même une risette dans la glace, qu'on embobine tout le monde !

Madame Feuillet-Du Crône dans son cabinet de toilette.

II

Gaude, le lendemain, sonna vers quatre heures à la porte du Chrest. Au sortir du tramway de Champigny, elle avait trouvé difficilement son chemin dans le dédale de sentiers qui serpentent sur le coteau de Chennevières.

Elle arrivait poussiéreuse, fatiguée.

A son coup de sonnette, un portier galonné vint ouvrir.

— Madame Feuillet-Du Crône? demanda la jeune fille.

Le portier, toisant cette visiteuse qui se présentait à pied, lui répondit d'une voix nasillarde :

— Avez-vous une audience?

— Non, dit-elle étonnée, mais votre maîtresse est prévenue de mon arrivée.

— Voilà qui est surprenant ! Je n'en suis pas avisé, fit-il avec suffisance.

— Je vous l'assure, répliqua Gaude, qui voyait le moment où ce majestueux portier lui commanderait de se retirer.

Elle entra résolument, fit quelques pas en avant.

— Le château est à droite, au bout de l'avenue, fit l'homme, soulevant sa casquette.

Gaude avançait, charmée par l'aspect seigneurial et champêtre de cette ancienne demeure. L'allée couverte de sable fin filait sous une double rangée d'acacias et de marronniers, qui mêlaient au ton d'or et de pourpre de l'automne, les verts acides du printemps.

Sur la droite, au milieu d'une échappée de ciel, le château s'élevait avec son corps droit flanqué de deux tours coiffées en poivrières. Le lierre tapissait les murs, enveloppait les tours, dégageant les fenêtres en croisillons, et le gigantesque chrest en mosaïque, qui surmontait la porte d'entrée.

Des orangers mettaient une bordure aérienne le long de la façade, et les vases débordant de fleurs, qui limitaient le large perron, achevaient de donner au logis son aspect agreste et attirant.

Un coup de cloche ayant annoncé une visite, un domestique en livrée s'avança et guida Gaude jusqu'au hall qui semblait être le cœur de la pension.

Là, les fenêtres s'ouvraient largement sur le parc ; de grandes avenues s'élançaient sous les arbres. L'une, qui partait de la demeure, semblait ne s'arrêter que devant l'abîme : la Marne, dans le fond de la vallée coulait, et des jardins suspendus fleurissaient au-dessus de ses rives. Les autres avenues, après avoir développé de belles pelouses, se perdaient dans le bois. La propriété devait être vaste et cette trouée de lumière qui faisait brèche dans l'épaisseur des feuillages l'augmentait encore de toute la profondeur de l'horizon.

Debout près de la fenêtre, Gaude regardait ce silencieux espace, que traversa soudain une automobile blanche. Elle décrivit devant le château un virage élégant et repartit vers le bois. Une jeune fille, tête nue, la conduisait. Près d'elle un chauffeur blond, l'allure très militaire, dans son dolman gris foncé à brandebourgs noirs, lui donnait une leçon.

— C'est très moderne, songea la jeune fille, personne ne s'est avisé de consacrer à l'auto un chapitre de l'éducation des femmes.

L'heure avançait, aucun domestique ne venait avertir Gaude qu'elle allait être reçue.

— Sans doute la directrice est-elle occupée. Les classes ici commencent en septembre, comme en Angleterre. Elle me recevra une fois son cours terminé.

Le soleil baissait plus vite. Tout à coup il tomba comme un boulet dans une brèche de verdure. Des flammes rose pourpre, vertes, jaunes, mauves jaillirent dans le firmament, arborant les étendards d'une ville qui salue l'entrée du vainqueur.

Alors des portes s'ouvrirent à grand bruit, des rires éclatèrent dans le jardin, des pas traversèrent le hall ; un groupe de jeunes filles, raquettes en mains, s'élançaient vers le tennis, dont on apercevait le grillage tapissé de vigne vierge ; d'autres enfourchèrent leurs bicyclettes et disparurent dans les avenues du bois. D'autres encore marchaient enlacées vers l'horizon éblouissant.

Gaude fut ravie par l'harmonie de l'heure et la grâce de ces jeunes filles qui animaient si joliment la tombée du soir. On les entendait chanter, et l'appel de leurs noms : Muriel, Edith, Myriam, Ellen, Viviane éclatait dans le parc comme une note musicale.

— Madame la directrice attend mademoiselle !

Gaude se retourna. Une femme de chambre l'invitait à la suivre. Par l'escalier de bois, qui s'ouvrait dans le hall et aboutissait à une galerie du premier étage, elles arrivèrent aux appartements de madame Feuillet-Du Crône.

La femme de chambre ouvrit une porte, Gaude se trouva dans un cabinet de toilette dont tous des panneaux étaient couverts de glaces.

Debout devant une table chargée de bibelots d'argent, une jeune femme en corset et en jupon de soie blanche, limait ses ongles. Bien prise, de ligne souple, elle paraissait ne pas avoir atteint la trentaine. Les épaules ravissantes, d'un blanc neigeux, étaient nues jusqu'au corset ; d'un geste, qui pouvait être un geste de pudeur, Mme Feuillet-Du Crône tendit la dentelle de sa chemise sur sa gorge radieuse et passa le déshabillé que lui présentait sa femme de chambre. Puis s'adressant à la nouvelle venue, d'un ton gracieux.

— Entrez, mademoiselle !

— Je vous dérange, madame?

— Du tout ! je viens de me lever, je m'habille pour aller à l'Opéra. J'ai l'habitude de recevoir quand et comment il me plaît ! Que me voulez-vous?

— Mais, madame, fit Gaude de plus en plus surprise, Mme Corbeau ne vous a donc pas avertie?

— La mère Corbeau ! Que me veut-elle encore? Elle m'a écrit ce matin, je n'ai même pas ouvert sa lettre ; les types qu'elle m'envoie généralement...

Gaude fit quatre pas en arrière.

— Je regrette de vous avoir inutilement dérangée, dit-elle, d'un ton glacé.

Mme la directrice se retourna, prit un air gentil, et du regard, l'arrêtant.

— Allons, ne prenez pas la mouche ! Vous ne ressemblez pas aux autres, vous ! C'est le mot *type* qui vous a vexée? Vous ne me connaissez pas ; j'ai mon franc parler. Cette agence dégringole ; elle se recrute dans les laisser-pour-compte. Je m'étonne qu'une fille distinguée, comme vous, me vienne par cette femme. C'est la première fois que j'ai lieu de faire un tel compliment. Vous ne répondez pas?

— Que répondrai-je, madame? Je ne connais pas les autres agences !

— Vous a-t-on dit, au moins, qu'il s'agissait de la pension la plus chic de Paris?

Gaude s'inclina légèrement.

— Persuader, c'est le grand art de l'éducation, continua Mme la directrice, après avoir noué en tous sens un ruban corail qui faisait valoir ses cheveux cendrés, son teint de lait, ses yeux d'agathe mouchetés de vert. Je dirai même que c'est le secret de la vie féminine. Qu'avons-nous besoin de logique? Ce sont nos caprices qui règlent l'existence. Imposer ses caprices, voilà ce qu'une femme vraiment femme doit savoir faire... C'est votre avis, mademoiselle?

— Pas encore, madame.

— Eh bien, ce sera votre avis. J'aime qu'on pense comme moi.

Mme Feuillet-Du Crône s'approcha d'une glace qu'éclairaient des ampoules, voilées de filet de perles. Elle se regarda minutieusement et prenant le bâton de rouge le passa sur ses lèvres.

Gaude vit alors, dans toute sa netteté, un visage d'épicurienne aux yeux fins et rieurs, au nez palpitant, aux joues rondes, à la bouche charnue, au cou gonflé. C'était une petite-maîtresse de l'époque du Régent, telle qu'on l'entrevoit dans les estampes de l'autre siècle, et l'imprévu de cette jupe courte, dégageant le mollet, le petit pied, modelant les rondeurs du corps, évoquaient plutôt un galant rendez-vous que l'*audience* accordée, selon les dires du portier, par une directrice de pension cosmopolite.

— Tiens! fit-elle, regardant Gaude dans la glace, vous avez une jolie peau. Qu'est-ce que vous mettez dessus?

— Rien!

— Heureuse fille! N'est-ce pas que j'ai l'éclat d'une perle? Quand j'ai le teint brouillé, je ne me montre pas! On m'a dit que je ressemblais à Mme de Warrens. Est-ce vrai?

— Je ne connais aucun portrait de Mme de Warrens, fit Gaude, ennuyée de ce caquetage insolite.

— A la bonne heure! figurez-vous, ma chère, que l'autre..., enfin *mademoiselle*... celle qui vous a précédée, m'a répondu comme une oie: « Je vous demande bien pardon, madame, mais je n'ai pas encore eu l'honneur de rencontrer Mme de Warrens! »... Elle croyait... Imbécile, va!

Mme la directrice éclata de rire et, prenant sa houpette, acheva de poudrer son visage et sa gorge.

— Je vais à l'Opéra avec mes filles, nous dînerons au café de la Paix, puisque le professeur Du Crône nous accompagne. Pour en revenir à ma méthode, soyez tout yeux, tout oreilles, je n'aime pas me répéter.

Elle s'assit, croisa les jambes, et ses yeux vifs se plantèrent dans les yeux brillants de Gaude.

— C'est à cette ressemblance avec Mme de Warrens que je dois ma triomphante méthode. J'apprivoise mes filles comme Mme de Warrens apprivoisait ses jeunes compagnons, en tout bien tout honneur, je l'affirme, c'est-à-dire que j'ai l'art de plaire et je plais avec art. Je suis l'âme de ma maison. Ici tout vit pour moi. M'approcher est un bonheur. Recevoir un baiser est une récompense inoubliable; pas de bons points, pas de tableau d'honneur: un sourire. Ma tendresse raffinée fait éclore ces enfants à une vie précieuse, subtile, qui s'épanouira plus tard dans l'enchantement de l'amour. Ne me parlez pas de ce vieil arsenal de la pédagogie. C'était bon pour les pauvres, pour les besogneux. Mais il y a une éducation de gens riches à laquelle on ne songe point assez. Ces jeunes filles qui composent le Chrest sont presque toutes de riches héritières: Muriel aura trois millions de dot, son père est le roi du papier; Edith n'a qu'un million, Myriam aussi, mais quel héritage. Allez-vous parler à ces jeunes filles le langage de la froide raison? Erreur! Il faut s'adresser uniquement à la sensibilité. Je parle au cœur. Vous assisterez à mes cours. Vous verrez, c'est touchant, comme ces jeunes filles me répondent, quand je leur dis: « Écoutez votre cœur! — Répondez à mon cœur! — Que vous crie votre cœur? » Le cœur! mais tout est là.

Elle s'arrêta, prit un vaporisateur d'or et vaporisa ses cheveux, d'un parfum frais que Gaude respira délicieusement.

— Vous parlez peu, et vous savez écouter; cela dénote une intelligence, reprit Mme Feuillet-Du Crône. Vous me comprendrez, vous agirez, en vous souvenant que le Chrest est l'école du bonheur.

— Êtes-vous certaine, objecta Gaude, que cette déclaration de principes laissait stupéfaite, qu'il puisse exister une école du bonheur?

— Évidemment, puisque ce bonheur réside uniquement dans la satisfaction du cœur et du corps.

— Voilà une définition catégorique, mais si le bonheur n'est que cela!...

— Comment n'est que cela! Vous trouvez que ce n'est pas suffisant... Au fait, que savez-vous?

— Moi? rien, je le vois. Et pourtant je suis bachelière.

— Bachelière! Vous êtes bachelière! Mais c'est charmant! Il faut que je vous embrasse, ma chère. Oh! vous êtes très douce à embrasser, fit-elle après avoir effleuré les joues de Gaude. Eh bien, vous enseignerez le grec et la cosmographie! Moi je n'ai pas de grand diplôme, je me fiche des diplômes, j'en ai à revendre autour de moi, pour plaire aux familles. Mais je fais payer les parchemins. Mes professeurs peuvent être des ânes, c'est sans importance, du moment qu'ils sont brevetés... Nous reprendrons cet entretien une autre fois. J'entends mes filles qui viennent pour m'habiller, c'est encore une de mes récompenses. Les *roses* ont le droit d'agrafer ma robe, les *jasmins* m'enfilent mes petits souliers. A propos, comment vous appelez-vous?...

Gaude eut à peine le temps de répondre, la porte s'ouvrit, une ruée de jeunes filles s'élança:

— Bonsoir, petite mère! Jolie petite mère! — Embrassez-nous! — Ah! qu'elle est belle! Mettons-lui sa robe! — Le beau ruban! — Est-elle bien coiffée! — A moi, à moi, les petits souliers! — Le bracelet! — C'est mon tour d'enfiler les bagues!

Perdue au milieu de cet essaim de jeunes filles habillées de blanc, de rose, de bleu, prêtes à partir, elles aussi, pour l'Opéra, madame Feuillet-Du Crône offrait sa joue, ses bras, ses mains, aux baisers de cette charmante cour.

En quelques instants, elle fut habillée d'une robe de tulle noir brodée d'or sur transparent du même ton que le ruban de ses cheveux. L'une offrait le manteau de drap rose, l'autre l'éventail, celle-ci le sac de théâtre, les gants, les bracelets.

La joie des fillettes touchait au délire. Maintenant le cabinet de toilette était rempli de têtes brunes, blondes, qui s'agitaient, se bousculaient pour mieux voir et quand Mme Feuillet-Du Crône, avertie que l'automobile était là, sortit, ce fut au milieu d'une haie bruyante qui l'acclamait à pleines mains et lui envoyait des baisers.

D'un regard, elle sembla dire à Gaude, au passage : « Voyez comme elles sont heureuses, et comme je suis aimée. »

Elle disparut triomphante. Gaude, interdite, se demandait ce qu'elle pourrait bien faire dans cette institution d'amoureuses. Une femme sans âge, longue, et jaune comme une chandelle, les joues creuses, la bouche édentée, s'approchait. Elle était vêtue de gris et ressemblait vaguement, avec ses cheveux plats, tortillonnés au sommet de la tête, à quelque grincheuse infirmière.

— Ah ! c'est vous la nouvelle maîtresse ! Je vais vous montrer votre chambre. Au fait, non, vous ferez le retour cette nuit.

— Qui êtes-vous, madame?

— Je suis donc bien vieille, pour m'appeler madame?... fit l'autre roulant des yeux furibonds. Qui je suis, l'économe ! Tenez, voilà vos collègues, fit-elle, présentant deux jeunes femmes blondes, insignifiantes : *Miss ! Fraulein !* c'est *Mademoiselle !* dit-elle, indiquant de la tête l'étrangère.

— Gaude Malvos, rectifia celle-ci.

— Vot' nom ! Ici, c'est sans importance ! fit l'économe qui déjà harcelait les élèves débandées.

III

Le gentil troupeau s'engouffrait dans la salle à manger.

— Suivez-moi, dit l'économe, nous allons visiter le bercail !

Elle grimpait comme une chèvre, tournait les commutateurs, éclairait l'escalier chargé de tapis d'Orient, les couloirs ornés d'estampes en couleur.

— Sentez-vous jusqu'ici l'odeur de cette affreuse soupe aux haricots et aux pépins de melon? Encore quelque « ragougniasse » de ce fainéant de cuisinier ! On jeûne quand *Madame* ne dîne pas. Laissons passer la soupière, nous trouverons bien quelque cuisse de volaille à nous mettre ensuite sous la dent.

Elle avançait comme une ombre terrible. Gaude entendait les paroles lancées par le guide qui dirigeait ses pas, dans ces lieux inconnus.

— Le dortoir des Roses ! dit-elle s'arrêtant au milieu d'une vaste pièce cirée, meublée de lits, qui s'enveloppaient comme des calices de fleurs, dans des pétales de mousseline blanche. Une pièce voisine était réservée aux lavabos, aux tubs, à la douche.

— Hein, ça reluit ! C'est ma partie !

— Pourquoi nommez-vous ce dortoir, le dortoir des Roses?

— Les Roses cè sont les grandes, les pires ! les chouchous de Madame. Les Jasmins, ce sont les petites ! Celles-ci, on en ferait encore quelque chose. Mais les Roses ! Par notre Saint-Père le pape, elles sont capables de commettre tous les péchés capitaux ! Je ne donnerais pas un plat de lentilles de leur part de paradis. Le diable habite en elles. Vous ne savez pas que ces nices ont damné l'autre Mademoiselle, un agneau du Seigneur, s'il en fût. Elles vous crucifieront. Mais je ne les laisserai pas faire, car j'aime mon prochain plus que moi-même. J'ai des principes, et avec des principes, le Juste marche partout dans la voie du Bon Dieu.

Ayant joint ses mains, la grande haridelle marmonna quelque prière et fit un signe de croix.

— Belzébuth n'entrera pas ici ce soir, vous dormirez en paix, ma bonne fille !

— Quoi ! fit Gaude étourdie par la fatigue, ce langage d'apocalypse, ce parfum délicieux de verveine et d'eau de roses, qui flottait dans les mousselines des lits. Vais-je dormir ici?

— Sans doute ! La garde des Roses appartient à Mademoiselle. Mademoiselle, c'est la Française, fit-elle répondant à la muette interrogation de la jeune fille, Miss, c'est l'Anglaise et Fraulein, l'Allemande ; est-ce que j'ai besoin de vous apprendre ça. Combien de pensions avez-vous faites?

— Aucune, répliqua Gaude.

— Vous en avez de la veine de débuter ici ! La Miss et la Fraulein vous relayeront à leur tour. Voici votre lit, sur l'estrade. Vous surveillerez leur sommeil et leurs rêves. On dort en gendarme, car le démon de la concupiscence rôde autour de ces couches ! Moi, la nuit, je passe comme un ange gardien : Je regarde. J'écoute. Je prie.

— J'aimerais mieux dormir, fit Gaude, s'appuyant au lit, qui allait être le sien.

— Seriez-vous donc pareille à ces vierges folles de l'Ecriture? L'économe saisit brusquement la jeune fille par le bras. Non, c'est impossible ! je l'ai vu à votre visage, vous baissez déjà l'esprit pervers de cette maison.

— Je l'ignore encore. C'est vous qui semblez le haïr, pourquoi restez-vous ici?

— Par pénitence ! et la femme à la tignasse grise, se signa une fois encore.

— Où suis-je? pensait Gaude. Est-ce un rêve? Suis-je bien au Chrest? Qu'est-ce que cette pension, la plus chic de Paris? Pas l'école du travail, tout l'indique. Pas l'école du devoir, cette femme me l'apprend. L'école du plaisir?...

Gaude eut un sursaut.

— Quoi ! il serait possible qu'une telle pensée traversât le cerveau d'une éducatrice? C'est formidable ! Elle préparerait des êtres pour un destin affranchi de toutes lois morales et n'accepterait que la recherche du plaisir. Jusqu'où va-t-elle! Méthodiserait-elle dans son école les principes de la jouissance? C'est insensé ! conclut la jeune fille ; j'aime encore mieux m'étonner de tout qu'expliquer de travers. Qui sait? peut-être qu'en Amérique, en Angleterre, on élève ainsi les jeunes filles riches? Nous l'ignorons. Le plaisir, n'est-ce pas la loi des riches !

— Aurai-je, au moins, un petit coin où mettre ma malle, mes livres? demanda Gaude à sa conductrice.

— Assurément

Le jupon gris se mit à trotter dépassant la jeune fille de toute l'ardeur de ses jambes sèches. Encore un escalier, des couloirs, la tristesse des combles, une humble porte.

Gaude tendit le cou par-dessus l'épaule de la vieille, regarda la mansarde nue, avec son lit de domestique, son carrelage rouge, sa fenêtre en tabatière.

— Ah ! soupira-t-elle.

L'autre eut un large rire, qui déclancha sa mâchoire édentée.

— Vous vous attendiez à mieux ! Le « poussier » de la directrice a trop de dentelles, voyez-vous ; il faut bien que le lit des adjointes soit râpeux comme un cilice; sans cela, où donc serait le mérite de vivre sur cette terre de larmes et dans cet étang de feu? dit-elle d'une voix terrible. Poussant la porte voisine, elle montra à Gaude, sur la cheminée, l'étagère, la table, le mur, la corniche, une ribambelle de saints, de Vierges, de cœurs de Jésus, d'Antoines de Padoue, de chapelets, de scapulaires, et, posé sur l'oreiller, la discipline aux cordons noueux.

Elle prit l'instrument de supplice, le pressa passionnément entre ses bras :

— Voilà la paix du Rédempteur !

— Vous avez donc été religieuse? demanda Gaude étonnée du langage et du geste.

— Qui? Moi, une défroquée? Voulez-vous bien vous taire. Je me nomme Marie-Augustine-Zélie Sonnette. Mon père ! Je puis nommer mon père, moi, était chantre à Saint-Sulpice. Comme lui, je suis pieuse, comme lui, je loue le Seigneur, quand sa colère s'abat.

Un grand bruit de chaises remuées, un piano attaquant une valse de Brahms, des rires, des appels joyeux avertirent les deux femmes que le dîner était terminé.

— A notre tour ! fit mademoiselle Marie-Augustine-Zélie Sonnette.

Dans la salle à manger déserte, elle dressa rapidement deux couverts, ouvrit un placard, tira un bouteille poudreuse, un demi-poulet, une terrine de foie gras, et invita Gaude à partager le festin.

— Ce sont mes en-cas, dit-elle ! Quand Madame revient avec les élèves, on dresse un souper froid ; les restes, c'est pour Bibi !...

A ces mots, Gaude sentit sa gorge se serrer. Une bouchée de pain s'étrangla au passage. Tandis que mademoiselle Sonnette oubliait, à grands coups de fourchette, jeûne et pénitence, la jeune fille, pour tout repas, but quelques gorgées d'eau fraîche.

IV

Très tard dans la nuit, les deux autos avaient ramené de Paris, Mme Feuillet-Du Crône, un groupe des Roses et le mari de Madame.

Pendant les embrassades des jeunes filles et de la directrice, lui se tenait à l'écart. Gaude avait remarqué son type de Ligure, sa barbe brune frisée, ses cheveux brillants, les yeux noirs doux, le visage régulier, la tournure assez élégante.

Apercevant Mlle Malvos, Mme Feuillet-Du Crône s'était précipitée vers elle.

— Comme c'est gentil de prendre son service ce soir ! Avez-vous votre malle? Non ! Ma femme de chambre vous portera ce qui vous est nécessaire pour la nuit. Dormez bien ! pas de mauvais rêves, on dit que les premiers rêves sont des présages. — Mes chéries ! avait-elle ajouté, présentant les Roses, et se tournant vers les élèves : Mademoiselle.

C'est ainsi que Gaude avait appris que Muriel était le nom de cette jeune Indienne aux boucles brunes qui entourait de son bras le cou de *Petite Mère* ; qu'Ellen était cette vaporeuse blonde aux yeux verts, au teint diaphane, svelte comme une épée de parade. Kathleen était cette anguleuse Anglaise articulée ainsi qu'un pantin. Rosita, une Allemande *gemuthlich*, Viviane une Américaine élancée comme cette admirable lady Heathcote, marchant sur les nuées.

Longtemps après, les Roses, rentrées au dortoir, s'endormirent au récit de la représentation ; elles fredonnaient les airs langoureux joués par un Poil-de-carotte qui, au souper du café de la Paix, venait leur verser dans l'oreille l'enchantement de la musique bohémienne.

Gaude, silencieuse, les écoutait. Puis quand elles dormirent, chacune enfermée dans le calice blanc des petits lits de mousseline, elle les regarda.

Gaude, toute à son nouveau devoir professionnel, se levait, allait faire sa toilette, s'habillait. Dans le dortoir personne n'avait bougé.

— Eh bien, mesdemoiselles ! fit la jeune fille à voix haute. N'avez-vous pas entendu le réveil? Il est sept heures ! Debout !

— Qu'est-ce que cela peut nous faire qu'il soit sept heures ou huit ou neuf ! dit Muriel en secouant sur l'oreiller sa tête aux longues boucles noires.

— Levez-vous !

Kathleen, dans le lit voisin, se mit à rire, prit oreiller, le bourra de coups de poings, le tourna, le retourna, et s'étendit avec un soupir de volupté.

— A demain ! murmura-t-elle.

Gaude s'approcha d'un lit, le secoua.

— Oh ! qu'est-ce qu'il y a? geignit la dormeuse. Je dormais si bien !

— Debout, mademoiselle !

— Non ! fit Rosita, tirant sa couverture par-dessus sa tête.

— Non ! non ! non ! non ! clamèrent toutes les fillettes réveillées.

Entre les cloisons de mousseline, Gaude les vit se soulever, se traîner, saisir leurs traversins, leurs oreillers, leurs courtes-pointes et, à bout de bras, les lancer d'un lit à l'autre, avec des gloussements de poulailler qui s'éveille.

— Vous allez vous lever ou vous serez punies ! fit Gaude imprudemment.

Elle n'eut pas plutôt parlé que les oreillers vinrent s'abattre autour d'elle, puis les bas, puis les jupons, puis les corsets, et les cloisons déchirées par les gamines en colère. Ce fut vers Gaude une ruée de chattes blanches ; les unes essayaient de l'attraper, les autres lui faisaient des grimaces terribles, et toutes en chœur répétaient :

— Non ! non ! non !

— Ah ! fit Gaude hors d'elle-même devant cette révolte enfantine, vous n'êtes pas des ladies. La première qui me touche, je la gifle.

Elle les regardait d'un air si résolu, son bras levé indiquait si bien le geste qu'elle allait faire, que, prises de honte, les Roses, à qui on ne parlait qu'avec respect, se retirèrent en bon ordre.

Gaude les tenait sous son regard.

— Ce que vous faites est indigne de vous ! Pas une Française ne se conduirait comme vous venez de le faire.

— Tant mieux pour elles ! Nous ne voulons pas ressembler aux Françaises, dit Muriel en rentrant dans son lit, et en ramenant les couvertures jusqu'au menton. Allez, allez vous plaindre à Petite Mère !

Gaude entendait bien faire appel à l'autorité de Mme Feuillet-du Crône. Mais au moment où elle allait sortir du dortoir, Mlle Sonnette entra.

D'une voix mielleuse :

— Qu'est-ce que ce tapage? Vous osez troubler le sommeil de Madame !... Madame qui est si bonne pour ses filles, elle souffrirait par vous ! Allons, dépêchez-vous de vous lever, rapidement, sans bruit ; sinon Mademoiselle vous signalera : vous ne seriez pas embrassées ce soir.

A ces mots, les Roses avec une obéissance touchante dégringolèrent du lit, coururent au lavabo, à la douche, au tub, revinrent silencieusement s'habiller et descendirent dans les jardins, domptées par cette seule menace :

— Vous ne seriez pas embrassées ce soir !

— Il n'y a pas de règlement au Chrest, répondit la vieille Sonnette farfouillant à pleines mains sa tignasse grise qui s'échevelait en mèches sales autour de sa tête. Les élèves font ce qu'elles veulent. Lever libre. Pas d'étude le matin, des promenades, de la gymnastique, de l'escrime, de la danse. Après le lunch, les cours. Aujourd'hui, M. Cormignon, du Collège de France, leur parle de l'Amérique anglo-saxonne. Demain, Mlle Lamie, de la *Boîte à Fursy*, leur enseignera la diction et aussi quelques-unes de ses vieilles chansons, etc., etc., etc. On leur apprend tout ce qui ne leur est pas nécessaire ; on les emmène à la Chambre, au Sénat, au Palais de Justice ; elles vont à Notre-Dame le dimanche. Ah ! si c'était pour prier, mais c'est pour se pâmer aux airs de musique, regarder les enfants de chœur, les petits abbés. Par Satan, vous en verrez de drôles ! vous en verrez de drôles ! ma fille !

— Ce que j'ai vu n'est pas pour me satisfaire !

— Sotte que vous êtes ! Prendre un bâton? Vous assommez, moi je flatte ! Le voilà le problème de l'éducation !

V

Dans le jardin, autour de Fraulein, les élèves du Chrest se groupaient. Les Roses, de quinze à dix-huit ans, portaient un petit costume de clown de couleur kaki, brodé sur la poitrine d'une fleur qui les réunissait aux cours, aux promenades, aux dortoirs. Les plus jeunes, de dix à quinze ans, arboraient un jasmin de soie blanche.

— Elles bavardaient à voix haute, ne se gênant pas pour apprécier le jeu des acteurs que, la veille, quelques Roses avaient applaudies : Bréval était très sculpturale, mais point assez orientale. Les hommes étaient admirables, on aurait voulu danser pour obtenir le sourire d'Hérode dans cette *Salomé* de Strauss.

— En rang ! commanda Fraulein.

Les quarante jeunes filles qui composaient le Chrest s'alignèrent par rang de taille.

Aux commandements de la grande et solide Allemande, elles se pliaient, se relevaient, en avant, en arrière, à droite, à gauche.

Sous l'étoffe tendue apparaissait la grâce des jeunes corps ; les unes étaient cambrées comme des nymphes antiques ; les autres étaient plates comme de jeunes garçons.

Quand elles se furent bien étirées, ployées, allongées, dans l'endroit qu'on nommait *la Motte à Madame*, souvenir de madame de Sévigné, Fraulein commanda :

— *Le pas de Réjane !*

Aussitôt les jeunes filles se mirent en marche d'un pas glissé qui faisait plier le genou, assouplissait la taille, donnait à la démarche un balancement délicieux.

— Pliez ! relevez ! pliez ! relevez ! commandait la maîtresse de gymnastique.

Et les quarante fillettes en costume de clowns, avec des gestes tendus, maladroits, appliqués, pliaient, relevaient, pliaient, relevaient leurs genoux désobéissants.

Assise derrière un massif, Gaude se mordait les lèvres pour ne pas rire. Les Anglaises aux jambes sèches avançaient sur des échasses brisées ; les Allemandes aux croupes plus lourdes tendaient le jarret pour paraître légères, les Américaines, résolument, ployaient le genou et l'exagération du mouvement empruntait

Les pensionnaires du Chrest en costume de gymnastique.

une grâce irritante à la finesse des attaches, à l'élégance des lignes. Muriel s'avançait comme un fauve qui va bondir. Il y avait une nonchalance voluptueuse dans cette souplesse de la marche rythmée.

Quant aux Jasmins, elles traduisaient par des sautillements de bergeronnettes ce pas de femme amoureuse, ce pas de Sapho, que Fraulein avait baptisé : le pas de Réjane.

Quand elles eurent clopiné deux ou trois fois autour de *la Motte à Madame*, l'Allemande commanda :

— Repos !

Puis, un moment après :

— *Le pas du petit bedon !*

Gaude crut avoir mal entendu. Mais Fraulein, frappant ses mains l'une contre l'autre, répétait, en détachant les mots :

— *Le pas du petit bedon.*

— En rang ! attention, *le pas du petit bedon.* Avec ce pas, qui est de ma composition, plus besoin de corset droit. Un buste haut, un ventre plat, nous avons retouché la Vénus de Milo. Regardez-moi bien !

Placée comme une cible au centre de tous les regards, la grande jeune fille allemande, au visage placide, au corps de Junon romaine, se dressait sur les pointes de ses sandales, posait ses mains ouvertes au creux de la taille et, par une contraction prodigieuse, escamotait soudain son ventre. Plus de petit bedon, « ni-vu-ni-connu-je-t'embrouille ! » Au bout de quelques instants, elle retombait d'aplomb et doucement le ventre disparu venait à nouveau effleurer l'étoffe. Alors ce fut du délire, les quarante jeunes filles à la queue leu-leu se mirent en marche, dressées sur leurs pointes, obéissant au commandement :

— Rentrez

Les quarante petits bedons s'évanouissaient ; l'étoffe flasque pendait, les visages crispés, bouffis, pâlis exprimaient par les grimaces l'effort même de la contraction.

— Laissez !

Les quarante bedons apparaissaient pour disparaître encore, et ce bizarre mouvement de soufflet semblait divertir prodigieusement les gamines si appliquées.

Comme un chant rythmé, Gaude entendait Fraulein diriger la course en rond : *Rentrez ! laissez ! laissez doucement ! Rentrez ! laissez !* Et à mesure que le ventre s'en allait, la croupe se gonflait provocante, dandinante, dans un mouvement qui rappelait le ménéo des négresses.

Prises d'un fou rire, Gaude avait enfoui son visage dans ses mains, mordait son mouchoir. Non, jamais, jamais des Françaises ne se seraient prêtées à cette parade de music-hall.

Lâchées dans le parc, sautant les unes sur les autres, les Roses et les Jasmins se ruaient vers la trouée de lumière, et leurs voix aiguës, excitées par ce sport d'un nouveau genre, lançaient jusqu'aux nues un refrain de mademoiselle Lamic, adaptation d'une sonnerie de chasse :

Si tu voyais
La Rose,
Tu ri-rais bien!
Tu ri-rais bien !

VI

Debout sur l'estrade où avaient lieu les cours de professeurs célèbres, un long homme maigre, en habit, ganté de blanc, depuis une demi-heure pérorait sans s'arrêter. C'était l'illustre Cormignon.

Il traitait devant ces jeunes étrangères d'un sujet fort plaisant : *Evolution des idées et des mœurs dans la Nord-Amérique.*

Couché sur la table qu'il saisissait à pleines mains ou bien fauchant l'air de ses grands bras, accrochant ses doigts souples à sa barbe fourchue, boxant contre un adversaire invisible, l'illustre Cormignon, à bout de souffle, lança enfin sa péroraison :

— Prise d'une part entre cette vague colossale qui se dresse à l'Orient et ramasse, pour la lancer sur nous, cette pléthorique race jaune, et de l'autre, entre cette lame de fond qui traverse l'Atlantique et précipite sur nous les forces neuves de l'Amérique, l'Europe, sur la carte du monde, ne sera plus qu'une épave disputée ! Qu'importe, mesdemoiselles, une motte de terre, si l'Esprit, emporté sur les mers, telle que la corbeille qui sauva Moïse aborde aux rivages américains, où l'attendent les filles des Pharaons.

— Imbécile ! soupira Gaude, arrachée à sa rêverie.

Le Chrest tout entier acclamait l'illustre Cormignon qui, au Collège de France, réunissait chaque semaine l'élite de la société américaine. En son honneur Muriel, Edith, Mary, Kathleen pavoisaient. Elles étaient en robes roses, blanches, safran ; elles avaient des fleurs au corsage et Muriel, sur ses belles boucles noires, avait posé une couronne de myrthe.

Dans cette extraordinaire pension tout devenait naturel. Les fillettes de dix ans écoutaient bouche bée, assises dans leur fauteuil. Les autres, le stylographe en main, prenaient des notes, hochaient la tête, comprenant ou ne comprenant pas le langage amphigourique de M. Cormignon. Derrière les élèves, sur un divan, Mademoiselle, Miss et Fraulein écoutaient.

Miss, dans son orgueil britannique, semblait dire :

— Après tout, *ces gens-là* sortent de l'Ile !

Fraulein, au visage placide, songeait :

— Il nous faudra vaincre *ceux-là* avant d'être les maîtres du monde !

Gaude, heureuse d'échapper à des paroles qui n'étaient que du bruit, revenait à ses pensées favorites. Elle connaissait l'emploi du temps, elle pourrait travailler le matin, pendant les heures du sport.

Que les élèves fissent de l'escrime avec un maître d'armes ; qu'elles apprissent à danser avec un des danseurs de l'Opéra ; qu'elles suivissent à cheval la promenade quotidienne sur le plateau de Champigny, ou fissent de l'auto sur les grandes routes de la Champagne : personne ne les accompagnait. Elles étaient libres, autant qu'en Angleterre.

Madame se réservait les sorties du soir, les théâtres et les matinées dans les music-hall, les séances de patinage du jeudi au Palais de Glace ; à part cela, toutes les promenades dans Paris se faisaient sous l'escorte de Miss et de Fraulein qui ne demandaient qu'à courir les magasins et les musées. Gaude aurait donc son temps pour travailler. L'année ne s'achèverait pas sans que les cinq ou six cents pages de la *Cité gallo-romaine* fussent prêtes à imprimer.

Elle allait remonter dans sa chambrette, lorsque madame Feuillet-Du Crône la fit appeler.

— Le *maître* désire vous donner quelques explications, au sujet du résumé de son cours.

Elle présenta :

— Notre nouvelle maîtresse, mademoiselle Malvos.

— Malvos ! fit Cormignon, saluant la jeune fille, vous portez là un bien beau nom ! Peut-être ne le savez-vous pas, mademoiselle?

— Je le sais, monsieur, fit la jeune fille, se refusant à donner le titre de maître à ce bavard.

— Je vous en félicite. L'homme qui porta ce nom est une des gloires de la France. Oui, madame, l'homonyme de cette jeune personne...

— Pierre Malvos était mon père, dit Gaude simplement.

L'Olympe s'ouvrant aux yeux de madame la directrice ne lui eût pas causé surprise plus charmante.

— Quoi ! J'ai chez moi, depuis quarante-huit heures, la fille d'un grand homme et je l'ignorais ! Votre simplicité est excessive ; croyez-vous, cher maître, que sans mes questions j'aurais ignoré qu'elle fût bachelière. Mais bachelière, c'est un titre aussi. Pourquoi ne le mettez-vous pas sur vos cartes de visite?

— Toutes les grâces, tous les talents, toutes les supériorités se donnent rendez-vous au Chrest, fit le galant professeur.

— Oh ! que vous êtes aimable ! minauda madame Feuillet-Du Crône, qui rougissait volontiers, car le rouge faisait valoir son teint. Eh bien, cher maître, c'est entendu, mademoiselle Malvos sera votre suppléante ; elle s'informera auprès des Roses si votre pensée est bien comprise ; elle vous remettra les copies des élèves. Si vous daignez y jeter un regard, mes filles en seront récompensées.

Le professeur se retira, précédé de madame Feuillet-Du Crône et de Gaude. L'auto l'emmena à Paris.

— Il est barbant ! n'est-ce pas? fit la directrice quand le professeur fut loin, mais que voulez-vous, son prestige pare ma maison. Demain il sera de l'Académie. Nous lui offrirons son épée. On ne me reprochera pas de ne sacrifier qu'aux grâces, vous le voyez, j'honore les pontifes. Ainsi, dit-elle glissant, son bras sous le bras de Gaude, vous êtes la fille d'un grand homme. Parlez-moi de Lui, de vous ; racontez-moi à quels événements je dois le bonheur de vous avoir dans ma maison.

— Excusez-moi, madame, je ne sais guère parler de moi-même ; il m'est très pénible d'évoquer des souvenirs cruels et si récents.

Elle montrait sa robe de deuil.

Madame Feuillet-Du Crône, qui avait horreur des larmes, n'insista pas. Emmenant la jeune fille dans son salon décoré de tableaux et de meubles de prix, elle la fit asseoir auprès d'elle.

— Causons ! J'ai pu à peine, l'autre soir, effleurer les idées qui président à l'organisation du Chrest. Mais vous avez pu remarquer déjà que mes filles ne sont pas des pensionnaires ligotées par un règlement fastidieux. Le Chrest, c'est la famille. Je suis une *maman libérale*, je tiens à ce titre qui résume tout ; mes idées très modernes m'ont été inspirées plus par l'expérience que par la théorie. J'ai trouvé des conseils non pas parmi les docteurs que l'on cite à tout bout de champ dans les lycées, les institutions, les grands couvents, mais bien parmi les écrivains délicieux qui ont le culte de notre sexe et qui pensent, avec raison, que le nœud de toutes les questions se trouve dans les rapports de l'homme et de la femme. Vous me suivez?

Gaude fit signe que oui.

— Eh bien, dites-moi, comment la femme arrive-t-elle à cet instant psychologique qui va décider de son propre bonheur, de celui de l'époux, de celui de sa famille? Ignorante, n'est-ce pas? Cette ignorance on l'a béatifiée. Sur ce point, institutrices et élèves, je les mets dans le même sac, *asinus asinum fricat*. Cette ignorance est un malheur. Elle amène la jeune fille à l'extrême limite du temps sans avoir joui seconde à seconde des préliminaires. L'amour la surprend, l'étonne, lui plaît ou la déçoit. Elle est presque toujours en retard dans le rythme de l'amour. Alors, comment un couple serait-il harmonieusement uni si l'un ne peut suivre l'autre?

— Ne pensez-vous pas, madame, que cette question n'a rien à voir avec l'éducation?

— Erreur, mademoiselle, erreur. Le point capital de l'éducation, c'est le mariage. Je suis mariée, j'aime follement, vous m'entendez bien, follement un mari qui m'adore ! Inutile de vous dire que si le plaisir est une science, c'est une science que nous enrichissons chaque jour. Eh bien, pourquoi ne m'inspirerais-je pas de cette expérience délicieuse de la vie?

— Mais, madame, cette science-là est une science réservée, et puis toutes vos élèves ne se marieront pas.

— Ta, ta, ta, ta, elles aimeront, cela suffit.

— Oh ! fit Gaude interloquée.

— Avez-vous lu *l'Amour* de Stendhal? demanda madame la directrice, en prenant, dans la bibliothèque, un petit volume à reliure ancienne.

— Non.

— C'est un tort ! Il faut l'avoir lu. Le voilà. Je ne vous demande pas, alors, si vous avez lu Choderlos de Laclos et Rétif de la Bretonne. C'est un tort, c'est un tort. Les libertins parlent excellemment de l'éducation des femmes. Ils n'en parlent pas comme d'une chose indifférente, au contraire. Je n'irai pas dire à tout le monde, que ces amateurs du beau sexe sont mes guides-conseils, mais à une femme intelligente, je puis avouer que j'ai puisé dans leurs livres le meilleur de mes inspirations.

J'en reviens à mon plan d'éducation : assouplir et fortifier le corps, consacrer à la culture des sens une grande partie du temps, afin de préparer chacun de ces jeunes êtres au plaisir... Vous me regardez !... Evidemment, mademoiselle, il y a une éducation du plaisir ; je dirai plus, elle est obligatoire. Personne avant moi ne s'en est préoccupé. Tant pis ! « Le plaisir, a dit monsieur de Porto-Riche, c'est le secret de la fidélité. » Il s'y connaît. Une femme qui trouve le plaisir auprès de son mari ne pense pas à l'amant, et le mari qui trouve tout ce qu'il désire ne va pas chercher de maîtresse. Le plaisir, c'est le gardien de la vertu des épouses. Mais il ne suffit pas... Tout cela vous étonne, mademoiselle...

— Me stupéfie, madame. Jamais je n'aurais imaginé une conception pareille de l'éducation.

— J'ai cherché aussi un autre terrain d'entente et j'ai enseigné à mes filles la musique, le chant, la poésie, l'histoire, la littérature et la politique. Avec cela, elles peuvent diriger une conversation. Je les emmène au Salon. Enfin je suis la gentille jardinière qui soigne, réchauffe, protège, le bouton, il n'y a plus qu'à cueillir la fleur ! Il se trouvera toujours quelqu'un pour me dire merci !

— Est-ce que je rêve? Parlez-vous sérieusement? fit Gaude en regardant au fond des yeux de madame Feuillet-Du Crône. J'ai été élevée par mon père, sans que jamais la moindre allusion fût faite à ce *nœud de la question*, comme vous le dites. J'ai vécu au milieu de ses élèves, sans trouble. Si j'avais su tout ce que je viens d'apprendre, peut-être aurais-je été moins tranquille auprès d'eux.

— Et maintenant, vous regrettez de savoir... Vraiment... Tant que cela?

Madame Feuillet-Du Crône eut un petit rire libertin. Sa gorge, dans l'échancrure de drap havane, se gonfla. Penchée à l'oreille de Gaude, elle murmura :

— Entre nous, il y a deux morales, celle des gens intelligents et... ou plutôt non, il n'y a pas de morale du tout, il n'y a que des catégories et des attributions, ma chère !

VII

« Gaude Malvos à madame Oneska.

« Le Chrest,
« Chennevières, 20 novembre.

« Il faut que vous veniez me voir un dimanche, ma chère Thaïda, aussitôt que cette bruine aura cessé de tomber. Vous ne verrez plus le Chrest dans sa splendeur, mais tel qu'il est, il est charmant. Les nuées d'or, qui couvraient le parc comme un long et radieux crépuscule de l'automne, se sont diluées ; il ne reste plus rien aux arbres, les feuilles sont passées.

« Vous me demandez si madame Feuillet-Du Crône est une aventurière, qui a fait une fin, ou si c'est une de ces libres-penseuses comme Voltaire, Grimm et Diderot en connurent au siècle dernier.

« Oui et non. Elle a la saveur d'un petit Greuze qui aurait beaucoup d'expérience, et d'une mademoiselle Volland qui s'aviserait de tirer de cette expérience des principes de conduite, menant au bonheur tous les enfants, qu'elle tient à la main.

« Elle, et le professeur Du Crône (ledit professeur a, dans Paris, une clinique où l'on traite les malades par les rayons X et la liqueur de Pinton) sont en pleine lune de miel.

« Leur adoration n'a pas de secrets, elle s'étale, elle s'offre en exemple aux petites mariées de demain. Madame Feuillet-Du Crône a son lever et son coucher. Le lever varie ; quelquefois à quatre heures de l'après-midi elle fait ruelle, en petit paletot de soie, au milieu d'oreillers qui mettent autour de sa personne des flocons de mousseline, de broderie, de tulle. Vous n'imaginez rien de plus charmant que cette jolie femme habillée, poudrée par cet essaim de jeunes filles. Elle enchante tout le monde.

« Moi-même, je me reproche ma défiance des premiers jours. Je suspectais ses intentions. J'incriminais ses paroles, à cause de leur étrangeté. A-t-elle tort? a-t-elle raison?... Thaïda. Je vois le Chrest respirer le bonheur !

« Pas plus tard qu'hier, elle fit une leçon éblouissante sur l'art du costume. Une heure passée à l'entendre efface toutes les sottises de Cormignon.

« Elle nous parla en femme élégante, en femme artiste, de la psychologie de la toilette.

« Je vous passe ce qu'elle dit du costume d'autrefois ; le cinématographe, d'après des vases antiques, reproduisait des scènes grecques et romaines.

« Nous apprîmes ainsi, ce qu'à vingt-deux ans je ne soupçonnais pas, c'est que le costume féminin n'avait jamais été un vêtement protecteur, mais bien au contraire une parure destinée à mettre en valeur les beautés les plus recherchées et les plus secrètes ; comme ces beautés varient avec le goût des contemporains, la mode varie à son tour, et voilà qui explique les changements si rapides et si catégoriques dans les modes féminines.

« Elle appuya cette idée d'une démonstration empruntée aux toilettes de Doucet et de Paquin qui défilèrent au cinématographe.

« — Doucet, a-t-elle dit en substance (je veux vous résumer ses observations, parce que vous serez frappée de ce qu'il y a de fin et de juste dans cet esprit), est l'homme qui, dans sa jeunesse, a vu et admiré les divines épaules de l'Impératrice.

« Pour lui la dominante de la beauté féminine c'est le buste. Que ne fera-t-il pour le mettre en valeur, pour l'envelopper chastement, pour le révéler à point voulu? Il cherche des lignes fuyantes, il choisit des étoffes molles, transparentes, qui tombent comme des fleurs sur une fleur précieuse ; il combine les échancrures qui dégageront la naissance des seins, la chute des épaules, la belle ligne du dos. Il offre et il dérobe à la fois, car ses corsages, qui semblent se détacher du corps dans un mouvement d'une souplesse admirable, s'attachent à lui par des voiles qu'il faudrait déchirer, des nœuds qu'il faut dénouer, des rubans qu'il faut enlever. Toute une armure fragile, irritante, nécessaire, est là qui défend le buste admiré. Une poésie de langueur, d'attente, d'insistante caresse correspond à cette vision féminine ; c'est la poésie de Rostand, la poésie de Banville, parfois celle de Verlaine, ce sont les romans de Bourget qui furent vêtus par les mains de Doucet.

« Est-ce cela, dites? vous qui rendez la beauté aux ferventes de Doucet.

« Ce qui est plus osé, c'est l'analyse qu'elle fit des modes de Paquin.

« — Paquin, dit-elle, n'est pas un raffiné comme l'autre, c'est un barbare. Mais quel barbare, et comme il a compris l'instinct furieux de son époque ! Le temps est passé où l'on marivaudait des mois, des années avant d'obtenir de l'amour quelque menu suffrage. Tout est rapide, imprévu, enlevé. A quoi bon mettre en valeur le charme du buste? Le buste disparaît, il n'est plus que le piédestal d'une tête volontaire, exigeante, dominatrice, et c'est à partir de la ceinture que se révèle l'étonnante psychologie du couturier. Il attire l'attention sur les hanches et la croupe dénudant par en bas la statue féminine ; les jupes ne cachent plus rien des jambes longues, flexibles, qui dans le maillot, sous l'étoffe tendue, se révèlent aussi belles que les jambes des nymphes de Jean Goujon. Mais pour rendre pire son audace, qu'a-t-il imaginé? un rien, mais un rien extraordinaire. Il a créé une coupe de robe qui force les jeunes femmes à marcher comme si elles portaient encore entre les chevilles les chaînettes des vierges carthaginoises. Ainsi l'art de ce couturier est un appel audacieux au désir, rapide. Les héroïnes des romans de Paul Adam, de Rosny, celles des pièces de Hervieu, de Bataille, de Donnay pourraient être logiquement vêtues par Paquin.

« Voilà qui est osé ! Madame de Maintenon, parlant à ses filles des soins et de la parure, ne s'envolait pas jusqu'à cette cime, que madame Feuillet-Du Crône atteint d'un coup d'aile. Mais quand on a vu marcher, tourner, saluer sur le film, les mannequins des grands couturiers, on ne peut qu'applaudir aux ingénieuses réflexions de cette femme.

« Vous n'imaginez pas quel succès elle s'est taillé au milieu de ces robes et de ces pompons. Si j'étais une épouse, je lui offrirais une couronne, mais si j'étais une mère de famille, je me lèverais et j'emmènerais ma fille !

« Si Odette Luceram insiste encore pour me revoir, si elle vous demande des explications sur cette retraite que je veux inviolable, dites-lui bien, cousine, que je lui garde toute ma tendresse, mais que ma présence ne lui étant plus nécessaire, je veux être murée dans ce vivant devoir, comme un chartreux dans sa cellule étroite. Elle ne soupçonnera jamais que ma présence auprès d'elle a pu être un danger.

« Venez bientôt. Il y a ici une charmante petite Polonaise avec qui je m'entretiens de vous. Toute sa famille est à Varsovie, et là-bas il n'est bruit que de votre générosité ! Quelle vous porte bonheur, Thaïda ! Même quand on nie la possibilité du bonheur, le désir qu'on en a, fait glisser des lèvres le mot que l'on cache dans son cœur.

« GAUDE. »

VIII

Fraulein, au piano, recommençait pour la cinquième fois la valse de la *Veuve Joyeuse*, les couples des Roses et des Jasmins évoluaient dans le hall, pâmées les unes aux bras des autres.

Madame Feuillet-Du Crône, ayant la migraine, n'avait point paru de la journée ; les élèves, privées d'un si doux baiser, s'étourdissaient à la danse. Il était neuf heures, mademoiselle Sonnette faisait sa ronde, donnant aux armoires et aux portes un dernier tour de clef.

Gaude l'appela d'un signe et lui dit de façon à n'être pas entendue :

— Etes-vous sûre que Muriel avait la permission d'aller à Juvisy?

— Absolument ! Jacqueminot est venu me demander de l'essence. Il avait des ordres.

— De qui, puisque la directrice ne s'est pas levée d'aujourd'hui?

— Dieu sait pourquoi ! Il me faudra dire un rosaire ce soir à son intention, fit mademoiselle Sonnette, levant les yeux au ciel. Elle dormait, quand la petite est entrée dans sa chambre ; elle lui aura répondu en rêve : « Allez donc ! » Muriel est partie.

— Je ne suis pas tranquille, reprit Gaude. Juvisy est si près de Chennevières, en admettant qu'elle ait vu voler les aéroplanes, elle pourrait être de retour depuis trois heures déjà. Les routes sont-elles bonnes?

— Il neige, fit mademoiselle Sonnette pour toute réponse.

Gaude s'approcha d'une fenêtre. Les flocons tourbillonnaient lentement sur les allées qu'ils couvraient d'une mousse légère ; comme une silhouette japonaise, le parc se détachait en noir sur un fond de velours blanc.

— Elle va prendre la mort par un temps pareil ! Avez-vous averti madame Feuillet-Du Crône de cette absence?

— A quoi bon ! Est-ce que ça la fera rentrer plus vite?

— Mais s'il y a eu un accident?

La vieille fille haussa les épaules, regarda du coin de l'œil mademoiselle Malvos et sortit, en étouffant contre son sein absent, le cliquetis du trousseau de clefs. Quelques minutes après, elle était rentrée et posait sur les genoux de Gaude une photographie.

— Connaissez-vous ça? dit-elle d'une voix étouffée, c'est le *Vertige*, le tableau du Salon qui fit courir tout Paris.

On voyait, sur un canapé, dans un décor de luxe, un homme et une femme en costumes de soirée ; la femme défaillait sous le baiser. En dessous on avait écrit à la main : Quand?

— Qu'est-ce que signifie? murmura Gaude bouleversée. A qui appartient cette photographie ?

— A Muriel ! A Muriel ! Mais ne vous scandalisez pas ; toutes l'ont dans leur armoire... C'est moi qui la leur ai achetée.

— Vous ! Eh bien, vous faites un joli métier !

Gaude jetait l'image sur une table. Méprisable femme, cette dévote qui se flagellait la nuit, et le jour se prêtait à des trafics pareils !

— Oh ! vos paroles ne m'atteignent point, mademoiselle du Collet-Monté ! Si ce sont des offenses, le Seigneur m'en tiendra compte. Si ce sont des louanges, je les dépose au pied de ses autels. Quant à cela, dit-elle montrant l'image, concluez !

— Je ne conclurai rien, mais je verrai madame Feuillet-Du Crône.

— Allez, allez, ma petite ; mais si vous lui dites que c'est moi qui fournis ces diableries, je me vengerai de la belle façon. Il vaut mieux m'avoir pour amie que pour ennemie. Souvenez-vous-en !... Est-ce que vous croyez que c'est avec les quarante-cinq francs par mois, qu'on me donne ici, que je puis faire brûler les cierges qui sauveront mon âme du purgatoire?

Gaude n'entendit pas la suite. Arrivée à l'appartement de madame la directrice, elle frappa. Madame, assise dans son lit, les épaules couvertes d'un paletot de soie transparente, faisait la dînette, et le professeur Du Crône, en pijama de flanelle blanche, préparait devant une table voisine le thé et les sandwichs de foie gras. Le spectacle du jeune ménage était charmant ; il offensa la jeune fille. Cette insouciance, cet oubli des devoirs professionnels devant le plaisir du tête-à-tête, lui parurent une faute impardonnable.

Madame Feuillet-Du Crône, un peu pâlie, les yeux battus, mais toujours souriante, interrogea du regard la nouvelle venue.

— Tout va-t-il bien en bas? On s'amuse, j'entends rire, mes mignonnes ! Voulez-vous leur dire...

Remarquant le visage blême de Gaude :

— Qu'avez-vous, mademoiselle, qu'arrive-t-il? Parlez donc !

— Muriel n'est pas rentrée.

— Ouf ! fit madame la directrice, vous m'avez fait peur. J'ai cru à quelque nouvelle terrible. Eh bien, reprit-elle, après un nouveau sourire à l'adresse de son mari, Muriel rentrera.

— En êtes-vous sûre, madame?

— Comment si j'en suis sûre? Mais je n'ai aucune raison d'en douter; n'est-ce pas, Ami?

Ami se tourna vers Gaude.

— Vous êtes inquiète, mademoiselle, pourquoi?

— Mais monsieur, fit-elle, Muriel est partie

à deux heures pour Juvisy. Il est neuf heures et demie, il est inadmissible qu'il ne lui soit rien arrivé. Tout est à craindre !

— Vous avez raison, mademoiselle.

Le professeur Du Crône s'approcha du lit :

— Avec qui est sortie mademoiselle Muriel?

— Avec Jacqueminot, Ami.

— Je n'aime pas cet individu-là, je te l'ai dit. Il est douteux.

— Oh ! mon cher, il sort de chez la princesse de Prefasse ! Et puis, il est si beau.

— Trop beau justement. Qui sait si cette gamine...

Il n'acheva pas sa pensée. Gaude et madame Feuillet-Du Crône avaient compris.

—Mon cher, si j'avais engagé un gros poussah ou quelque vieux barbon, pas une de mes filles n'aurait appris à conduire, et c'était dix mille francs de moins dans le budget de l'année.

— Il ne s'agit pas de passer à la caisse en ce moment, fit-il d'une voix tranchante; il s'agit de notre responsabilité. Où est cette jeune fille ? il faut la chercher, la retrouver.

— C'est cela, c'est cela, monsieur ! fit Gaude qui trouvait que, dans cette circonstance, M. Du Crône se montrait la vraie directrice de l'institution.

— Ah ! ma tête, ma tête ! gémit Petite Mère, perdant contenance.

— Prenez un cachet, votre migraine s'en ira ! dit-il agacé.

— Tout cela pour un pneu crevé !

— Un pneu crevé ! fit M. Du Crône, les deux mains enfoncées dans les poches de son pijama, ça ne vous trouble pas que votre élève favorite ait son pneu crevé?

— Oh ! oh ! gémit l'épouse.

Elle semblait s'éveiller d'un songe et prendre conscience de la gravité de la situation. Le sourire disparut, il ne resta plus que le grand air de la directrice.

— C'est bien, mademoiselle, je vais prendre les mesures nécessaires. Qu'est-ce que ceci? fit-elle recevant la photographie des mains de Gaude.

Elle regarda :

— Un détail, passons !

L'image glissa sous son oreiller. Gaude, indignée, revint auprès des jeunes filles.

La soirée avançait. Soudain, madame Feuillet-Du Crône, enveloppée dans un déshabillé de surah mauve, entra dans le hall où les Roses depuis une heure écoutaient les belles histoires de la Bachelière.

— Il faut aller vous coucher, mes chéries ! dit-elle de sa voix caressante.

— Madame, nous attendons Muriel, répondit Gaude.

— C'est fort bien, approuva madame Feuillet-Du Crône, dont le visage n'exprimait aucune inquiétude. Elle va rentrer d'un moment à l'autre. Tiens, on sonne.

Les enfants s'élancèrent vers le perron, mais elles ne virent que Prosper qui montait. Malgré l'heure tardive, le portier était en grande tenue. Il salua et posa une dépêche sur un plateau. Madame l'ouvrit et lut.

— C'est de Muriel ! Oui, mes enfants ! Dieu soit loué, il ne lui est rien arrivé ; elle reste à Juvisy avec sa tante et le colonel Vinterbook qui l'ont rencontrée. Embrassons-nous. Dieu soit loué ! Terrible petite, quel souci elle m'aurait causé !

Une impression heureuse succédait à l'anxiété. Les Roses riaient, sautaient, on avait oublié Muriel. Ellen ne pouvait se décider à quitter Petite Mère. Trois fois elle courut après elle, se jeta dans ses bras, l'étreignant avec une fureur farouche, comme si elle lui disait adieu.

Dans l'escalier du dortoir, mademoiselle Sonnette les compta au passage pour s'assurer, semblait-il, qu'il ne manquait pas d'autre brebis au troupeau. Puis, attrapant Gaude par sa jupe :

— Un truc, la dépêche ! on ne sait rien, chuchota la vieille. C'est Madame qui l'a écrite et c'est moi qui l'ai remise au portier. Le tour est joué !

— Qui dupe-t-on ici? murmura Gaude révoltée.

— Vous, moi, elles, fit l'autre, montrant les gamines qui se déshabillaient. Une pension ça, mais c'est une auberge, payez l'écot et faites ce que vous voudrez ! Si on changeait l'enseigne, on pourrait mettre à la place : *Joséphine vendue par ses sœurs*. Qui sait ce que cache cette équipée.

— A-t-on envoyé à sa recherche? A-t-on téléphoné? prévenu le commissaire?

— Y pensez-vous? et le scandale ! Ne vous faites pas de bile, sainte innocente ; Muriel n'est pas loin, voilà son porte-monnaie.

Mademoiselle Sonnette tira de son corsage la bourse d'or de la jeune fille.

Les Roses étaient couchées dans leurs petits lits blancs semblables à des calices de fleurs. On entendait dans le dortoir le bruit de leur sommeil égal et paisible.

Gaude ne pouvait se décider à se coucher. Il lui semblait entendre des cris dans la nuit.

Où était Muriel à cette heure, sous cette neige? Quel danger courait-elle, avec Jacqueminot, ce chauffeur trop élégant? Aurait-il eu l'audace de lever les yeux sur cette fille de milliardaire? Ou bien était-ce Muriel qui l'avait enlevé?

Là-bas à Boston, Muriel avait un père, une mère qui croyaient leur fille en sécurité auprès de madame Feuillet-Du Crône. Que diraient-ils quand ils apprendraient cette fugue? Est-ce que la directrice du Chrest garderait cette élève? Pousserait-elle l'indulgence jusqu'à pardonner un manquement pareil à la discipline et à l'honneur? Excuserait-elle ce pas d'amourette, fait avec un beau garçon !...

Gaude se promenait de long en large, regardant les petits lits où les enfants reposaient sous sa garde. Qu'à cette heure nocturne, elle introduisît dans le dortoir un larron d'honneur, serait-elle plus coupable que cette femme dont l'esprit voluptueux semait d'images corruptrices les souvenirs et les rêves de ces enfants?

— « Le *Vertige*, un détail ! »

L'impitoyable Sonnette avait raison : la fuite de Muriel c'était le commentaire de ce tableau-là.

En passant auprès de l'une des couchettes, qu'éclairait, de loin, une tremblotante veilleuse, Gaude crut entendre des sanglots étouffés. Elle s'approcha, se pencha : le visage d'Ellen était baigné de larmes.

— Qu'avez-vous, ma petite Ellen, vous souffrez? demanda la jeune fille.

— Non !

— Mais si ! Voulez-vous quelque chose, un peu de menthe?

— Non, non, je vous en prie ! laissez-moi pleurer, ça me fait du bien !

— Quel chagrin avez-vous?

Ellen ne répondit pas.

— Voyons, Ellen, si vous avez une peine, partageons-la, vous souffrirez moins quand vous me l'aurez confiée.

La jeune fille secoua la tête.

— Pourquoi? Qu'avez-vous fait? Ce n'est donc pas bien? Vous m'entendez, Ellen, est-ce votre conscience qui vous reproche quelque chose?

— Je ne sais pas, je ne sais pas ! C'est de vous voir ainsi tourmentée que je pleure. Je ne veux pas que vous souffriez pour elle, je vais tout vous dire. Mademoiselle, Mademoiselle, je sais où est Muriel !

— Et pourquoi le cachiez-vous?

La tête d'Ellen retomba sur l'oreiller.

— C'est donc bien mal?

— Si c'est mal, tant pis ! Elle n'est pas à Juvisy, elle est à l'entrée de la forêt de Sénart, dans l'auto, avec Jacqueminot, elle y passera la nuit tout entière.

— Comment le savez-vous?

— C'est un pari, un pari que j'ai fait avec elle, et j'ai perdu, puisqu'elle ne revient pas.

Les sanglots redoublèrent.

— Venez avec moi chez madame Feuillet-Du Crône.

— Non ! non ! dit Ellen, se fourrant sous ses couvertures, je ne veux plus la voir.

— Vous oubliez que Muriel est en danger, qu'il faut de suite aller la chercher. Ellen, levez-vous !

Elles parlaient à voix basse. L'enfant, après s'être débattue, se laissait faire. Sur sa chemise de nuit elle jetait son peignoir, enfilait ses bas, ses mules. Cinq minutes après, Gaude et Ellen se trouvaient à la porte de la directrice.

Il fallut parlementer. La jeune fille se tordait les mains d'angoisse, elle eût voulu donner des ordres, partir sur les indications d'Ellen.

Enfin on ouvrit. Madame avait un visage contracté de fureur et d'angoisse ; le professeur Du Crône griffonnait des dépêches.

— Ellen sait où est Muriel, courons la chercher, dit Gaude rapidement.

Madame Feuillet-Du Crône les regardait l'une et l'autre.

— Où est-elle?

Sa voix blanche rauque, trahissait l'affolement de cette nuit d'attente.

La petite Polonaise, tête basse, murmura :

Madame Feuillet-Du Crône interroge Ellen.

— Elle est à l'entrée de la forêt de Sénart, sur la route...

— Seule?

— Non, avec Jacqueminot.

— Que fait-elle là?

— Elle tient son pari. Je l'ai défiée hier de passer une nuit dehors, loin de tout secours. Elle a accepté.

— L'enjeu... de l'argent?

— Oh ! non, fit Ellen, le regard indigné.

— Alors, quoi?

— Eh qu'importe ! fit le professeur qui avait jeté un pardessus sur ses épaules, pris son chapeau, sa canne, son revolver ? Ce n'est pas l'heure de discuter pareille gaminerie. A l'autre à présent.

Quelques minutes après, la seconde auto sortait du Chrest et filait dans la nuit.

— Me répondrez-vous, maintenant que nous sommes seules, Ellen?

Petite Mère, le front barré, l'œil dur, regardait l'enfant. Celle-ci baissa les yeux et cherchant un refuge auprès de Gaude :

— Je m'arracherais la langue, plutôt que de vous le dire !

IX

Le silence se fit autour de l'aventure de Muriel. Personne ne sut ce qu'avait fait la petite Américaine, et ce que signifiait sa mine, à la fois contrite et triomphante.

Jacqueminot fut congédié, bien que Mme Feuillet-Du Crône eût affirmé, incidemment, que ce tête-à-tête nocturne n'avait causé aucun dommage, le chauffeur n'avait pas abusé de la situation. Le professeur Du Crône les avait trouvés bel et bien endormis, lui sur le siège, elle dans l'intérieur de la limousine.

Pendant quelques jours, Petite Mère avait boudé sa favorite et tenu rigueur à Ellen d'un pari, dont elle ne devinait pas l'enjeu.

L'approche du Christmas et l'abondance des cadeaux effacèrent de son esprit les mauvais souvenirs de cette équipée.

Muriel, pour sa part, offrit un bronze de prix : *la Flore* de Carpeaux, qui fut placée au centre du salon. Mille petits baisers la remercièrent ; mille paroles flatteuses achevèrent la réconciliation dans l'éclat de la fête de Noël.

Ce soir-là, M. Cormignon, récemment élu à l'Académie française, présida le dîner. Miss Isadora Duncan, avec sa jeune troupe de danseuses, évoqua les grâces des nymphes de l'Attique. Jacques Thibaut se fit entendre dans la *Sonate à Kreutzer*, et par une attention délicate, ce fut la grande scène de l'*Amour veille* que vinrent jouer les acteurs de la Comédie-Française.

Le Chrest, par cette soirée de Noël, ressemblait, sous la neige, à quelque château de féerie. Des ampoules électriques dessinaient dans la nuit glacée la silhouette des tours, avec leur chapeau pointu, le pavillon du centre avec ses vieilles fenêtres à meneaux. Des sapins illuminés remplaçaient, dans les vases, les frondaisons de l'automne ; sur les marches de l'escalier de marbre, un tapis épargnait aux petits pieds des jeunes filles le froid de la nuit. Les autos, les landaus se succédaient, amenant de Paris parents, amis des Jasmins et des Roses. Les invitations avaient été lancées dans la colonie étrangère, le milieu des ambassades, le monde de la finance et les salons académiques, par l'illustre Cormignon lui-même.

Il ne s'agissait plus d'une fête de pensionnat, mais d'une soirée offerte par une institution unique, que dirigeait une femme du monde, remarquablement intelligente, et qui adaptait sa méthode aux exigences d'une époque très libérale et très indépendante.

Par son entrain, sa politesse exquise, Mme Feuillet-Du Crône sut se faire pardonner sa beauté, et tous les mérites que ses admirateurs lui attribuaient. On pouvait envier son mari d'avoir une si belle et si honnête épouse. On ne se féliciterait jamais assez d'être au nombre de ses élèves.

Ce cortège des Roses et des Jasmins donnait à la reine du Chrest une séduction toute poétique. Les fillettes en robes blanches ; leurs cheveux sur le dos, le cou, les bras nus, papillonnaient autour de Petite Mère, se répandaient parmi les invités, jouant, flirtant avec un abandon qui les rendait plus charmantes encore. Mais entre toutes, deux jeunes filles rivalisaient d'élégance et de grâce. Ellen, blanche, mince, le visage allongé, le teint transparent, la bouche fine, tracée d'un trait de pur carmin, les yeux luisants comme une pierre précieuse entre les longs cils noirs retroussés. Elle portait ses cheveux blonds tordus comme un bandeau d'or souple autour de sa fine tête aristocratique.

Muriel, brune de peau, comme une princesse de légende orientale, ses boucles sombres répandues sur ses épaules, sa bouche humide, ouverte, montrant les dents d'une fraîcheur d'amande, des yeux languissants qui s'embrasaient tout à coup du plaisir d'être belle et de se voir admirée.

Le comte de Montalbano, attaché à l'ambassade d'Italie, cousin de Rosita et l'un des plus charmants cavaliers de Paris, hésita entre ces deux jeunes filles. Le regard de Muriel l'emporta ; il ouvrit le bal avec la jeune Américaine.

Ellen, boudeuse, refusa de danser et vint s'asseoir sur un carreau de tapisserie aux pieds de Mme Feuillet-Du Crône. Son regard ne quittait plus le couple qui valsait, et quand Montalbano, s'inclinant devant elle, la pria de lui accorder la prochaine valse, d'un air dédaigneux elle déclina l'invitation, déclarant qu'elle ne savait danser que les danses polonaises.

— Je vous prends au mot, Ellen, fit Petite Mère, se penchant vers la jeune fille assise à ses pieds, vous danserez le pas du châle.

— A vous, je ne dirai jamais non.

La jeune fille d'un bond se leva et courut chercher une écharpe. Un cercle aussitôt se fit autour de la petite Polonaise, qui, au son d'une musique passionnée, glissait, se posait, repartait, provoquant un être invisible, l'attirant vers elle, et s'enfermant aussitôt, drapée dans son châle, par un mouvement d'adorable pudeur. La danse changeait son rythme véhément, ce n'était plus la langueur de l'amour qui guette, caresse et tombe comme une proie ; c'était une flamme rampant sur le sol, s'envolant sur les spectateurs étonnés de cette danse chimérique, où le châle, comme une torche brûlante, enveloppait la danseuse jusqu'aux pieds.

Des bravos éclatèrent, acclamant cette danse ravissante et la grâce d'Ellen, qui tremblante d'émoi et de confusion d'avoir osé danser seule au milieu du salon, s'enfuyait, les yeux ivres, le cœur battant au milieu des Roses et des Jasmins.

— Petite Mère ! suis-je la plus belle? soupira la jeune fille.

— Coquette !

La fête dura toute la nuit ; un souper magnifique fut servi par petites tables ; les ampoules électriques, noyées dans les touffes de gui, jetaient sur cette fête des lueurs tamisées. Les Jasmins passaient et repassaient sous la plante magique, offrant leurs joues aux baisers du cavalier suivant l'usage anglais, de cette nuit de Noël ; les Roses faisaient un peu plus de façons, mais les rires, les poursuites, la folle gaieté disaient assez qui, dans cette lutte galante, l'avait emporté.

X

Le printemps jaillissait de toutes parts dans le parc. Les bourgeons gommeux luisaient au bout des marronniers comme de petites flammes rousses perdues dans les cimes. Un frottis de pastel adoucissait les rudesses du paysage largement crayonné par l'hiver.

Entre les fûts des arbres flottait une brume d'un vert léger qui s'enroulait aux branches, et jetait sur les bois le vert des torrents et les verts des prairies. Parfois les feuilles mortes des chênes mettaient auprès des feuillages persistants la douce patine des vieux ors, des bronzes noircis. Dans les pelouses, le gazon pointait ; dans les massifs, les lilas mettaient au milieu des feuilles ces teintes violacées qui se nuancent sous la gorge des tourterelles. Un parfum violent de jacinthes, de lilas se mêlait à l'odeur de la terre fraîchement remuée et de la sève montante.

Par la trouée de lumière, la Marne scintillait, étroite comme une murène qui se faufile dans les creux du roc. Des bachots glissaient sous l'élan des rameurs ; les cottages s'animaient sur le flanc des coteaux ; les fumées montaient toutes droites, et le ciel argenté se déchirait parfois comme une toile trop vieille qui protège les splendeurs d'un nouveau firmament.

Au bourdonnement quotidien de ses prières, Mlle Sonnette mêlait les gémissements que lui arrachait la discipline impitoyable. A travers la cloison de sa chambrette, Gaude l'entendait distinctement s'interpeller elle-même.

— Ah ! vous avez péché contre l'humilité, viles épaules. Pan !... Ah ! vous avez médit de votre prochain. Pan, pan !... Ah ! vous avez convoité le bien d'autrui. Pan et pan !

Les lanières claquaient avec un bruit sec, et la pénitente poussait des gloussements à fendre l'âme.

— Épargnez-moi ! finit par crier Gaude à bout de patience.

De l'autre côté une voix rude répondit :

La danse d'Ellen.

— C'est pour vous aussi que je me mortifie. Malheur ! Malheur ! à qui oublie la sainte pénitence !

— Elle est folle ! songeait Gaude. Qu'a-t-on besoin de cette bigote ici?

Mlle Sonnette, le jour, faisait bombance avec Babeth, la vieille lingère, épouse de Prosper le portier. Elle la faisait boire, puis parler. La bouche édentée savait se taire quand il le fallait, mais l'œil d'argus interrogeait toujours ; la mère Kyrie devait tenir en sa main tous les secrets du logis.

La discrétion de Gaude l'irritait. Elle lui en voulait d'ignorer les détails de sa vie. Maintes fois elle était entrée à l'improviste dans la chambre de Mademoiselle afin de la surprendre à sa toilette, à son travail. Qu'avait-elle donc de si précieux à cacher dans cette malle verrouillée? Quel secret de famille dormait là? quels étaient ces grimoires qui mangeaient tout son temps.

Un jour, Gaude aperçut des traces visibles de fracture ; on avait essayé de faire sauter le couvercle de sa malle. Elle emporta la clef de sa porte ; peine perdue, Mlle Sonnette fouilla les livres, les papiers, les lettres dans les tiroirs de la salle d'étude.

Un après-midi de la fin d'avril, alors que le Chrest était encore en vacances, le portier vint avertir Mlle Malvos qu'une dame l'attendait au jardin.

Gaude pensa tout de suite que Thaïda venait la voir. En hâte elle rentra ses papiers éparpillés sur la table de travail, jeta un regard au manuscrit qui allait être terminé, ferma la vieille malle au poil de chèvre et descendit.

Ce n'était pas Thaïda qui l'attendait dans le hall silencieux, mais une femme affaissée, vieillie, et que sous l'épaisseur de la voilette, dans la masse sombre des vêtements, tout d'abord elle ne reconnut pas.

— Mon amie !

— Odette ! vous ici ! Qui vous a dit?

Les deux femmes se regardaient troublées, incertaines, mais Mme Luceram attira la jeune fille contre elle et l'embrassa doucement.

— Est-ce possible, songeait Gaude, voir au Chrest Odette Luceram? Que vient-elle me demander? Qu'y a-t-il eu entre eux?

— Vous êtes surprise ! Vous ne vous attendiez plus à me trouver sur votre chemin, sur ce chemin qui s'écartait du nôtre !... Vous avez cru que vous étiez oubliée.

— Certes ! dit Gaude franchement, n'ai-je pas fait tout ce que j'ai pu pour être oubliée? Je n'ai pas répondu à vos lettres. Thaïda vous a-t-elle dit pourquoi j'avais choisi ce refuge. Mon travail exigeait...

Odette secoua la tête et serra plus fort dans ses mains brûlantes la main de son amie.

— Ne disons pas des mots inutiles. Gaude, répondez-moi ; vous êtes partie à cause de mon mari?

La jeune fille eut un geste évasif et rougit violemment.

— Qui a pu vous faire croire?...

— Je n'ignore plus rien, murmura Odette à voix basse. Je suis venue vous remercier de toute mon âme, Gaude, d'avoir été si généreusement mon amie. En fuyant, en vous cachant, vous avez cru me défendre.

— Soit, dit Gaude, chassant le trouble que lui causaient ces paroles inattendues. Quelle qu'ait été la cause de mon départ et la raison de ma conduite, ce qui est passé est passé. Odette, je vous retrouve, je vous vois avec joie, dites-moi tout de suite que vous êtes heureuse?

Odette secoua la tête, ses paupières se fermèrent brusquement. Alors Gaude la détailla plus attentivement. Le corps n'avait plus la souplesse animale d'autrefois, les muscles semblaient détendus par une longue fatigue ; sous la voilette retroussée, les paupières closes étaient couvertes de bistre, un cerne noirâtre creusait le dessous des yeux ; les joues étaient marbrées par les larmes, et le long de la bouche deux lignes marquaient la première empreinte de la vieillesse. Odette n'était plus que l'ombre de cette jeune femme qui s'avançait sur la grève de Royan, fraîche comme une rose France. Une ombre flétrissait son éblouissante jeunesse.

— Si j'étais heureuse, fit-elle au bout d'un moment, étouffant l'émotion qui la serrait à la gorge, serais-je ici?... Allons nous asseoir à l'écart, voulez-vous, j'étouffe, nous avons tant de choses à nous dire cœur à cœur.

— Il faut que je sois au bout de ma vie, Gaude, pour venir vous dire : tout est fini entre lui et moi. Je ne suis plus rien pour lui, vous m'entendez, dit-elle d'une voix expirante, plus rien ; il a cessé de m'aimer. C'est vous qu'il aime.

— Odette, Odette, fit Gaude en tombant à genoux auprès de la malheureuse femme, ne dites pas des mots pareils, ne me les dites pas surtout. Ils me crèvent le cœur... Vous le savez, vous le croyez, j'ai fait tout ce qui dépendait de moi pour défendre votre bonheur... Ah ! si j'avais su, je ne serais pas allée à Royan, j'aurais fui au lieu de répondre à votre appel.

— Ce qui arrive n'est ni votre faute ni la mienne. Il y a des choses plus fortes que notre volonté, l'amour est de celles-là, répondit Odette.

— Non, rien n'a prise sur une volonté résolue. On se guérit de tout.

— Pas d'aimer !... Ah ! écoutez-moi, mon amie, tandis que je puis parler. Il m'en coûte tellement de déchirer ma blessure. Longtemps j'ai cherché ; je me disais : que signifie ce départ brutal? Le mystère dont elle s'enveloppe? Que lui a-t-on fait ici? Du bien, toujours du bien? Pourquoi est-elle ingrate?...

— Ingrate ! moi ! interrompit Gaude.

— J'ai cru pis encore ! Pardonnez à ma peine, Gaude. Je me rappelais notre intimité, ma confiance. Votre silence absolu m'offensait. Que me cache-t-elle? Et toujours cette question revenait, comme une idée fixe : Pourquoi a-t-elle fui? Je m'ouvrais à Gilbert ; il semblait ne pas attacher d'importance à votre départ ; et puis j'étais si heureuse de le voir auprès de moi que je n'observais ni le changement de son visage, ni sa conduite, ni sa santé. Il a toujours été si fougueux et si capricieux dans ses amitiés. J'ai cru naïvement qu'il s'était lassé de votre présence entre nous, et que votre absence lui était indifférente. Mais un jour, je m'en souviens, c'était le lendemain de notre retour à Paris, sa fureur éclata. Il eut une colère terrible, me reprocha de vous avoir laissé partir, de ne même pas chercher ce que vous étiez devenue ; il déclara que j'étais une mauvaise amie, et que j'étais incapable de soutenir celle qui n'avait que nous pour l'aimer et la protéger dans la vie.

Gaude, les yeux rivés sur le visage d'Odette,

ne cachait point le trouble que lui causait cet acharnement passionné.

— Une autre à ma place se serait révoltée, c'était si injuste, Gaude ! N'avais-je pas fait pour vous tout ce qu'une amie, une sœur peut faire pour une autre sœur ?

— Vous avez été bonne autant qu'on le peut être.

— J'ai voulu l'être davantage. A ses reproches, j'ai dit : « Tu as raison, Gilbert, cherchons-la ensemble. » Votre cousine se refusa à me donner le moindre renseignement ; elle alla même jusqu'à me dire ceci : « Il est nécessaire, pour la tranquillité de Gaude, que vous ne la retrouviez jamais. »

« Ce mot, dans sa bouche, fut comme un éclair qui déchira la nuit de mon esprit. Je me rappelai tous les détails de votre séjour à Royan, vos paroles répétées le soir par Gilbert. Je me souvins du changement extraordinaire que votre présence apporta dans sa vie. Votre pouvoir d'apaisement, sa soumission à votre pensée, presque à vos ordres ! Elle l'aime, elle l'aime, et il le sait, pensai-je.

— Mais je ne l'aime pas, cria Gaude.

— Je vous crois, je veux vous croire ! Mais alors c'était une certitude pour moi que cet amour ; elle brûla tout en moi, tout ce que vous avez connu de tendre, de bon, de confiant disparut. Je me suis dit : Gaude agit comme une coquette ; elle fuit pour qu'il la cherche ; elle se fait désirer ; elle va le faire souffrir, l'affoler et demain, elle écrira : « Je suis ici, Venez ! » Elle veut me le prendre.

— Vous avez pensé cela ! répétait la jeune fille debout devant son amie, dont les gestes désordonnés, les mots qui s'arrachaient comme des cris, disaient le vivant désespoir.

— Vous n'avez pas écrit ! vous n'êtes pas venue ! Alors j'ai compris mon égarement. Vous ne l'aimiez point, c'était lui... qui... Aurai-je la force de vous dire mon martyre ? Votre nom, je ne le prononçais plus. Quand Gilbert parfois faisait allusion à son livre, à votre travail auprès de nous, je me refusais à répondre. J'aurais voulu arracher de sa vie tout ce que vous y aviez mis. Je me disais : Que faire pour qu'il l'oublie ? Il y a à Paris des femmes plus belles que Gaude, des femmes qu'on achète, des femmes qui se donnent ! Qu'il choisisse, qu'il s'amuse, qu'il chasse au milieu des plaisirs le souvenir de l'autre. De celles-là, je vous le jure, malgré mon amour sauvage, je n'aurais pas été jalouse, parce qu'il me serait revenu... Je le poussais à sortir ; j'invitais mes amies d'autrefois, je donnais des fêtes tout l'hiver ; peine perdue. Il s'ennuyait de tout, s'enfermait dans son cabinet des journées entières, se refusant à sortir, ne voulant pas me voir, criant qu'il voulait être seul. J'ai passé des nuits agenouillée devant sa porte, l'oreille tendue, étouffant ma rage et ma douleur. Ah ! que j'ai souffert. Seul à seul, il vous parlait, vous appelait, vous maudissait. Et moi, j'entendais tout. Gaude, comme je devrais vous haïr... Si j'avais moins souffert, je vous aurais tuée.

Gaude, les mains jointes, les lèvres sèches, les yeux fixes, écoutait ces paroles qui s'enfonçaient en elle et lui causaient une peine atroce. Odette parlait à mi-voix, comme un être qui vit en songe ; sa voix n'avait plus de timbre, les mots se brisaient dans sa gorge.

— Je suis allée jusqu'à l'extrême limite de la souffrance. Maintenant je suis une autre femme. Je comprends qu'envers Gilbert qui m'a donné, pendant cinq années, un bonheur absolu, j'ai contracté une sorte de dette d'amour que je veux payer sans tarder. Nous ne pouvons plus vivre comme nous vivons en ce moment, il s'enterre dans le chagrin. Je ne puis pas, non cela dépasse mes forces, aller lui dire : « Qu'as-tu ? parle, que veux-tu de moi ? » Cela est impossible, et puis il ne me répondrait pas. Il va mourir, je le sens, ou bien c'est la folie qui le guette. Vous connaissez son esprit morbide ; toutes les tristesses se coagulent en lui, sa pensée s'énerve, s'atrophie ; lui si intelligent, lui si brillant, va-t-il périr comme un prisonnier, alors que je puis, que je dois lui rendre sa liberté.

— Que dites-vous ? Vous voulez rompre votre mariage !

— Je veux mourir ! Il faut que je disparaisse !... Est-ce que j'existe encore puisqu'il ne m'aime plus !

— Mourir ! répétait Gaude épouvantée, quelle parole épouvantable ! Odette...

— Ce que je ferai, murmura Mme Luceram d'une voix très douce, c'est ce qu'il faut faire, quand on aime un être comme j'ai aimé Gilbert... Est-ce que je compte, moi ? Est-ce que je puis lutter contre le mal qui le torture, avec ces bras décharnés, ce visage abîmé. Si j'étais belle encore, j'attendrais, mais mon heure est passée. Gaude, Gaude, comprenez-vous maintenant que je vous dis adieu !

— Que ne peut-il vous entendre. Il vous demanderait pardon à genoux de vous faire tant souffrir. Ce sacrifice est monstrueux. On ne s'immole pas ! Non, ne renoncez ni à la vie, ni à Gilbert. Luttez, Odette, il le faut. Quelle femme oserait marcher sur vous, sur votre ombre, pour arriver jusqu'à lui ?

— Je ne le juge pas ! Je lui ouvre sa prison.

— En la barrant d'un cadavre... Quoi, est-ce donc le premier homme qui aime sans espoir de retour ? Vous appelez amour ce qui n'est qu'un caprice, une idée folle ; c'est un emballé, vous savez qu'il s'exalte très vite, ce tourment disparaîtra de lui-même. Partez. Emmenez-le, voyagez !

— Voyager ! Regardez-moi, je suis brisée, je tomberais sur la première pierre du chemin ! Ah ! si vous disiez vrai, si cette passion n'était qu'un trouble qui passera, si je pouvais espérer encore..

— Espérez, espérez, Odette. Votre amour sera le plus fort. Je suis avec vous, il faut lutter.

Retournez auprès de votre mari, pardonnez-lui le mal qu'il vous a fait.

— Je n'ai rien à lui pardonner. Aujourd'hui comme hier, il est le maître, je suis sa chose.

— Oh ! l'admirable cœur !... Essuyez vos larmes ; les mauvais jours passeront ; regardez-moi, Odette, lisez dans ma conscience, que je ne suis pas votre rivale et partez tranquille...

Mais Odette épuisée n'entendait plus, son douloureux visage était devenu d'une pâleur de mort ; elle défaillit dans les bras de Gaude et glissa évanouie au pied de la statue de Psyché.

XI

Sans hésiter, la jeune fille prit place dans l'auto qui emmenait Odette Luceram. L'évanouissement de la jeune femme avait été suivi d'une violente crise de larmes, puis d'une prostration complète qui avait duré longtemps. Odette ne reprit conscience de ce qui l'entourait qu'une fois chez elle, étendue sur sa chaise longue. Reconnaissant son amie, elle lui fit signe doucement de s'approcher, l'embrassa.

— Maintenant, je vous laisse. Il se fait tard, je dois rentrer au Chrest.

— Sans le voir? murmura des lèvres madame Luceram.

Gaude secoua la tête.

— Pourtant si je vous demandais de lui parler?... Il saura que vous êtes venue... Il croira que vous avez eu peur de le rencontrer...

Gaude pénétra la pensée secrète de la jeune femme, et bien qu'il lui fût pénible de revoir Gilbert, pour rassurer pleinement son amie, elle résolut aussitôt d'affronter cette rencontre.

— Priez-le de venir?

— Non, allez... vous... là, il est là, murmura-t-elle, montrant la porte du *studio*... Je n'ai pas la force d'entendre... J'ai confiance...

Sa voix n'était qu'un souffle ; Gaude la vit si faible qu'une pitié immense lui vint devant la torture que s'infligeait à cette minute même cet être si loyal, qui voulait lui donner une fois de plus une preuve de sa générosité.

Doucement elle poussa la porte voisine. Gilbert Luceram, assis à sa table de travail, les yeux perdus dans sa lecture, ne bougea pas.

Comme s'il avait perçu enfin une présence étrangère auprès de lui, Luceram, sans tourner la tête, demanda d'une voix morne :

— Qui est là?

Au lieu de lui répondre, la jeune fille descendit les marches, avança vers la lumière. Le soir tombant l'éclairait à demi, mais baignait comme des fragments de marbre les longues mains blanches qui voilaient le visage de Gilbert.

Au bruit des pas, il releva la tête, regarda.

— Bonsoir ! dit-elle, comme autrefois.

Luceram s'était levé, n'osant saisir la main que la jeune fille lui tendait.

Troublé, il s'élança vers elle :

— Vous ! Enfin vous !... mais que venez-vous faire?

Cette voix sourde, ce regard qui la saisissait tout entière la laissaient interdite.

— Ne répondez pas, reprenait Gilbert, que me diriez-vous?... Vous voir c'est assez. C'est vous ! c'est vous ! Gaude, regardez-moi. Ah ! la clarté d'autrefois.

Il avait pris la main de la jeune fille et la pressait sur ses lèvres, passionnément.

— Je vous ramène Odette, j'ai cru qu'elle allait mourir entre mes bras, murmura Gaude, retirant sa main de la main qui l'emprisonnait.

Les traits de Gilbert se durcirent. L'expression passionnée, splendide, fit place à un masque sévère.

— Ah ! fit-il, ce n'est pas pour moi que vous êtes venue?

— Lui, toujours lui, songea-t-elle avec tristesse.

Elle dit avec douceur :

— L'amitié m'a ouvert cette porte que je ne voulais pas franchir.

— L'amitié ! Encore ce mot que vous dressez entre vous et moi, comme si, à présent, il y avait place ici pour l'amitié.

Il haussa les épaules et recula jusqu'à l'angle d'une des fenêtres, d'où l'on voyait la façade du Louvre se couvrir d'or sous les rayons du couchant.

— Vous êtes malheureux, Gilbert, et je souffre d'être la cause du mal qui vous frappe. Mais auprès de vous il y a quelqu'un qui souffre plus encore et si injustement.

— Je le sais, fit-il d'une voix sèche. Mais je ne puis rien y faire. Le mal qui me touche doit l'atteindre, c'est le partage.

— Ah ! si c'était cela seulement ! le partage de la douleur serait encore une joie pour elle. Mais la vérité est si affreuse... Gilbert, écoutez-moi un instant, je m'adresse à ce qu'il y a en vous de plus noble. Si autrefois, en plein bonheur, vous aviez soupçonné votre femme d'aimer sans espoir un autre homme que vous, lui auriez-vous dit : « Sois heureuse, je t'aime assez pour me priver de ce bonheur que je croyais éternel ; sois libre, et afin que tu vives sans remords, je meurs !... » C'est insensé, dites-vous, ce sont là des paroles qu'un cœur est incapable de proférer ! Pas quand c'est un cœur de femme ; Odette voulait se tuer pour vous rendre votre liberté.

— Pauvre petite !

Il baissa la tête, et s'éloigna de la jeune fille.

— Vous la plaignez ! Moi je l'admire. Elle s'immole à vous sans une plainte, sans un cri, sans même se demander si son sacrifice est nécessaire. Elle a cru lire dans votre regard que sa présence était un fardeau. Elle allait vous en délivrer. N'est-ce pas prodigieux que dans ce monde féroce où l'on s'égorge pour des riens, une femme heureuse de vivre renonce à la vie pour celui qu'elle aime. Jugez-la donc cette femme qui est la vôtre. Connaissez-vous un être qui soit digne de dénouer sa chaussure?

Il trancha :

— Je ne l'aime plus !

— Alors tout s'arrête là? Tant va l'amour, tant va le devoir. Quand l'amour passe qu'importent les ruines qu'il laisse! Quoi, un être jeune, charmant, vous offre le seul bien qu'on ne retrouve plus, cette chose sans prix qu'est la vie, et vous, enfoncé dans votre aveuglement, vous ne criez pas : « Halte-là ! Je ne veux pas que tu meures, personne ne prendra ta place, parce que personne ne m'aimera comme tu m'aimes ! » Mais vous devriez tomber à genoux devant Odette, Gilbert.

— C'est à vos pieds que je voudrais mourir!... Je plains Odette, j'aurais voulu lui épargner longtemps la vérité. Oui, à Royan, quand vous avez refoulé l'aveu qui me torturait, par ces mots : « Vous allez la tuer ! », c'est moi que vous avez condamné. Qu'allai-je faire? Un devoir accablant, de jour en jour odieux, me liait à ma femme, et une passion sans borne me poussait vers vous. Vous me repoussiez; je vous ai écrit, résolu à un coup de force, car vous êtes un être si droit, que la ruse et le temps n'ont aucune prise sur vous. Je voulais vous enlever. Seul avec vous, j'aurais chassé l'image qui vous glaçait, j'aurais triomphé de vous-même!

— Non, vous me connaissez mal, Gilbert, je ne suis pas femme à séduire avec des promesses.

— Que faut-il donc pour se faire aimer de vous?

— Le sais-je moi-même? Je n'ai jamais pensé à l'amour. Je vivrai seule.

— Êtes-vous sincère! Vous qui regardez la vie de si haut, ne voyez-vous pas que tous les êtres sont soumis à l'amour, vous n'échapperez pas à votre destin.

— Soit, mais l'amour m'élèvera au lieu de m'assujettir, et si j'aime, mon amour ne sera mêlé ni au sang ni à la boue.

— C'est bien vite dit!

Il se rapprochait de la jeune fille, et son regard, comme un blasphème, s'enfonçait dans les yeux noirs de Gaude.

Elle supporta ce regard terrible :

— Celui que j'aimerai, je ne le connais pas, mais il sera tel qu'auprès de lui ma conscience sera en repos. Sa pensée sera belle, sa vie noble, son action généreuse. Je n'aimerai qu'un être de force, et non un être de défaillance.

— C'est ma condamnation, fit-il d'une voix sourde.

— Entendez-le comme il vous plaira!

— Pourtant si je voulais... Je vous tiens!

— Oh!

D'un geste, Gaude indiqua la chambre où Odette, en larmes, l'attendait.

— De quelle main vous lancez vos flèches, cruelle! Vous partez en m'empoisonnant!

Il s'était laissé tomber sur les fourrures, Gaude ne le distingua bientôt plus de la masse noire qui, dans l'angle du *studio*, faisait une tache dans la pâleur rose du soir.

— Je ne voulais pas vous irriter par de dures paroles, Gilbert. En entrant ici, je me souvenais seulement que j'étais votre amie, et que mon devoir était de tenter de vous guérir, comme j'ai tenté de consoler Odette. Ne me rendez pas odieuse à mes propres yeux et coupable de faire

Gilbert au piano.

le mal quand je ne cherche que le bien. J'ai le droit de parler à votre esprit si je n'ai pas le droit de m'adresser à votre cœur. Écoutez-moi, j'interviens dans votre vie à un moment qui peut être tragique pour vous, pour votre femme. Les êtres passent, les sentiments meurent, mais les pensées et les émotions restent quand l'art leur donne une autre vie. Un soir, je me souviens qu'en partant d'ici, j'ai pleuré au souvenir d'une improvisation, que vous aviez faite au piano.

— Ce soir-là, répondit Gilbert, je pensais à vous, je me confessais à vous. Ne l'avez-vous pas compris?

— J'ai compris seulement qu'au delà de l'existence réelle, il y avait une autre vie plus subtile, plus ardente, où l'imagination libre déchirait l'indifférence des âmes, les exaltait et les poussait vers un bonheur si intense, que la réalité, pour cruelle qu'elle fût, en devenait soudain acceptable. S'élever jusqu'à cette lumière éblouissante, être une âme nue et belle, voilà ce que me suggérait cette harmonie qui jaillissait de vous-même.

Gaude, à voix basse, disait encore :

— Aurions-nous eu Chopin, Beethoven, Wagner, sans la puissance des larmes? A l'œuvre, Gilbert, écoutez le tumulte de votre âme, parlez pour les vivants et vous chasserez la mort qui rôde autour de vous.

Les mains obéissantes du jeune homme éveillèrent le clavier. Des sons lents, tristes montèrent comme une perçante invocation à la douleur. A mesure que l'inspiration emportait Gilbert, Gaude s'éloignait du piano, s'enfonçait dans la cachette des ténèbres, poussait la porte qui conduisait auprès d'Odette.

La jeune femme, étendue, n'avait pas bougé ; ses mains brûlantes saisirent les mains de son amie ; une voix faible murmura quelques mots, mais ils se perdirent dans la clameur qui élevait jusqu'au ciel une plainte d'amour.

XII

A la porte du Chrest, au milieu d'un cercle de soubrettes et de filles de cuisine, Gaude trouva Prosper, les yeux bandés, jouant à colin-maillard. Il ne s'attendait guère au retour de Mademoiselle. Les servantes s'enfuirent. Babeth réveillée en sursaut, laissa choir le petit verre qu'elle tenait à la main. Le portier s'excusa :

— Jeunesse s'amuse !

Gaude passa rapidement. Le malaise qui lui avait étreint le cœur, le jour de son arrivée, la saisissait de nouveau. Il y avait quelque chose d'équivoque dans cette maison. Quel danger sournois rôdait dans ces avenues, ces couloirs?

Arrivée à sa chambre, la jeune fille ne fut pas peu surprise de trouver la porte fermée à clef, et la clef hors de la serrure. Gaude, vers quatre heures, avait pris son chapeau, sa jaquette, ses gants, afin d'accompagner Odette. Elle était certaine de n'avoir pas même donné un tour de clef.

Dans la pièce voisine, la jeune fille entendit un murmure de voix ; prêtant l'oreille, elle reconnut que mademoiselle Sonnette était en prière.

— Vierge fidèle, priez pour nous.

— Trône de la Sagesse, priez pour nous.

Gaude frappa à la porte de la pieuse économe.

Pas de réponse.

Mais la voix nasilla plus fort :

— Rose mystérieuse, priez pour nous.

— Étoile du matin, priez pour nous.

Chaque verset était accompagné d'un claquement de la hère.

Pan ! Pan !

— Salut des infirmes.

Pan ! Pan !

— Priez pour nous !

— Aïe, aïe, mon épaule ! Seigneur, je vous l'offre.

— Mademoiselle? Mademoiselle Sonnette, fit Gaude, grattant à la porte.

De l'autre côté, la voix, en tremblant, récitait :

— Agneau de Dieu qui effacez les péchés du monde !

Pan, pan, pan !

— Aïe, aïe, aïe. Priez pour nous, pauvres pécheurs !

— Ah ! soupira la jeune fille, quels péchés a-t-elle commis pour crier si fort ! Je ne puis pourtant pas passer la nuit devant ma porte.

Sur un appel plus rude, mademoiselle Sonnette entrebâilla son huis ; une femme en chemise courte apparut, les jambes couvertes d'un long poil noir ; les épaules de singe se paraient d'une camisole rose, et la tignasse emmêlée disparaissait sous un bonnet de piqué qui s'enfouissait jusqu'aux oreilles.

— Pourquoi troublez-vous ma prière? dit-elle d'un ton courroucé.

— N'auriez-vous pas ma clef?

— Votre clef ! Me l'avez-vous donnée à garder?

La porte, en claquant, se referma aussitôt. Gaude se trouva seule dans le couloir. Elle descendit appeler un domestique qui forcerait la serrure si la clef restait introuvable.

— On dirait, pensait-elle en se retirant, que le diable a passé par ici. Quelle odeur de roussi !

Dans l'escalier, Gaude rencontra Ellen, qui lui sauta au cou.

— Vous voilà ! vous voilà ! Quel bonheur ! Je croyais que vous resteriez à Paris ce soir. Venez, mademoiselle, nous partagerons ma chambre.

— Mais non, ma petite Ellen. Aidez-moi seulement à découvrir ce que ma clef est devenue.

— Elle est dans ma poche ! fit la jeune fille. Votre chambre est inhabitable. Il y a eu le feu chez vous.

— Le feu chez moi ! et mes papiers, mon livre? s'écria Gaude, devenue d'une pâleur mortelle.

— Rassurez-vous, tout est sauvé. Venez.

Elle entraînait Mademoiselle vers le dortoir des Roses où Mme Feuillet-Du Crône, pour la durée des vacances, lui avait assigné une chambre particulière.

Au milieu de la pièce, Gaude aperçut ses deux malles, l'une, défoncée, noircie, brûlée, gisait là comme un animal éventré. C'était la précieuse malle. Des poils de chèvre il n'y avait plus trace, et les planches de chêne avaient résisté de leur mieux à l'action de la flamme.

A genoux, Gaude fouillait les papiers, les classait, regardait son manuscrit.

— Tout y est ! Que j'ai eu peur ! Quel coup pour moi si le feu avait détruit.

— Je suis heureuse d'être arrivée à temps, fit Ellen. Quelques minutes de plus, c'était fini. Je me doutais qu'elle mijotait un mauvais coup.

— Qui, Elle?

— La mère Kyrie ! Vous n'avez donc pas

compris. Elle a mis le feu à votre malle. Je l'ai trouvée arrosant le bois avec votre eau de Cologne. Nous nous sommes presque battues ; je criais, j'appelais, et la malle brûlait. J'ai arraché vos couvertures, votre matelas, et j'ai jeté tout sur le feu. Je me suis rôti la main, mais c'est du mal qui me fait tant de bien ! Ah ! je suis contente de vous avoir montré que je vous aime !

— Ma petite Ellen, ma chère petite Ellen ! Je n'oublierai jamais le service que vous venez de me rendre. Sans vous, son œuvre était perdue.

De grosses larmes coulaient sur le visage de la jeune fille. Elle frissonna. Tant d'années, tant de travail anéantis par la méchanceté !

— Ah ! vous pouvez le dire, c'est bien la méchanceté qui inspire cette vilaine femme. Si on la croyait, on vous haïrait. Elle dit que vous voulez causer du chagrin à Petite Mère, que vous êtes une païenne, et que vos cachotteries pouvaient faire du tort au Chrest. Je lui ai répondu qu'elle mentait et qu'elle irait rôtir en enfer. Elle s'est sauvée comme si elle avait le diable à ses trousses, je l'ai poursuivie pour la faire « bisquer », je suis arrivée chez vous à temps.

La main de Gaude étreignit celle de la fillette.

— Jamais, vous m'entendez, jamais je n'oublierai ce que vous avez fait pour moi, Ellen.

A genoux devant les planches consumées, les deux jeunes filles sortaient délicatement les papiers, à peine tachés par l'eau et la fumée. La porte, derrière elles, s'ouvrit sans bruit ; une ombre, celle de Mme Kyrie, se dessina sur le mur.

— Oust ! cria Ellen. Votre place n'est pas ici, méchante femme !

— Je suis la servante du Seigneur, répliqua humblement Mlle Sonnette. J'ai cru bien faire.

— Sortez ! cria Gaude hors d'elle, vous êtes une lâche criminelle. Je porterai plainte, je vous ferai chasser d'ici.

La vieille fille tomba accablée sur un siège.

— Quoi, vous feriez ça? Moi dont les intentions étaient si pures ! moi dont le cœur est innocent comme celui de l'enfant qui vient de naître ! Vous m'accableriez ! Non, non, vous ne ferez pas ça, mes petits agneaux du bon Dieu !

Elle avait pris son air le plus contrit et sa bouche, privée de dents, avait une grimace pleurarde. A la voir si laide, Gaude sentit son cœur se soulever de dégoût.

— Vous partirez, répliqua Mlle Malvos, chacun de vos pas laisse ici la trace d'une mauvaise action. Pour la bonne renommée du Chrest...

— C'est ça, pour le bon renom du Chrest, larmoya Mlle Sonnette, il sied que je demeure ici. Qu'est-ce qu'on dirait, mon doux Jésus ! si on apprenait que dans cette honorable maison, le père et la mère de Madame sont domestiques ! Oui-dà ! vous ne saviez pas ça. La vénérable Babeth est la mère de Madame, et le respectable pipelet est son authentique père. C'est comme j'ai l'honneur de vous le dire, affirma-t-elle avec une grande révérence. Ce n'est pas elle qui m'a confié son acte de naissance, mais ses braves parents m'ont tout dit : comment ils l'avaient instruite à la campagne pour en faire une demoiselle. C'est là-bas, dans le Morvan, qu'elle a rencontré le professeur Du Crône, qui n'est rien du tout, le professeur Du Crône, il est le mari de madame, un mari solide, un mari à sa taille, à son appétit !

— Taisez-vous !

Ellen s'était levée, et lançait à la vieille une maîtresse gifle.

— Aïe ! aïe ! au secours ! on me tue ! Manquer ainsi de respect aux vieillards ! vous ne l'emporterez pas au paradis, petite peste ! larmoyait la mère Kyrie, plus furieuse de ne pouvoir baver sur ses maîtres que de recevoir une gifle, que la bienséance lui interdisait de rendre.

Elle disparut, mouillant son mouchoir de salive pour apaiser la brûlure de sa joue.

— C'est à rougir de vivre au milieu de ces gens-là, fit Gaude.

— Ne croyez pas un mot de ce qu'a dit cette mégère. C'est une si vilaine femme, elle exècre Petite Mère, qui la traite rudement. Petite Mère est si bonne, si tendre, si aimante avec les autres. Vous voyez comme elle nous chérit ; il n'y a pas de plus grand bonheur que de passer sa vie auprès d'elle. Quand elle me sourit, quand elle me dit une parole affectueuse, je sens qu'elle m'est plus chère que tout au monde.

— Taisez-vous, Ellen, cette affection est excessive, vous n'aimez pas Mme Feuillet-Du Crône comme vous aimez votre mère.

— Je l'aime plus.

— Allons donc !

— Si, parce qu'elle me comprend, parce qu'elle est indulgente, parce que c'est elle enfin. Maman, oui je l'aime, mais ce n'est pas du tout la même chose. Ce que je sens est indéfinissable ; j'éprouve du bonheur à l'approcher, de la souffrance à l'attendre. Je compte les heures où je ne la verrai pas ! Elle me commanderait de lui apporter la lune, je chercherais le moyen de la contenter. Cette affection ne ressemble à rien, à rien de ce que j'ai éprouvé pour mes parents, pour mes amies, c'est autre chose, comment dirai-je, c'est très doux et très déchirant. Tenez, quand je suis avec vous, je n'ai qu'un désir : vous imiter ; vous êtes la lumière de ma conscience. Mais quand vous n'êtes plus là, ce n'est pas à vous que je pense, c'est à Petite Mère, et alors je souffre de ne pas être avec elle, de ne pouvoir lui rendre, à moi seule, tous les services que mes compagnes lui offrent. Me comprenez-vous?

— Pas du tout ! Je vois une enfant qui s'exalte et qui s'apprête à souffrir beaucoup. Il faudrait devenir raisonnable, Ellen, préparer l'avenir.

— Je ne veux pas penser à l'avenir. Je veux rester ici, toujours, toujours !

— C'est inadmissible !

— Cela sera, si je le veux ! Maman ne me contrarie pas. Elle veut mon bonheur, je suis parfaitement heureuse.

— Vous venez de me dire le contraire !

— J'ai eu tort ! La vérité c'est que le présent seul m'est doux. Je me réjouis tant, fit-elle plus bas, de lui offrir à son tour le plus beau cadeau que je lui aie jamais fait. Vous avez vu les cheveux de Petite Mère, et dire qu'elle n'a seulement pas un peigne de soirée à se mettre ! Est-ce croyable? Je sais qu'elle en désire un, follement. Il est commandé, tout en écaille blonde, avec une grecque en diamants.

— C'est un cadeau hors de prix ; une petite fille n'offre pas de joyaux.

— Combien croyez-vous qu'il coûtera? fit Ellen avec une moue de contentement.

— Cinq cents francs, peut-être.

Elle eut un petit rire.

— Douze cents, rue Royale.

— Comment disposez-vous d'une pareille somme? fit Gaude fronçant les sourcils.

— Ne faites pas votre mine sévère, Mademoiselle, je vous ai dit que si Petite Mère voulait la lune, comme M. de Cyrano dont vous nous avez lu l'histoire, j'irais la lui chercher.

— Ellen, fit Gaude, ce qui me retient au Chrest, c'est vous. Mais je vous jure bien que si cela dépendait de moi, vous n'y resteriez pas longtemps.

Une main, douce et impérieuse à la fois, se posa sur les lèvres de la jeune fille, arrêtant une menace que l'indépendante ne voulait pas relever.

XIII

Mme Feuillet-Du Crône arriva le jour suivant par le rapide de Calais. Deux automobiles ramenaient de la gare du Nord à Chennevières la directrice du Chrest, le professeur Du Crône et les nouvelles élèves. Elles étaient dix, Roses et Jasmins, appartenant à la meilleure société anglaise et américaine.

Le triomphe était peint sur ce visage éblouissant comme celui de Mme de Warrens. Le professeur semblait éprouvé par les fatigues du voyage ; il disparut aussitôt arrivé. Sur le seuil du Chrest, Miss, Fraulein, rentrées avec leurs équipes, Mademoiselle, s'avancèrent pour recevoir la directrice.

Mademoiselle Sonnette ne parut point.

Les jeunes filles, dans le délire du retour, se jetaient dans les bras de Petite Mère.

C'était un assaut de tendresse passionnée : vingt blondes, brunes, rousses, se disputaient la joie de ravir encore un baiser. Muriel, par la main, entraînait « La Jolie » vers le hall ; Ellen s'efforçait de la retenir au seuil de la maison.

Un pépiement de volière remplissait le Chrest. Du haut en bas, les enfants dégringolaient les escaliers, s'appelaient, s'embrassaient, couraient ouvrir leurs malles, échangeaient leurs souvenirs.

— Nous sommes ravies de nous retrouver plus nombreuses, plus unies, plus satisfaites ! J'avais bâti mon nid au milieu des fleurs, il m'est très doux de constater que ma guirlande s'embellit chaque jour d'incomparables Roses et d'adorables Jasmins. A demain les plaisirs, on dansera toute la journée. Il se fait tard. Je me retire, bonne nuit, mes filles chéries !

— Pas encore ! Pas encore ! supplièrent les fillettes. Viviane, Edith, Myriam, Grâce, Ellen fendirent les groupes devant Mme Feuillet-Du Crône.

— De ce côté. La voici ! la voilà !

La porte de sa salle d'étude s'ouvrit à deux battants et Mme Feuillet-Du Crône s'arrêta stupéfaite.

Sur la table, au milieu de guirlandes de violettes et de muguets, tressées par une grande maison de Paris, s'étalaient les cadeaux du Chrest.

Des bourriches de fruits confits, pavoisées de rubans ; des paniers de fleurs, des faïences de Vallauris qui avaient gardé les reflets éblouissants d'une mer incendiée, ou la douceur de la neige sur la pente des monts ; des coupe-papiers, des encriers, des baguiers de quartz rose, de lapis-lazuli, des chamois de bronze, des chalets sculptés, des corbeilles à pain, des cannes avec des cornes d'antilopes. Tout le bazar de la mer et de la montagne s'étalait là. Mais, au centre de la table, posés sur un morceau de velours blanc, deux peignes d'écaille blonde, l'un orné d'une grecque en poussière de brillants, l'autre décoré d'un feston de petits diamants.

Mme Feuillet-Du Crône s'était élancée vers les merveilleux bijoux. Elle n'osait les toucher. Son regard parcourait les menus cadeaux, son sourire remercia ; puis ses yeux interrogèrent Mlle Sonnette qui faisait le gendarme. Mais les paupières de l'économe demeurèrent baissées. Alors Mme Feuillet-Du Crône saisit les deux peignes, les examina avec de petits cris d'admiration. Ellen d'anxiété avait pâli ; les yeux de Muriel brillaient comme des diamants noirs.

Les fillettes, dressées sur la pointe des pieds, ne perdaient rien d'un si beau spectacle. Quelle générosité ! quelle magnificence ! Comme on l'aimait cette mignonne Petite Mère !

— Que c'est beau ! roucoulait celle-ci.

— Que c'est beau ! répétaient les jeunes filles avec conviction.

— Et qui m'offre ces bijoux de reine? Voyons, parlez.

Mais les visages riaient et se taisaient. Chacune avait un nom sur le bout de la langue, personne ne le disait.

Alors « La jolie » parut se décider ; choisissant le plus beau peigne, celui qui était orné de perles, elle le planta au bas de son chignon.

On entendit un cri de triomphe. Muriel aux belles boucles s'élançait et baisait amoureusement la main de Petite Mère.

— Oh ! merci ! merci !

Ellen éclatait en sanglots et se sauvait ; nul n'y prit garde. La soirée se termina au milieu des rires, des chants : le Chrest était vraiment l'école du bonheur.

XIV

Au matin, lorsque l'ocarina fit entendre sous les fenêtres du Chrest le réveil du rossignol, on entendit, dans le dortoir des Roses, des cris affreux, des hurlements inouis.

Les fillettes, levées en sursaut, écartaient avec épouvante les nuages de mousseline, qui enveloppaient leurs petits lits blancs.

Les cris partaient du lit voisin de la porte et ces cris n'avaient plus rien d'humain.

Affolées, la plupart des Roses s'enfonçaient sous leurs couvertures, se bouchaient les oreilles, gémissaient. Les autres, en robe de nuit, couraient comme des folles dans le dortoir, ouvraient les fenêtres, prêtes à se jeter la tête la première, pour ne plus entendre l'épouvantable cri, qu'exhalait cette gorge déchirée.

Gaude avait bondi de son lit jusqu'au lit de Muriel. L'enfant, par terre, étendue, se roulait, mordait ses draps, tirant ses couvertures, comme si elle était dévorée par d'invisibles flammes. Elle n'avait plus figure humaine ; ses mains, qui se dressaient et se crispaient, étaient des mains d'écorchée vive.

— De l'eau, de l'eau... je brûle... je meurs, râlait-elle. Mes pieds, ah ! mes pieds... je brûle... Pitié... grâce, pitié !

Et les cris, les hurlements interrompaient ses plaintes.

Gaude, déchirant le voile de mousseline qui couvrait le désordre de ce lit à moitié renversé, essayait de soulever l'enfant, de la sortir de là, appelait à l'aide et, comprenant enfin qu'il s'agissait d'une chose monstrueuse, hurlait à son tour qu'on apportât de l'eau et qu'on courût prévenir la directrice.

Aux cris de Muriel, toute la maison s'était réveillée. Par la porte du dortoir, Miss, Fraulein, à moitié vêtues, accouraient.

Elles aidèrent Gaude à transporter l'enfant évanouie jusqu'au tub. L'eau ruisselait sur son corps couvert de cloques énormes, la chemise, rongée par endroits, montrait les brûlures sur la cuisse, le ventre, les seins.

Pauvre chair brune, polie comme un bronze florentin, abominable à voir avec ces brûlures qui la maculaient de taches livides ou sanglantes.

Le professeur Du Crône arrivait à son tour, suivi de Petite Mère dans un déshabillé rose. Elle pleurait, gémissait, tordait ses belles mains.

— Arrêtez ! cria-t-il, ce n'est pas ça qu'il faut faire.

— Muriel ! Muriel ! mon ange, ma joie, ma chérie ! C'est affreux ! Est-elle morte? répétait-elle en relevant vers Gaude ses beaux yeux noyés de pleurs. Mais comment cela est-il arrivé?

— On le cherchera plus tard, fit le professeur Du Crône, examinant les blessures. Il s'agit d'une brûlure par un acide, l'acide muriatique, probablement. Téléphonez à la clinique qu'on prépare les pansements. Envoyez l'auto les chercher. Appelez tout de suite le médecin du Chrest. Je cours à mon cabinet. J'ai là justement un liniment oléo-calcaire.

Lui seul ne perdait pas la tête au milieu de ces lamentations et de ces gamines, qui tremblaient de peur.

Gaude, au dortoir, forçait les Roses à s'habiller, à descendre au jardin. Elle affirmait que ce ne serait rien, qu'un accident était arrivé à Muriel, mais que sa vie n'était pas en danger.

Toutes descendirent et, groupées dans la salle d'étude, recommencèrent à gémir.

— Était-ce possible? On riait, on chantait la veille. Les fleurs n'étaient pas mortes encore et Muriel, la princesse de cette vie enchantée, allait cesser de vivre ! Pourquoi? Pourquoi?

Les hypothèses les plus folles circulaient. Avait-elle voulu se blesser pour se faire guérir par Petite Mère? Avait-elle voulu se tuer? Qui sait, ses parents n'avaient peut-être plus d'argent. Les ruines arrivent si vite en Amérique.

En hâte, on avait dressé un lit sur une table, on avait étendu l'enfant ; le professeur faisait un premier pansement. Des plaques de coton hydrophile enveloppaient les membres atteints. Brûlures graves, du second degré, avoua-t-il. Tout était à craindre.

Il jetait des ordres brefs. Gaude, Fraulein, mademoiselle Sonnette les exécutaient en silence. L'économe, les mains enveloppées dans de gros gants, avait été chercher les mules de la jeune fille, ses couvertures imbibées d'un liquide d'odeur forte, révélatrice.

— Plus de doute, fit le professeur, c'est de l'acide chlorhydrique. Cette fillette est victime d'une abominable machination.

Le cœur de Gaude se serra affreusement. Que penser? Qui accuser? Sonnette? Serait-elle donc le bouc émissaire de cette maison, mais Sonnette ne se serait pas trahie en apportant elle-même les pièces à conviction.

Comment découvrir le mobile d'un acte aussi sauvage?

Le dortoir, toute la matinée, resta consigné. Un médecin était au chevet de Muriel. On la sauverait probablement, mais les blessures laisseraient des cicatrices. Pendant des mois, elle ne pourrait marcher ; pendant longtemps, elle ne se servirait pas de ses mains.

Madame Feuillet-Du Crône sanglota très fort quand elle vit que Muriel délirait et ne la reconnaissait plus.

— Une méningite est à craindre, dit le docteur. La commotion a dû être terrible.

Le chagrin de Petite Mère était réel. Elle eût pleuré avec autant de sincérité sur toute autre élève. Mais la prédilection qu'elle marquait à celle-ci rendait sa douleur plus profonde.

— Enfin, Mademoiselle, dit-elle à Gaude, avez-vous des soupçons? Vous connaissez toutes vos élèves ; vous les jugez, vous savez combien elles s'aiment.

— Je ne crois pas qu'elles s'aiment, Madame.

— Que dites-vous là ! Mais il faut être sourde

et aveugle pour nier une vérité aussi évidente que la bonne entente de mes filles. Ce qui s'est passé est inexplicable ; la fatalité seule est responsable. Je suis certaine qu'un flacon au nettoyage aura été oublié; Muriel l'aura cassé, par mégarde.

— Où sont les débris de la bouteille? Personne ne les a retrouvés.

— On les retrouvera.

— Il vaudrait mieux trouver le coupable !

— Ah ! grand Dieu ! souhaitons de n'avoir pas de coupable à chercher. Je ne veux pas avoir de démêlés avec la justice de mon pays. C'est affreux de tomber entre les pattes des gens de justice ! Ma maison serait disqualifiée. Un scandale ! Jamais !... Dites bien aux élèves que...

XV

Vers midi, Ellen, qui ne s'était pas montrée de la matinée, vint aux nouvelles. Quand elle apprit que Muriel aurait pu être mortellement brûlée, et que ses blessures l'immobiliseraient pendant des mois, un tremblement nerveux la secoua comme une feuille.

— Qu'avez-vous, Ellen? Vous êtes bien pâle, ce matin ! Est-ce le contre-coup de tous ces événements?

— Mademoiselle, fit la petite Polonaise d'une voix faible, voulez-vous m'accompagner chez madame Feuillet-Du Crône.

— Certes ! Mais elle ne reçoit personne, elle est auprès de Muriel.

— Non, je l'ai vue passer. Elle est chez elle. Il faut que je lui parle. Je n'en puis plus, j'ai trop de chagrin. Quel supplice !

Gaude regardait l'enfant au fond des yeux, ayant peur de comprendre.

— Ellen, Ellen, regardez-moi, répondez-moi, qu'avez-vous?

— Ah ! venez, murmura la jeune fille, le remords m'étouffe.

Madame Feuillet-Du Crône, assise dans une bergère, à contre-jour, pleurait comme une fontaine, et de temps en temps prenait un miroir sur une table voisine pour constater les dégâts que les larmes causaient sur son joli visage.

— Madame, fit Ellen d'une voix morne, n'accusez personne. C'est moi qui suis coupable.

— Vous ! s'exclamèrent les deux femmes.

— Etes-vous folle? Vous accuser d'une chose insensée, impossible, inexécutable enfin.

— Ellen ! une faute pareille, vous si honnête, vous si bonne !

Ellen baissa la tête, ses mains se nouèrent aux mains de mademoiselle Malvos.

— Pourquoi avez-vous fait cela? demanda, au bout d'un instant, la directrice, la voix toute changée.

— Parce que j'étais jalouse, abominablement jalouse ! Depuis un an, vous ne voyez que votre Muriel, vous n'aimez qu'elle. Tout pour elle, vos regards, vos sourires, vos récompenses. Qu'on fasse bien, qu'on fasse mal, vous ne vous en apercevez même pas quand il s'agit d'une autre que celle-là !

Elle s'arrêta suffoquée par la douleur.

— Je vous aimais pourtant de toute mon âme. Vous le saviez, et vous vous moquiez de ma tendresse. Non, ce n'est pas juste de faire souffrir. Encore si vous aviez caché vos préférences, mais non, vous faisiez exprès de montrer qu'il n'y avait que Muriel qui était belle, qui avait de l'esprit, qui était séduisante. C'est votre faute si je l'ai haïe. Votre faute, si j'ai commis un crime.

Tombée sur un tabouret, Ellen sanglotait.

— Taisez-vous donc, folle que vous êtes ! fit madame Feuillet-Du Crône, hors d'elle-même. En vérité que ne croirait-on pas à vous entendre ? Est-ce une gamine qui parle?

— Une gamine que vous avez bien dressée, répliqua Ellen, épongeant ses yeux avec rage. Depuis trois ans, je suis à votre merci. Il y a un an que je n'ai revu mes parents dans la crainte qu'ils ne s'aperçussent que vous m'étiez plus chère qu'eux-mêmes. Ah ! vous n'avez pas toujours été aussi injuste, fit-elle les dents serrées, vous m'avez amadouée par vos câlineries, par vos appels. Vous me récompensiez d'être attentive à vous plaire. Vous m'enchaîniez par vos paroles, par ce je ne sais quoi, qui est vous, que je hais à présent, que j'adorais hier encore. Mais qu'est-ce que vous m'avez donc fait pour que je ne sache plus ni ce que je dis ni ce que je pense !

— C'est insensé ! Quel langage ! Et cette sotte querelle s'adresse à moi, à moi qui ne veux que le bonheur de mes élèves !

— Je ne suis plus une petite fille, si je ne suis pas une femme, et pourtant qu'est-ce que j'ai fait !... Moi, c'est moi, qui ai poussé Muriel à passer la nuit dehors, avec un homme qui pouvait la déshonorer. Oui, je l'ai fait volontairement, sauvagement. Je me disais : « Quand Muriel reviendra, Petite Mère ne voudra plus la voir ; elle la renverra, je serai seule auprès d'elle. C'est pour regagner votre cœur que j'ai obéi à mon cœur, cette nuit-là... et cette nuit-ci encore.

Madame Feuillet-Du Crône levait les yeux au ciel, haussait les épaules à cet aveu insensé.

— Elle perd la tête !

Debout, silencieuse, mais le cœur déchiré, Gaude regardait l'enfant.

— Cette nuit, dans mon lit, je pensais à me venger ! Oui, une fois de plus vous m'écartiez de vous pour faire d'elle la reine de votre cœur. Ah ! que n'ai-je su, que n'ai-je vu, que n'ai-je entendu cette nuit !... J'étais folle, tout me criait : « Venge-toi si tu veux reprendre la place que tu as perdue ! » Ah ! j'ai compris que les millions de Muriel, ses cadeaux surtout vous agréaient. Mon pauvre peigne ! reprit-elle d'une voix sifflante, vous l'avez dédaigné, parce que le sien valait le double. La vérité ne se cache pas longtemps !... Alors, j'ai trouvé cette bouteille, qui traînait, et l'horrible idée m'est venue de

Ellen et Gaude quittent le Chrest.

lui brûler les pieds pour l'empêcher de s'approcher de vous. J'en ai versé le contenu autour d'elle, mais je ne voulais pas sa mort, je ne savais pas que c'était si horrible ! Ah ! son cri ! son visage ! ses plaintes !... C'est affreux !

A nouveau, Ellen se cacha le visage, puis faisant un effort sur elle-même :

— Voilà ce que j'ai fait, pourtant je n'avais pas prévu que ce serait criminel !

— Monstre ! abominable petite ! fille sans cœur ! avouer un pareil forfait ! Quoi, j'ai nourri dans mon sein le corbeau qui me crève les yeux ! Me frapper, moi qui fus si bonne, moi, dont le seul crime est d'être pour mes filles un cœur d'amour ! Et si je vous faisais arrêter !

— Oh ! s'écria Gaude, pâle comme une morte. Ce n'est donc pas assez d'un malheur !

— Je mérite un châtiment. J'expierai, fit Ellen, tournant vers mademoiselle Malvos ses yeux embués de larmes, mais résolus.

— A cause de votre famille, j'étoufferai cette affaire, et Dieu qui nous juge de sa demeure céleste et voit la pureté de mon âme, permettra que votre victime se rétablisse et ignore toujours l'auteur d'une si vilaine action.

Ellen baissa la tête. D'une voix sèche, Madame Feuillet-Du Crône ajouta :

— J'ai donc le regret de me séparer de vous ; il est impossible que je conserve une élève qui à présent me fait horreur.

Elle insista sur le mot, avec cruauté. L'enfant blêmit.

— C'est bien... Je partirai.

— Où voulez-vous aller ?

— Auprès de maman.

— Soit ! Mademoiselle Sonnette vous accompagnera.

Ellen se révolta.

— Non ! non ! cette femme c'est le mauvais génie de cette maison ! c'est elle qui vous pousse à faire mal, c'est elle qui sème la haine sur son chemin. J'en appelle à Mademoiselle !

La directrice eut un sourire amer qui montra la vulgarité de son visage.

— Naturellement, Mademoiselle n'est-elle pas votre alter-ego? Il ne m'est pas difficile de pénétrer les sentiments que mademoiselle Malvos nourrit à notre égard depuis son arrivée ici. Je sais ce qu'elle machine. Ah ! elle est bien trop habile pour exciter directement la révolte de mes filles contre moi, mais sa tactique est visible, elle aboutit à l'acte que vous venez de commettre et de m'avouer si facilement !... En somme qui est responsable de tout ce qui se passe d'anormal ici? Mais vous, mademoiselle Malvos, vous, avec vos airs dédaigneux, votre froideur qui blâme...

Gaude trancha net.

— Assez, madame. Les paroles que vous venez de prononcer me dégagent vis-à-vis de vous-même ; je me considère dès à présent comme n'appartenant plus au Chrest !

— Et de deux ! J'accepte votre démission, mademoiselle. Au surplus, vos mérites étaient trop grands pour un si petit théâtre, fit la directrice du Chrest avec une ironie qui déguisait assez mal la colère qui lui gonflait le visage.

— Ce n'est pas le moment de railler. C'est le moment de juger votre œuvre, Madame. Pas un seul mot de blâme n'est sorti de ma bouche tant que j'ai été à vos côtés ; mais je suis libre de vous dire maintenant que l'éducation que vous donnez à ces jeunes filles est malfaisante. Vous éveillez en elles toutes les mauvaises curiosités ; vous flattez leurs instincts, quels qu'ils soient ; vous étendez votre indulgence à toutes les fautes, à tous les crimes même, puisque vous ne songez pas à punir cette coupable, dit-elle en montrant Ellen. Vous m'avez dit, dès les premiers jours, avec une inconscience formidable : il n'y a pas de morale ! A vos filles, vous ne le dites pas, vous n'oseriez ! Mais elles le sentent si bien, que celles qui devraient être un jour des épouses, des mères parfaites, ne seront que des...

Elle s'arrêta.

— Achevez?...

— Le mot me brûle les lèvres, et pourtant je ne vous le lancerai pas à la face.

Madame Feuillet-Du Crône haussa les épaules et sonna pour appeler un domestique.

— Craignez l'avenir, madame ; le cœur des enfants est implacable ; vos filles seront vos juges, vous n'en trouverez pas de plus méchants. Elles rejetteront sur vous le poids de leurs erreurs, de leurs fautes, du malheur vers lequel vous les poussez.

Madame Feuillet-Du Crône se prit à rire.

— Vous faites pas mal d'effet dans ce rôle de Cassandre, mademoiselle !

— Cassandre n'a rien dit qui n'arrivât un jour. Je ne veux pas partir sur des paroles de colère et de mépris. Ouvrez les yeux, mesurez le danger qui menace ces jeunes filles, si vous persistez à ne cultiver chez elles que le sentiment. Vous avez été une séductrice d'âmes !... une éducatrice non pas. S'il y a en vous une honnête femme, qu'elle se réveille et chasse d'ici tout ce qui rôde d'équivoque ! Ellen vous a dit un mot terrible : C'est l'injustice qui l'a poussée au mal... Ce mot vous condamne. Ouvrez les yeux. Réformez cette maison.

— Brisons là, mademoiselle, nous ne nous comprenons pas. Je vous fais grâce de vos critiques. Allez, je ne vous retiens pas.

Ellen se jetait aux genoux de Gaude qu'elle embrassait étroitement.

— Ne partez pas sans moi ! Emmenez-moi !

Mademoiselle Malvos regarda madame Feuillet-Du Crône qui, debout devant la glace, se poudrait rapidement le visage. La directrice du Chrest eut un geste indifférent et sans même se retourner, répondit :

— Je ne m'y oppose point. Reconduisez-la à Varsovie.

Mademoiselle Malvos se pencha, relevant la petite Polonaise.

— Regrettez-vous du fond du cœur l'acte abominable que vous avez commis, Ellen?

— J'en ai honte.

La voix de l'enfant tremblait.

— Prenez-vous l'engagement d'honneur de réparer cette mauvaise action ?

— Je le jure.

— Eh bien ! venez, et méritez votre pardon.

Un domestique entrait. Les deux jeunes filles se dirigèrent vers la porte.

— Adieu, Madame.

Pâmée devant sa bergère, la directrice du Chrest ne songeait qu'à tomber avec grâce. Ses yeux palpitèrent, ses mains dégrafèrent la dentelle de son corsage. Ellen fit un pas, Gaude la retint :

— Seriez-vous sa dupe?

Quelques heures plus tard, Gaude et Ellen faisaient leurs adieux aux Roses et aux Jasmins, qui ne soupçonnèrent point la cause de ce double départ. Quoi de plus naturel qu'Ellen fût rappelée par sa famille et que Mademoiselle l'accompagnât jusqu'à Varsovie?

Miss et Fraulein offrirent des bonbons.

Les Jasmins réclamèrent des cartes postales.

Les Roses, le partage des fleurs d'oranger, si Ellen se mariait la première.

Gaude obligea la petite Polonaise à venir jusqu'au lit de Muriel.

L'enfant délirait toujours ; les lignes déformées de son corps boursouflaient le drap tendu par les pansements, la tête s'enfonçait dans l'oreiller, sous les compresses glacées. Cette chose innommable c'était Muriel, Muriel aux belles boucles, Muriel la petite princesse d'Orient.

Ellen, le visage baigné de larmes, effleura d'un baiser le drap qui couvrait sa victime. Comment pourrait-elle expier cet acte de sauvagerie? se réhabiliter? oublier l'horreur de sa faute?

— Pardon ! pardon ! criait-elle.

A peine la voiture qui les emportait avait-elle franchi le portail, que mademoiselle Sonnette, cachée dans un bosquet de lilas, sortit comme l'ange exterminateur défendant l'entrée du Chrest, et à pleins bras ferma sur les proscrites les portes du Paradis.

FIN

CORBEIL. — IMP. CRÉTÉ.

IMPRIMERIE CRÉTÉ
CORBEIL (S.-ET-O.)

www.ingramcontent.com/pod-product-compliance
Ingram Content Group UK Ltd.
Pitfield, Milton Keynes, MK11 3LW, UK
UKHW021200220726
13924UKWH00003B/1243

9 782019 960865